지상 최대의 내기

지구 벌레의 노래

곽재식 소설집

아작

차례

초공간 도약 항법의 개발

Development of Hyperspace Leaping Method

금요일 점심때였다. 유성 기술의 김 박사는 연구 과제 결과 보고서의 '요약서' 결론 부분을 쓰고 있었다.

　'본 연구의 초공간 도약 항법을 적용하면 이론적으로 1MWh의 에너지로 100kg의 질량을 1광월 거리 이동시키는 데 2.2초의 준비 시간이 소요되며, 실패 확률은 2천분의 1 이하로 관리 가능하다.'

　그런데 마침 이 팀장이 지나가다가 말을 걸었다.
　"김 박사, 초공간 도약 항법 보고서 다 돼가죠? 그거 우리 회사에서 다음 세대 먹거리 사업으로 정말 신경 많이 쓰는 거니까, 가능하면 미리미리 보고서 끝냅시다."
　"팀장님, 그런데 이거 아직 보고서 제출 마감까지 3주일은 더 남았는데, 굳이 지금 끝낼 필요 있을까요?"

김 박사가 물었다.

"이거 사업 발주 낸 도전적 국가 기술 연구소에서 관심 많은 사업이니까 가능하면 보고서 되는 대로 빨리 달라고 했어요. 가능하면 맞춰주자고요. 이거 잘되면 정말 우리 회사가 완전히 바뀔 수 있는 거니까. 혹시 모르지, 김 박사는 노벨상도 탈 수 있을지."

이 팀장은 그게 재미난 농담이라는 것처럼 말하며 웃었다. 김 박사는 전혀 웃기지 않았지만, 그냥 반사적으로 따라서 웃는 소리를 흉내 냈다. 이 팀장이 말을 이었다.

"이게 정말로 사람을 다른 별로 보내줄 수 있는 기술이잖아. 몇 광년 떨어진 별에도 사람을 보낼 수 있는 거 말이에요. 이거만 한번 잘되기만 하면 게임 끝나는 거지. 결과도 좋았다면서요? 업타임 다운타임 합해서 3초도 안 걸렸다면서?"

"2.2초밖에 안 나왔습니다."

"끝내주네. 이거 내용은 딱 좋으니까, 얘네들 비위만 잘 맞춰주면 분명히 내년에 실용화 사업도 딸 수 있을 거라고. 실용화 사업만 되면, 진짜… 노벨상이 대수야? 역사에 이름이 남는 거지. 그러면 우리 기술로 우주선을 진짜 보낼 수 있을 거고. 다른 별에 외계인 만나러도 갈 수 있는 거지. 보고서 내용도 거의 끝났잖아요?"

"예, 지금 내용은 다 썼고요. 마지막으로 좀 다듬고 있습니다."

"잘됐네. 그러면 김 박사, 어지간하면 그냥 다 다듬어서 이번 주에 그냥 보내고 손 씻읍시다. 이거 연구한다고 김 박사 엄청나게 고생했잖아. 이번에 손 털고 좀 쉬어야지. 다 끝내면 한 2, 3주 휴가 내세요. 그리고 어디 가서 폭 쉬다 오라고요."

김 박사는 그 말을 듣고서, 말 자체는 말이 된다고 생각했다. 다만, 보고서 전체 내용이 4,261페이지여서 그것을 다듬는다는 것만 해도 쉬운 일은 아니었다. 그러나 김 박사는 이번 연구를 하면서 고생하는 데 익숙해져 있었고, 이 팀장의 말대로 이제 막 끝이 보이니 얼른 빨리 마무리 짓고 싶다는 생각도 들었다.

결국, 김 박사는 다음 날 새벽 1시 20분까지 열심히 보고서를 다듬은 끝에 드디어 보고서를 완성해서, 도전적 국가 기술 연구소에 보낼 수 있었다.

그리하여 김 박사가 작성한 보고서는 당시 아무도 보고 있지 않은 도전적 국가 기술 연구소의 이메일 서버로 전송되어 들어갔다. 김 박사가 몸살이 난 몸을 추스르며 토요일, 금요일을 집에서 앓는 동안 그 보고서는 고요히 서버 속에 묵어 있었다.

월요일이 되자, 도전적 국가 기술 연구소의 우주 연구 사업팀, 박 과장은 이 보고서를 열람할 수 있게 되었다. 유성 기술과 YS 엔지니어링 두 군데 회사에 같은 내용으로 연구 과제를 맡겼는데, 유성 기술은 벌써 다 했다고 보고서를 써 올리다니, 참 빠르다고 생각했다. YS 엔지니어링은 아직 결과 계산표 만드는 것도 다 못 끝냈다고 했는데. 박 과장은 얼른 유성 기술의 보고서를 보고 싶었다.

그러나 월요일에는 주간 팀원 회의와 팀장 회의 자료 준비와 월초 회식이 있어서 그 준비로 시간이 없었다. 박 과장은 월요일 퇴근이 가까워져서야 보고서 파일을 열었다. 박 과장은 보고서 두 번째 페이지의 요약서 결론 부분을 보았다.

'본 연구의 초공간 도약 항법을 적용하면 이론적으로 1MWh의 에너지로 100kg의 질량을 1광월 거리 이동시키는 데 2.2초의 준비 시간이 소요되며, 실패 확률은 2천분의 1 이하로 관리 가능하다.'

그 말을 보는 순간, 박 과장은 피가 거꾸로 솟는 듯한 느낌이 들었다. 확 치미는 느낌이 들었다. "아휴!" 하며 박 과장은 긴 한숨 소리를 냈다. 흥분한 박 과장은 바로 유성 기술의 김 박사에게 전화했다.

"김 박사님? 저 도연 우연팀의 박 과장인데요."

"네? 우연팀요?"

박 과장은 김 박사에게 '도연'이라고 줄여서 말하는 것은 '도전적 국가 기술 연구소'를 뜻하는 것이고, '우연팀'이라는 것은 '우주 연구 사업팀'을 줄여서 말하는 것임을 설명하느라 한참 시간을 보냈다. 그 설명을 마치자 김 박사의 목소리는 확실히 좀 더 긴장하고 더욱 굽실거리는 말투로 바뀌었다.

박 과장은 김 박사에게 연구하느라 수고했다고 하는 형식적인 인사치레의 말을 조금 더 나누었다. 연구하느라 수고했다는 것은 진심이었지만 말투에 그런 정감은 이미 완전히 빠져 있었다.

박 과장이 본론을 이야기했다.

"김 박사님, 고생하신 거 두고 이런 말씀드리는 거 정말 죄송한데요. 오늘 제가 싫은 소리 좀 하겠습니다."

김 박사는 맥박이 빨라지는 것을 느꼈다. 박 과장의 말은 이어졌다.

"우선 이번 정부 들어서 이해하기 쉬운 보고서 지침이라는 거 나온 거 아시죠? 그거 중요하다고 저희가 말씀드린 적 있죠?"

"예."

"그런데 이거 보세요. 2페이지 요약서 결론에 보면, 1하고 엠 더블유 에이치. 이런 게 왜 보이죠?"

"아, 잠시만요. 저도 보고서 열어서 보면서 말씀드릴게요. 아, 잠깐만요. 이게 파일이 커서 열리는 데 좀 오래 걸리네. 열려라. 열려라…."

박 과장은 아무 말 없이 김 박사가 파일을 여는 것을 기다렸다. 김 박사는 아무 말 없는 박 과장이 점점 더 분노하고 있는 것은 아닌지 초조했다.

"아, 열렸네요. 엠 더블유 에이치…. 아, 그건 메가와트시라고 그냥 에너지 단위입니다."

"아니, 제가 엠 더블유 에이치가 메가와트시라는 거를 모른다는 게 아니고요. 그게 영어라고요. 쉬운 보고서 지침에서는 가능하면 영어는 쓰지 말고 쉬운 우리말로 하라고 돼 있는 거, 아시잖아요? 그거 교육도 받으셨죠?"

"예, 그런데요. MWh를 영어라고 볼 수는 없지 않을까요? 그냥 단위니까요."

"김 박사님. 제가 지금 김 박사님하고 뭔가 테크니컬한 디스커션을 하자고 이런 통화를 하는 게 아니잖아요. 물론 김 박사님 말이 맞을 수 있어요. 아마 맞겠죠. 그런데 김 박사님, 이게 보고서라는 것은 인상이 있잖습니까. 딱 처음 봤을 때, 엠, 더블유, 또 뭐야, 응 에이치, 이런 알파벳이 떡하니 제일 중요한 요약서 결론부에 있는 걸 보면, '아, 얘네 뭐야, 영어 쓰네?' 이런 느낌이 무심코 든다고요. 과학기술부에 계신 분들이 테크니컬한 걸 하나하나 일일이 따져서 보지는 않잖아요. 그런 느낌이 사실 중요한 거거든요. 김 박사님, 연구 보고서 전에도 써보셨죠? 이거 처음 쓰는 보고서도 아니시면 어느 정도 이런 거 맞춰야 하는 건 아시지 않나요?"

박 과장의 이야기는 수 분 동안 더 이어졌지만, 하여튼 결론은 알파벳을 쓰지 말고 그 부분을 고쳐달라는 것이었다.

김 박사는 결국 죄송하다는 말을 여러 번 곁들이며 통화를 마쳤다. 결국 김 박사는 MWh를 한국어로 번역하기로 했다.

'본 연구의 초공간 도약 항법을 적용하면 이론적으로 백만 와트시의 에너지로 100kg의 질량을 1광월 거리 이동시키는 데 2.2초

의 준비 시간이 소요되며, 실패 확률은 2천분의 1 이하로 관리 가
능하다.'

그런데 그렇게 쓰고 보니, kg라는 말도 눈에 거슬렸다. k와
g도 분명 알파벳이 아닐까? kg를 그대로 둔 채로 보고서를 제
출하고 나면, 박 과장은 분명히 아직도 알파벳이 보인다는 점
때문에 또 흥분할지도 모른다. 자신을 일부러 열 받고 짜증
나게 하려고 kg는 그대로 놔뒀다는 생각을 박 과장이 하게 되
면, 다른 생각은 하지도 않고 벌컥 또 전화할 것이다.

결국, 김 박사는 kg도 고치기로 했다. 처음에는 '킬로그램'
이라고 썼다가, 그렇게 쓰면 메가와트를 백만 와트라고 쓴 것
과 맞아 떨어지지도 않는 것 같아서, 이렇게 고쳤다.

'본 연구의 초공간 도약 항법을 적용하면 이론적으로 백만 와트
시의 에너지로 십만 그램의 질량을 1광월 거리 이동시키는 데 2.2
초의 준비 시간이 소요되며, 실패 확률은 2천분의 1 이하로 관리 가
능하다.'

그렇게 고치고 보니, 요약서의 결론 부분은 연구 내용 본
문의 실험 결과, 결론, 중간 요약, 개조식 정리, 표 정리, 별도
의 '심플 액셀 파일'이라는 요약 파일과 정확히 용어까지 맞아
떨어져야만 한다는 규정도 기억이 났다. 김 박사는 요약서 결
론 부분과 맞아떨어져야 하는 내용을 찾아서 그 내용도 모두

다시 고쳤다. 4,261페이지짜리 보고서를 뒤적거리며 맞춰야 하는 부분을 고치자니, 제법 시간이 걸렸다.

마침내 새롭게 고친 보고서를 보내고 다시 만 하루가 지났다.

박 과장은 김 박사에게 다시 전화를 걸었다.

"김 박사님, 수정하신다고 고생은 참 많이 하신 것 같은데요. 제가 딱 말씀드린 그것 하나만, 딱 말 한마디만 고쳐져 있네요."

김 박사는 kg까지 고쳤으니 최소한 두 마디고, 그거를 위해서 보고서 전체를 다 뒤졌으니 훨씬 더 많이 고친 거라고 따지고 싶었지만 참았다. 대신 가능한 한 공손하고 겁먹은 목소리로 물었다.

"그럼 어디를 더 고치면 좋을까요?"

"아니, 김 박사님, 그렇게 나오시면 곤란하죠."

"예?"

"지금 제 말에 기분 나쁘시다는 것은, 제가 이해는 하겠어요. 그런데 그렇다고 그런 식으로 아주 노골적으로 싸우자고 나오시면 일이 되겠습니까."

김 박사는 그 말을 듣고 정신이 어질어질해졌다. 도전적 국가 기술 연구소 담당자를 화나게 한 것이다. 도연 담당자를 화나게 했다. 큰일 났다. 큰일 났다.

"아닙니다. 과장님, 전혀 아니고요. 제가 전화 통화에 좀 서툴러서 뭔가 뜻이 잘못 전달된 거 같은데…"

박 과장은 김 박사의 말을 자르고 말했다.

"김 박사님, '어디를 더 고치면 좋을까요'라니요? 그게 말입니까? 김 박사님이 하신 연구고, 김 박사님이 제일 잘 아시는 분야인데, 그걸 제가 어딜 어떻게 고치라고 어떻게 다 일일이 말씀을 해드립니까? 무슨 초등학생이에요? 그렇게 말씀하시면 짜증 난다, 더 일하기 싫다, 네 마음대로 지껄여봐라, 네가 시키는 그거, 딱 그거는 마지못해 해줄게, 그런 뜻밖에 더 됩니까?"

김 박사는 "아닙니다", "절대 그런 뜻 아니고요." 같은 말을 넣으며 중간에 잘리는 대답을 몇 번 더 늘어놓았다.

박 과장이 이야기했다.

"제가 일단 쉽게, 이해하기 쉽게 써달라고 했죠? 이게 물론 테크니컬 텀스가 있는 연구니까, 모든 내용을 다 쉽게 써달라는 건 아니에요. 저도 그건 이해해요. 그런데 최소한도로 요약서 결론 내용은 좀 쉽게 해 달라는 거예요. 쉽게요. 정말 쉽게. 아주 쉽게. 초등학생도 이해할 수 있을 정도로 쉽게요."

"예."

"우선 첫머리부터가 그렇잖아요. '본 연구의 초공간 도약 항법을 적용하면', 이런 건 딱 딱딱한 옛날 문어체 보고서 말투잖아요. 요즘 과기부에서 원하는 것은 소통할 수 있는 콘텐츠, 소통력이 있는 보고서를 원하는 거거든요. 아시죠? 그런데 첫머리부터 이러면 이상하다고요. 극단적으로 왜, 요즘 UCC라고 올라오는 유튜브 영상이나 블로그 글 같은 그런 식으로 써도 안 될 거까지는 없어요. 그런 거 아시잖아요?"

그러면서 박 과장은 김 박사에게 과기부에서 참고하라고 알려준 인터넷 동영상 링크와 블로그 글 링크를 보내주었다. 그리고 그것을 보면서, "정말로 쉬운 말"은 무엇인지 감을 한 번 가져 보라고 했다.

김 박사는 전화 통화를 마치고 그 링크들을 열어 보았다. 15분 동안 멍하니 영상을 지켜보니, 그것은 베이킹 소다에 식초를 부어서 무슨 얼룩을 지우는 법을 설명한 글과 영상이었다. 확실히 어렵다는 느낌은 없었다. 그러나 그것을 보고 초공간 도약 항법을 설명하는 방식에 적용하기란 쉽지 않은 일이었다.

김 박사는 고민 끝에 이 팀장에게 술을 한 잔 사달라고 한 다음, 소주 넉 잔을 마시고 나서 이 문제로 고민하고 있다고 이야기를 했다. 이 팀장은, "도저히 안 되겠으면 그냥 마음을 확 비우고, 그냥 고쳐달라는 대로, 말한 부분만 고치라"고 대답했다. 다음 날 술이 깨고 보니, 김 박사 생각에도 이 팀장이 말한 방법 이외에는 별로 수가 떠오르지 않았다.

그래서 김 박사가 다시 수정한 내용은 다음과 같았다.

'지난겨울 연구한 초공간 도약 항법을 썼더니 백만 와트시의 에너지로 십만 그램의 질량을 1광월 거리 이동시키는 데 2.2초의 준비 시간밖에 걸리지 않았습니다. (이론 계산임) 실패 확률은 2천분의 1 이하로 맞출 수 있습니다.'

김 박사가 수정한 내용을 박 과장은 새로 받았다. 수정된 보고서를 보고, 박과장은 이제 그래도 들이밀어볼 만한 수준은 되었다고 생각했다. 박 과장은 유성 기술의 보고서를 과학기술부의 기초 과학 연구실 최 담당에게 보냈다.

"제발, 제발, 제발, 한 번에 통과되라."

박 과장은 이메일을 보내는 버튼을 클릭하기 전에, 두 손을 모으고 그렇게 기도를 하며 주문을 외었다.

이튿날이 다 지나도록 이메일에 회신이 없자, 박 과장은 한 번에 보고서가 통과된 줄 알고 즐거워했다. 그러나 사실 그날은 과학기술부 체육대회 날이라서 업무를 안 했던 것뿐이었다. 박 과장의 기도를 들어줄 곳은 세상에 없었던 것이다.

과학기술부의 최 담당은 그다음 날 저녁때, 도전적 국가 기술 연구소의 박 과장에게 전화했다.

"박 과장님, 과기부 최 담당입니다."

"어휴, 최 담당님, 안녕하세요. 정말 오래간만에 목소리 듣습니다. 잘 지내시죠? 하하."

박 과장은 가능한 한 "하하"라는 의미 없는 웃음소리가 친근하게 들리도록 애를 썼다. 그러나 보통 메아리처럼 돌아오기 마련인 상대방의 비슷한 웃음소리가 돌아오지는 않았다. 최 담당이 말했다.

"저녁 시간이고 곧 퇴근도 하시고 하셔야 하니까, 제가 바로 본론만 말씀드리겠습니다. 보고서에서 2페이지 요약서 결론 부분 있죠? 제가 일단 그것만 한번 봤는데 수정 사항이 좀 있어요."

"아, 예, 잠깐만 기다리십시오. 저도 제 컴퓨터에서 파일 한 번 열어 보겠습니다."

박 과장은 컴퓨터에서 보고서 파일을 열려고 했다. 파일의 크기가 크기 때문인지 열리는 데 시간이 좀 걸렸다.

"아, 이게 열리는 데 시간이 좀 걸리네요. 잠시만 기다리십시오. 지금 거의 열리고 있습니다. 지금 절반 열었고요. 아…, 지금 바는 100퍼센트까지 찼는데, 아직 화면이 안 나왔네요. 잠깐만요."

박 과장은 최 담당의 아무 소리 없는 침묵을 들으며, 기다리는 동안 최 담당이 더 짜증 내고 있는 것은 아닌지 조마조마했다.

"아, 예, 다 열렸습니다."

"박 과장님, 거기 내용 보시면 괄호하고 '(이론 계산임)'이라는 말이 있고 실패 확률이 있다고 뒤에 덧붙여져 있잖아요, 맞죠?"

"예, 맞습니다."

"이게 무슨 말이에요?"

"예?"

"그 말뜻이 뭐냐고요."

"아, 그거는 이 연구가 실제로 우주선을 만들어서 실험해 본 연구는 아니고요, 이론적으로 새로운 방법을 만들고 시뮬레이션으로 검증만 해봤다는 뜻이고요. 이론상 봤을 때 오차

20

범위가 있으니까, 계산한 결과대로 안 나올 가능성도 있다, 뭐 이런 이야기인데요."

"아니, 그러니까 핵심만 말씀해보세요. 핵심이 뭐예요?"

"말 그대로 이 연구가 이론 연구라는 거죠."

"그건 그냥 거기 쓰여 있는 말을 그대로 읽은 거잖아요. 제가 지금 한글을 못 읽어서 박 과장님께 읽어달라고 하는 건 아니고요."

최 담당이 그렇게 말하는 것을 듣자 박 과장은 얼굴이 하얗게 질렸다.

"아니요. 아뇨. 아휴, 최 담당님 죄송합니다. 제가 이거 전화로만 말씀드리려니까 설명이 좀 어려워서요."

"그러니까 이게 의미를 따져 보면, 우주선이 날아가는 원리에 대한 연구이기는 한데, 실제 우주선을 만들어서 실험해본 연구는 아니다, 그런 뜻이잖아요?"

"예, 그렇게 볼 수 있습니다."

"아니, 그러면 그렇게 그대로 쓰셔야죠. 지금 보면, 괄호하고 '(이론 계산임)' 그다음에 실패확률 어쩌고저쩌고… 이건 아니죠. 이런 말은 요즘 보고서에서 쓰는 말이 아니에요."

"예, 죄송합니다."

"보고서 이렇게 만들면 큰일 납니다. 요즘 과기부에서 제일 신경 쓰는 게 연구의 정직성과 성실성이라고요. 도전적이고 창의적인 연구를 하면 실패할 수도 있죠. 실패 자체는 좋아요. 그건 과기부에서도 얼마든지 인정하겠다 이거예요. 연구가 실패할 수도 있어요. 차라리 그건 괜찮아요. 그게 오히려 그만큼 어려운 도전을 했다는 거니까 오히려 좀 좋을 수도 있는 거고. 그런데 이렇게 괜히 '이론 연구', '확률' 이런 말써서, 성공한 척 위장하려는 연구, 성과를 부풀리는 연구, 이런 게 문제라고요. 실패한 연구 성과 부풀려서 보고서 억지로 밀어 넣은 거 감사원에서 요즘 찾아다닌다고 난리 난 거 아시죠? 그거 잘못 걸리면 큰일 나요."

"예, 제가 거기까지는 생각 못 했습니다. 죄송합니다. 바로 수정하겠습니다."

"딱 정확하게 결과만 쓰자고요. 구구하게 괄호 치고 뭐 실패 확률 어쩌고 하는 말 곁들이고 이런 건 다 없애고요. 그냥 100퍼센트 성공이 아니면 실패다, 실패할 수도 있다. 이렇게 딱 정직하게 쓰고요. 아시겠죠?"

"예, 알겠습니다. 그대로 수정하겠습니다."

최 담당은 어제 체육대회 이후로 이어진 술자리의 숙취가 그때껏 남아 있었으므로 두통에 시달리고 있었다. 일거리가 깔끔하게 마무리되는 것이 없으니, 저절로 한숨이 나왔다. 최 담당은 한숨을 한 번 길게 쉬었다. 그리고 다시 박 과장에게 말했다.

"이거 수정할 시간은 있어요?"

"실제로 연구한 업체들한테는 우리가 지켜야 하는 연구 마감보다 1주일 더 일찍 마감이라고 했거든요. 그러니까 시간은 넉넉합니다."

"보고서 먼저 들어온 유성 기술 말고 다른 업체는요?"

"YS 엔지니어링이라는 덴데요. 거기는 아직도 보고서 작성하고 있는 중입니다. 제가 오늘 전화해서 일정 맞추도록 챙기겠습니다."

"예에에."

최 담당은 '예'를 길게 발음했다. 그 발음이 한탄하는 것처럼 들려서 박 과장은 좀 더 굽실거리는 말로 최 담당을 어떻게든 위로하려고 애썼다.

최 담당이 또 이야기했다.

"꼭 이거 일정 내에 다 수정되도록 잘 챙기세요. 이거 연구 결과 가지고 적용 연구, 실용 연구 시작하면 거기에 예산 엄청나게 많이 들어가는 것 아시죠? 항성 간 우주선 개발 사업 굵기 큰 거 아시잖아요. 이거는 청와대에서도 관심 많으신 사업이고, 되게 큰 사업이고 중요하거든요. 그러니까 너무 사람 좋게 하지 마시고, 욕 좀 먹을 각오하시고 닦달하듯이 하고, 한밤에라도 연락하고 해서라도 일정 지키셔야 합니다. 박 과장님이 이번에는 정말 이번만은 좀 제대로 역할 해주세요."

최 담당의 마지막 지시였다.

전화 통화를 마친 박 과장은 유성 기술에 전화를 걸었다. 퇴근 시간이 지난 후라 김 박사는 자리에 없었다. 김 박사는 주말을 괴롭혔던 몸살이 다시 도져서 병원을 찾은 상태였다. 박 과장은 몇 차례 피곤한 통화를 거친 끝에 이 팀장으로부터 김 박사의 휴대전화 번호를 알아냈다.

그 시각, 김 박사는 집에서 샤워를 막 마치고 옷을 입으며 침대에 드러누우려고 하고 있었다. 그때 휴대 전화가 울리는 것을 들었다.

"김 박사님? 도연 우연팀입니다. 통화 가능해요?"

박 과장의 목소리였다. 김 박사는 전화 통화가 잘 안 된 것처럼 위장하고 싶었다. 그러나 고생 고생해서 사업 끝까지 왔는데 보고서 문구 몇 자 때문에 결과가 안 좋으면 그게 무슨 허무한 꼴인가 싶었다. 이 사업만 잘 트이면 드디어 회사가 잘될 거라고 기대하고 있는 많은 회사 동료들의 초롱초롱한 눈망울도 떠올랐다.

"아, 예, 괜찮습니다. 말씀하십시오. 박 과장님."

김 박사는 밝은 목소리를 내어보았다.

박 과장은 자기 컴퓨터 화면에서 보고서를 보고 있었다. 이번에도 보고 있는 것은 요약서의 결론 부분이었다.

'지난겨울 연구한 초공간 도약 항법을 썼더니 백만 와트시의 동력으로 십만 그램의 질량을 1광월 거리 이동시키는 데 2.2초의 준비 시간밖에 걸리지 않았습니다. (이론 계산임) 실패 확률은 2천분의 1 이하로 맞출 수 있습니다.'

박 과장은 최 담당이 말해준 것을 메모해둔 것을 넘겨 보았다. 박 과장이 김 박사에게 말했다.

"김 박사님, 과기부에서는 아직도 보고서가 마음에 안 든다는 거 같네요. 이거 어떡하면 좋습니까?"

"어떤 부분 때문에 그러시는 거죠?"

"저도 김 박사님 힘든 거는 아는데. 이거 별것도 아닌 말장난하는 거 때문에 일이 자꾸 이리 갔다가 저리로 돌아오고, 이리 갔다가 또 돌아오고 하니까, 많이 힘드네요. 저도 힘들고, 김 박사님도 힘들고."

"죄송합니다."

"아뇨. 뭐 김 박사님도 최선을 다하시는 거겠죠."

"수정 사항 말씀해주시면 최대한 빨리 고쳐보겠습니다."

"예."

박 과장은 잠깐 뜸을 들였다. 그리고 다시 말했다.

"과기부에서 말하는 게 뭐냐면, 일단 괄호는 쓰지 말래요. 거기에 있는 말은 빼고. 그리고 들어가야 한다고 한 말이 뭐냐면, '우주선 연구지만 실제 우주선을 만들어본 연구는 아니다' 그리고 '실패할 수도 있다' 이렇게만요. 그리고 실패 확률이라는 말도 절대 쓰지 말라고 하네요."

김 박사는 박 과장의 그 말을 듣고 "예", "예"라는 답은 했다. 하지만 어떻게 해야 보고서를 그렇게 바꿀 수 있을지 알수가 없었다.

"아직 시간 있잖아요. 그나마 미리미리 보고서를 주셔서 이렇게 딱 입맛에 맞게 수정이라도 할 수 있으니까, 그건 좋은 것 아니겠어요?"

박 과장의 그 말을 듣고, 김 박사는 어떻게든 마감일까지는 제대로 맞춰줘야겠다고 생각했다. 그러나 아무리 이리저리 문장을 고쳐봐도, 도저히 어떻게 말을 만들어야 할지 좋은 수가 없었다.

결국, 보다 못한 이 팀장이, "그냥 마음을 확 비워. 좀 이상해져도 할 수 없어. 그냥 아무렇게나 고쳐달라는 대로만 고쳐줘. 이거 보고서 제대로 통과 안 되면 아무리 연구 열심히 하고 결과 좋았어도 그냥 땡이잖아."라고 몇 차례 말했다.

김 박사는 심호흡을 하고 다시 요약서의 결론 부분에 손을 댔다. 그렇게 해서 바꾼 결과는 다음과 같았다.

'지난겨울 우주선에 쓰이는 초공간 도약 항법 연구를 했는데 실제 우주선을 제작해 연구한 것은 아닙니다. 연구 결과, 백만 와트시의 에너지로 십만 그램의 질량을 1광월 거리 이동시키는 데 2.2초의 준비 시간밖에 걸리지 않았습니다. 하지만 소수 사례에서는 실패할 수도 있습니다.'

그런데 그랬더니, 결론 항목에서 지키게 되어 있는 글자 수를 조금 넘어버렸다. 김 박사는 어쩔 수 없이 말을 조금 더 고쳐야 했다.

'지난겨울 우주선에 쓰이는 초공간 도약 항법 연구를 했는데 실제 우주선을 제작해 연구한 것은 아닙니다. 백만 와트시로 십만 그램을 1광월 이동시키는 데 2.2초의 준비 시간이 소요됐습니다. 하지

만 소수 사례에서는 실패할 수도 있습니다.'

김 박사는 아무래도 이상하다는 생각을 했지만, 이제는 체력이 받쳐주질 않았다. 더 이상 이 보고서의 결론 부분을 수정하고 거기에 맞춰서 4천 페이지가 넘는 보고서 곳곳에 연관되어 있는 다른 대목을 바꾸는 것을 김 박사의 육체가 견뎌내지 못했다.

김 박사는 보고서를 보냈다.

보고서를 받은 박 과장도 아무래도 보고서 내용이 이상하다는 느낌이 들었다. 말의 길이는 더 늘어났지만 담고 있는 내용은 더 줄어든 것 같았다. 이래도 되나 싶었다. 그런데 마침 최 담당이 박 과장에게 전화를 걸었다.

"그 먼저 온 회사 보고서 있죠?"

"유성 기술요?"

"거기 회사 보고서 수정 다 끝났어요? 제가 저번에 말씀드렸던 대로?"

"예? 예."

박 과장은 보고서 수정이 끝났다고 말해버렸다. 하는 수 없이 박 과장은 보고서를 그대로 최 담당에게 보냈다.

최 담당은 보고서 새 버전이 들어온 것을 확인했다. 내용은 아직 열어 보지 않았지만, 이번 연구 과제를 총괄하고 있는 정 국장이 오기를 즐겁게 기다리기에는 충분했다. 정 국장은 연구 과제가 마무리될 무렵이 되면 꼬박꼬박 알아채고 나타나, "이제 몇 주일 후면 끝인데, 어떻게 아직 여기까지밖에 진전 안 됐냐?"라고 호통치기 좋아하는 사람이었다.

미리 1주일 빨리 마감 기한을 연구소에 말해둔 덕택에, 벌써 보고서 하나가 들어와 있었다. 최 담당은 연구를 하는 업체 두 곳 중 한 군데라도 일단 끝맺음이 되었다고 말할 수 있으니 얼마나 다행이냐고 생각했다.

"이번에 도전적 국가 기술 연구소에서 하고 있던 과제 어떻게 다 돼가요?"

"예. 두 군데 업체 중에 한 군데에서는 보고서까지 끝났고, 나머지 한 군데도 다 돼갑니다.'

정 국장은 "그게 좀 딜레이 되고 있습니다."라는 대답을 예상하고 그 대답이 나오면 바로 뭐라고 기분 나쁜 소리를 쏟아낼 예정이었다. 그런데 의외로 즉각 다른 대답이 나오자, 당황하며 멈칫거렸다. 정 국장은 오늘은 최 담당 기를 죽일 이야기를 뭐라도 한마디 해야겠다고 생각했는데, 그러지 못해 어딘가 찜찜한 느낌이 들었다.

반면에 대화가 예상대로 돌아가 기뻐한 최 담당은 이제 연구 사업은 잠깐 미뤄두고 급한 다른 일을 해야 했다. 우선 차관의 장관 보고 자료를 만들어야 했고, 장관의 청와대 보고 자료를 만들어야 했다. 둘 다 6백 페이지짜리 보고서의 내용을 두 줄로 요약해내야 하는 것이어서 쉬운 일이 아니었다. 최 담당은 이 연구와 엮여 있는 여러 연구소에 오래간만에 연락해서 몇 시간 동안 통화를 하며 내용을 이해하기 위해 애

써야 했다. 벌써 끝난 지 몇 달이 지난 연구라서 아는 사람을 찾기도, 아는 사람이 그 연구의 세세한 사항을 다시 기억해내는 데도 오래 걸렸다.

그러다 보니, 시간은 단숨에 흘러 지나갔다. 준비하고 있던 차관의 장관 보고와 장관의 청와대 보고가 갑자기 취소되었다는 소식이 들려와서야, 최 담당은 다시 여유가 생겼다.

그제야, 최 담당은 유성 기술 김 박사가 만든 보고서를 다시 보게 되었다.

'지난겨울 우주선에 쓰이는 초공간 도약 항법 연구를 했는데 실제 우주선을 제작해 연구한 것은 아닙니다. 백만 와트시로 십만 그램을 1광월 이동시키는 데 2.2초의 준비 시간이 소요됐습니다. 하지만 소수 사례에서는 실패할 수도 있습니다.'

그 내용을 보자, 최 담당은 피가 거꾸로 솟는 듯한 느낌이 들었다. 최 담당은 즉시 도전적 국가 기술 연구소의 박 과장에게 전화했다.

"박 과장님, 지난번 연구 보고서를 제가 보고 있는데요. 이거 좀 문제가 큰데요?"

"최 담당님, 그게 무슨 말씀이십니까?"

"제가 그렇게 말씀드렸는데. 야, 제가 뭐 그렇게 아주 어려운 걸 부탁드린 게 아니잖아요? 그냥 최소한 지킬 가이드라인만 팔로우 해달라고 그렇게 말씀드린 건데. 이게 수정했다고 하셔놓고 아무것도 된 게 없네요. 아무것도 된 게 없어."

"예? 최 담당님. 잠시만요. 제가 지금 바로 다시 파일 열어보겠습니다."

이번에도 긴 시간 파일이 열리길 기다리는 동안 기다려야 했다. 박 과장은 땀이 바짝바짝 났다. 박 과장이 파일을 보고 있다고 말하고는 물었다.

"어느 부분이 문제가 되는 거죠?"

"어느 부분이 문제가 아니라, 전체적으로 아무 변화가 없네요. 전반적으로 무슨 이야기 하는지 방향이 안 맞아요. 바쁘신 건 알겠는데, 이것도 중요한 과제거든요. 좀 신경을 써주세요. 이 정도로 아무것도 안 고치시면 성의 문제 아닙니까?"

"죄송합니다. 최 담당님. 일단 눈에 뜨이는 문제점만 몇 가지 지적해주시면, 제가 그걸 보고 전체적으로 어떻게 바꿔야 할지 한번 다시 생각해보겠습니다."

"아니 정말 한두 번 하시는 사업도 아닌데 왜 이렇게 매번 힘들게 하시는지 모르겠네요. 일단 처음 딱 봤을 때, 이게 문장이 몇 갭니까? 하나, 둘, 셋. 세 문장이나 되네요. 세상에 보고서 요약서의 결론이 어떻게 세 문장이나 됩니까? 결론이 세 문장이 되는 경우는 없어요. 그건 말도 안 되잖아요. 한 문장으로 줄여야 되고요."

그 말을 들으며 박 과장은 떨리는 손으로 메모지에 "세 문장 → 한 문장"이라고 써넣었다. 최 담당은 계속해서 말했다.

"소수 사례에서는 실패할 수 있다는 말이랑, 실패할 확률도 있다는 말이랑 뭐가 달라요?"

"예?"

"뭐가 다르냐고요."

"뭐, 딱히 크게 다른 점은 없죠."

"없죠? 그렇잖아요. 이런 식으로 연구 윤리를 위반하는 말은 빼라니까요. 이런 말 다 빼버리고, 그냥 실패할 수 있으면, 심플하게 '실패할 수 있다'라고만 써요. 다른 구질구질한 말은 다 빼고."

"예, 그러면 심플하게 고쳐보겠습니다."

"이게 그렇게 어려운 걸 제가 부탁드리는 게 아니잖아요. 제가 뭐 대단히 어려운 무슨 복잡한 이론을 여기서 아카데믹하게 막 풀어달라고 하는 거는 아니고요. 그냥 사실만 심플하게요."

"알겠습니다."

"그리고 중간에, 무슨 백만 와트, 백만 그램, 1광년, 22초 이런 숫자 나오는 거는 그냥 테크니칼 디테일이잖아요? 어차피 사람이 딱 봤을 때 무슨 감이 오는 말도 아니고. 그러니까 이런 디테일한 거는 다 빼버리고, 그냥 심플하게 핵심만 잡아냅시다. 핵심만. 중요한 핵심만 선명하게요."

"알겠습니다. 중간에 디테일한 부분은 빼버리겠습니다."

"이제, 무슨 말인지 알겠죠? 괜히 없는 사실을 꾸며내서 오해받을 만한 보고서를 만들지 마시고, 딱 봤을 때 딱 알 수 있는 간단한 사실만 남겨놓자고요."

박 과장은 최 담당과 대화를 하며 최 담당의 기분을 조금씩 가라앉히려고 애썼다. 그리고 사소한 일상사나 인사치레 이야기를 가능한 한 많이 나누면서 최 담당이 적어도 자기 연구소에 나쁜 인상은 버릴 수 있기를 유도하려고 했다.

그 골치 아픈 일들을 다 끝낸 후, 박 과장은 유성 기술에 전화를 걸었다. 유성 기술에서는 김 박사가 아닌 다른 직원이 전화를 받았다.

"김 박사님, 지금 자리에 안 계십니다."

"그러면 자리에 오시는 대로 바로 도연으로 연락 좀 달라고 하세요."

"조연이오?"

"아니요. 조연이 아니고, 도연."

"조영이오?"

"도둑할 때 도에, 연막탄할 때 연, 도연이오."

"예, 알겠습니다."

"김 박사님 언제쯤 오실까요?"

"오늘 휴가라서요. 내일 연락드릴 것 같은데요."

"휴가요?"

박 과장은 '김 박사는 팔자 좋네. 나도 이런 일 다 때려치우고 그냥 김 박사처럼 회사에서 연구만 하면 좋겠다.'라고 잠시 생각했다. 박 과장이 다시 말했다.

"그러면, 그 초공간 도약 연구 과제 아시는 분, 다른 분 안 계세요? 제가 그분한테 이야기해놓을 테니까, 최대한 빨리 김 박사님께 전달하라고."

그렇게 해서, 박 과장은 이 팀장과 통화를 하게 되었고, 이 팀장은 박 과장의 지시 사항을 메모해놓았다. 다음 날 김 박사는 평소보다 좀 일찍 출근했다. 그런데 마침 자리에 가 보니 이 팀장의 메모가 있었다.

'긴급 수정. 가능하면 9시 전에 수정본 보낼 것. 보고서 요약서 결론 부분 수정 사항 1) 한 문장으로 할 것 2) 실패한다는 말에 다른 수식은 다 빼고 실패한다는 말만 남길 것 3) 중간에 숫자 나오는 디테일 부분 삭제.'

김 박사는 뭐가 어떻게 되어가는 건지 알 수 없었다. 그렇지만 도무지 시간이 없었다. 오늘이 실제로 원래 예정된 보고서 제출 마감 기한이었다.

김 박사는 뇌를 하얗게 비우고 시킨 대로 그냥 고쳐버렸다.

'지난겨울 우주선에 쓰이는 초공간 도약 항법 연구를 했는데 실제 우주선을 제작해 연구한 것은 아니고 실패할 수도 있습니다.'

김 박사는 보고서를 보냈고, 박 과장은 9시가 되어 출근하자마자 보고서를 보았다. 아무래도 결론 부분은 아주 이상해 보였지만, 최 담당과 싸울 수는 없었다. 이렇게 이상한 걸 보면 최 담당도 뭔가 스스로 깨달을 것이다. 그러면 자기가 잘못

된 지시를 내렸다는 것을 알고 부끄러워하겠지. 그게 나을 거라고 생각했다. 박 과장은 "어디 이 꼴을 한번 봐라."라고 생각하며 보고서를 최 담당에게 보냈다.

최 담당은 곧 보고서를 봤다. 바로 보고서의 요약서 결론 부분을 펼쳤다. 결론을 보니 너무 지나치게 단순해 보인다는 생각이 들었다. 그러나 어차피 이해할 수 없는 내용으로 가득한 내용보다는 좀 단순해도 이렇게 간명한 것이 괜찮다고 생각했다.

최 담당이 박 과장에게 말했다.

"대충 된 거 같고요. 여기 이 유성 기술 말고 다른 업체 보고서는 어떻게 됐어요?"

"저희가 원래 오늘까지 보내달라고 했는데, 조금 딜레이 되는 것 같습니다. 제가 오늘 바로 채근해보겠습니다."

"이제 시간 1주일밖에 없는 것 아시죠? 좀 서둘러주시고요."

최 담당은 지난번에 박 과장에게 너무 모질게 말했다는 죄책감이 있었다. 그래서 더는 보고서를 두고 트집을 잡지 않기로 했다. 박 과장은 보고서를 종이로 인쇄했다. 4천 페이지를 인쇄하는 데에는 2시간가량 걸렸다.

4천 페이지짜리 묶음을 옮기기 좋게 철하기 위해서, 두 명의 다른 직원이 1시간 동안 일을 했다. 그렇게 해서 완성된 보고서 초안을 들고 최 담당은 정 국장을 찾아갔다.

"이거, 왜 이렇게 두꺼워?"

"예산도 많이 들어가고, 고생도 많이 한 연구라서요. 하하."

최 담당은 정 국장이 자신을 싫어하는 것을 알고 있었다. 그래도 항상 서류를 제출할 때는 둘 사이에 별일이 없는 듯이 웃음을 덧붙였다. 최 담당은 그렇게 자신이 웃는 표정을 짓는 것이 자신이 정 국장을 이기는 길이라고 생각했다.

정 국장은 보고서 종이 뭉치를 힘겹게 받아 들었다. 그리고 요약서로 넘겨서 결론 부분을 읽었다.

"지난겨울 우주선에 쓰이는 초공간 도약 항법 연구를 했는데 실제 우주선을 제작해 연구한 것은 아니고 실패할 수도 있습니다."

간단한 문장이었다. 좀 너무 허하고 내용이 없는 듯했다. 하지만 어차피 도전적 기술 연구소의 연구 사업이라는 것이 좀 실현성 없고 뜬구름 잡는 것이라는 생각이 퍼져 있었다. 이 정도면 그 분위기에 오히려 어울렸다. 정 국장이 보기에 이 정도면 크게 흠 잡힐 것은 없는 내용이었다.

그러나 최 담당이 저렇게 긴장해서 찾아왔는데 그냥 "좋네. 잘했어요."라고 그냥 아무 말 없이 돌려보내기에는 너무 아까웠다. 그렇게 무조건 좋다고만 하면, 이 분야에 대해 나는 아는 것도 없고 경험도 없고 할 말도 없어서 그냥 "좋아", "좋아"밖에 할 줄 모르는 인간으로 무시할지도 몰랐다.

정 국장이 말했다.

"다 좋은데, 여기 '초공간 도약 항법'이라는 말을 쓸 필요가 있나? 보고서 제목에도 이 말은 들어 있잖아요. 그러니까 군더더기 아닌가? 뭔가 다른 말로 좀 더 짧게 한번 바꿔보세요. 입에 잘 붙게 알파벳 약자 같은 것도 좋고."

최 담당은 안심했다. 이 정도면 아무 지적도 안 나온 것이나 마찬가지였다.

자기 책상으로 돌아간 최 담당은 긴장이 풀려 자리에 늘어져 한참 가만히 있었다. 힘든 고비를 넘겼다는 생각에 최 담당은 커피를 마시거나, 다른 직원에게 농담을 걸며 오후 시간을 보냈다.

다음 날 아침, 최 담당은 박 과장에게, 박 과장은 김 박사에게 전화를 걸었다.

"초공간 도약 항법이라는 이 말만 알파벳 약자로 바꿔주세요."

김 박사의 영혼은 이미 분실된 상태였다. 김 박사는 시키는 대로 고쳤다.

'지난겨울 우주선에 쓰이는 HLO를 연구했는데 실제 우주선을 제작해 연구한 것은 아니고 실패할 수도 있습니다.'

김 박사가 고친 유성 기술의 보고서는 박 과장에게 곧 전달되었다. 그러나 박 과장은 다른 일로 매우 바쁜 상태였다. 아직도 보고서를 전혀 보여주지 않고 있는 YS 엔지니어링을 닦달해야 했던 것이다. YS 엔지니어링은 밤을 새워서라도 내일까지는 주겠다, 그다음 날까지는 주겠다면서 벌써 며칠을 버티고 있었다. 이미 박 과장이 정해놓은 마감은 지나고, 박 과장이 최 담당에게 보고서를 넘겨야 할 마감이 다가온 상태였다.

유성 기술의 보고서는 다음 날 최 담당에게 전달되었다. 최 담당은 다시 그 보고서를 모두 인쇄했고, 두 명의 직원은 2시간 동안 보고서를 철했다. 그 보고서를 정 국장에게 넘기고 나서, 앞서 두 직원이 이번에는 예전 판 보고서를 받아서 40분 동안 파쇄했다.

정 국장은 어쨌거나 보고서 하나는 잘 들어와 있으니, 나머지 하나는 대강 들어와도 바로 넘기면 된다고 생각했다. 연구소에는 마감이 내일까지라고 했지만, 사실은 다음 주 대통령 직속 기초 과학 집중 투자 위원회까지만 넘기면 되는 내용이니까, 아직 여유도 있었다.

정 국장은 오래간만에 느긋하게 다음 주에는 누구랑 점심을 먹을까 일정을 잡고 있었다. 정말로 오래간만에 느껴보는 여유였다. 그런데 그때 운 없게도 갑자기 장관이 나타났다.

"어, 정 국장. 요즘 잘돼가나?"

"예, 장관님."

정 국장은 재빨리 컴퓨터 화면에 나온 자료를 숨기고 자리에서 일어났다. 장관은 정 국장과 그 자리를 훑어보았다. 정 국장은 장관이 국장들과 괜히 쓸데없이 친한 척을 많이 하고 사소한 것을 알고 싶어 하고 실무를 많이 챙기기로 악명이 높은 자라고 여기고 있었다. 아닌 게 아니라, 책상 위에 있는

4,261페이지짜리 보고서가 장관의 눈에 들어왔다.

"아, 이게 그 이번에 청와대 들고 들어갈 거라는 그 연구인가?"

"예, 맞습니다. 장관님."

장관은 보고서를 들고 이리저리 들추더니, 요약서의 결론 부분을 읽었다.

"아, 뭐, 좀 심심하네. 그런데 이런 보고서에는 아무래도 좀 정량적인 게 들어가는 게 좋지 않겠어? 뭐 이렇게 개선되었다든가, 결과로 뭐가 얼만큼 나왔다든가, 그렇게 숫자로."

"예, 그것도 좋겠네요. 장관님."

"우리 정 국장이 이과 출신이라서 보고서 쓰는 데는 좀 약한가? 문과 출신 국장들 하는 것도 한번 보고 보고해봐. 남들 보고하는 것 보고 한다고, 보고 아닌가? 하하. 아니지, 이과 출신이면 숫자 쓰는 거 더 좋아해야 하는 거 아냐? 하하!"

"하하하하하. 예, 하하하하하."

"하하, 그래, 하던 일 하라고."

"예, 알겠습니다. 하하하하."

정 국장은 자리에 앉아서, 다른 일을 하는 척하면서 장관이 사라지기를 기다렸다. 그리고 장관이 사무실 바깥으로 나가자마자 최 담당에게 전화했다.

"어, 최 담당. 지금 내 자리로 좀 와요."

최 담당은 정 국장이 또 무슨 소리를 할까, 얼마나 얼토당토않은 말로 자신을 비난할까, 혹은 얼마나 어마어마하게 힘든 일을 갑자기 시킬까, 온갖 가능성을 생각하며 다 고민했다.

왜 갑자기 나를 부르는 거지? 보고서를 처음부터 한 문장 한 문장 같이 읽으면서 내일 아침까지 다 다듬어보자고 하는 걸까? 갑자기 일본이랑 미국에서는 초공간 도약 항법 정부 투자 현황이 어떻게 되는지 오늘 일과 시간까지 조사해놓으라고 하는 걸까? 장관이 어디에 가니까 거기에 누가 맞이해주는지, 동선은 어떻게 되는지, 일정은 어떻게 짜면 되는지, 확인해보라고 시키는 걸까? 그것도 아니면 전혀 상상도 못 한 또 다른 거지 같은 일일까?

최 담당은 정 국장 앞에 나타났다. 웃는 얼굴을 짓고 있었다.

"국장님, 예, 왔습니다."

"어, 최 담당. 그 초공간 도약 항법 보고서 말이야. 그거, 장관님께서 결론에 정량적인 걸 좀 집어넣으라고 하거든. 그거 좀 집어넣을 수 있어요?"

"그런데 정량적인 걸 넣으려면 계산도 하고 자료도 다시 뽑아야 하지 않습니까?"

"그렇지."

"그렇게 하기에는 너무 지금 시간이 없는 것 같은데요."

"그래 맞아. 나도 그건 아는데. 그래도 장관님이 정량적인 걸 꼭 보고 싶으시다니까. 뭐라도 집어넣을 수 있는 숫자가 없을까. 생각나는 것 없어요?"

"글쎄요."

정 국장은 잠깐 고민했다. 잠시 후, 정 국장은 최 담당에게 '나의 깊은 경험에서 우러나오는 위기 대처 방법에 감탄하라'고 하는 듯한 늠름한 표정을 지어 보였다. 정 국장이 말했다.

"비용이나 예산은 바로 나올 거 아니야. 이거 지난번 연구에 비해서 비용이 어떻게 달라졌는지 쓰지, 뭐. 비용을 이만큼 절감했다, 뭐 이런 말 집어넣는 건 간단하잖아."

"아, 예, 그건 쉽죠."

최 담당은 "당신의 깊은 경험에서 우러나오는 위기 대처 방법에 감탄하고 있습니다."라는 표정을 지어서 정 국장에게 보여주었다.

의외로 그다지 험한 말을 듣지 않아 최 담당은 안도하고 즐거워하며 자기 자리로 돌아왔다. 최 담당은 도전적 국가 기술 연구소의 박 과장에게 전화를 걸었다.

"박 과장님, 과기부 최 담당입니다."

"예, 안녕하세요."

최 담당의 전화를 받고 박 과장은 손이 달달 떨렸다. 어제가 최 담당에게 보고서를 넘겨야 하는 마감 날짜였는데, 결국 YS 엔지니어링의 보고서가 어제까지도 들어오지 않았다. 박 과장은 최 담당이 보고서 마감 기한을 넘겼다고 격노하는 것은 아닌가 싶어, 두려움에 질려 있었다.

"다른 쪽 업체 보고서도 오늘까지는 꼭 챙겨주시고요."

그런데 최 담당이 그렇게 말하고 넘어가자 박 과장은 안도했다. 말투도 부드러워져 있었다. 최 담당은 이제 무슨 지시가 나오든 그것은 간단한 것이리라고 생각했다.

최 담당이 이야기했다.

"지난번 보고서 요약서 결론 부분에 정량적인 자료가 하나 정도는 들어가야 할 것 같아서 비용 변동을 넣으려고 하거든요. 그게 제일 계산하기 간단하잖아요?"

"그렇죠."

"그래서 지난해에 같은 분야에서 수행한 사업이랑, 이번 사업이랑, 개발에 들어간 비용을 비율로 좀 넣어주세요. 이거 꼭 들어가야 됩니다. 장관님 지시사항이거든요."

박 과장은 그런 수치를 왜 넣어야 하는지, 다른 수치는 안 될지 좀 더 물어보려고 했다. 하지만 최 담당은 '장관님 지시사항'이라는 말을 말미에 붙였다. 그 말이 나오면 더 이상 뭔가를 물어볼 수는 없었다. 그저 따르는 수밖에 없는 무적의 말이었다.

게다가 박 과장은 YS 엔지니어링의 보고서를 독촉해서 받아내는 일이 훨씬 더 위급하다고 생각했다. 다른 곳에 많은 신경을 쓸 여유가 없었다. 숫자 하나 정도 더 들어가는 정도로 약간 내용 고치는 것쯤은 그냥 시키는 대로 하자고 생각했다.

박 과장은 유성 기술의 김 박사에게 전화를 걸었다.

"김 박사님, 지난번에 보고서 제출하신 연구 사업 있죠? 그거 이번에 개발 비용으로 쓴 비용이 얼마인지 그 금액 자료 갖고 계시죠?"

"당장 제가 가진 자료는 없는데, 저희 회사 회계 담당하시는 분께 여쭤보면 뽑을 수 있을 겁니다."

"잘됐네요. 제가 작년도에 같은 분야에 쓴 개발 비용은 숫자를 갖고 있거든요. 그러니까 이번 해에 비용 나오면 작년 대비 올해 비용, 그 비율만 요약서 결론 앞부분에 집어넣읍시다. 지금 벌써 마감은 지났으니까, 좀 급하게 빨리 수정해야 돼요."

김 박사는 갑자기 회계를 맡고 있는 오 대리에게 급하게 그런 자료를 부탁하면 오 대리가 또 인상을 팍 쓰며 틱틱거릴 텐데, 하고 걱정했다. 김 박사는 다른 걱정도 들기 시작했다.

"박 과장님, 그런데 작년도 연구는 그냥 기초 탐색 연구라서 그야말로 기초적인 조사 위주로 연구가 돌아갔거든요. 그래서 개발 비용으로는 돈을 정말 조금밖에 안 썼어요. 본격적인 개발 연구는 올해에 한 거라서, 올해에 개발 비용을 많이 쓸 수밖에 없었거든요."

박 과장이 대답했다.

"장관님 지시사항이랍니다."

김 박사는 하는 수 없이, 오 대리에게 찾아가서 비용 내역을 정리해줄 수 있겠냐고 부탁했다.

오 대리는 회계 감사는 아직 한 달이나 남았는데, 지금 갑자기 날벼락처럼 오늘 하루 만에 그걸 정리하라고 하면 할 수가 없다고, 못 한다고 버텼다. 김 박사는 이 팀장에게까지 부탁해서, 이게 얼마나 중요한 연구이고, 이게 얼마나 급한지,

오 대리에게 설명했다. 빌고 또 빈 끝에, 오 대리는 수락했다. 오 대리는 그날 저녁부터 깊은 밤까지 비용을 계산하기 시작했는데, 비용의 100원 단위가 자꾸 계산이 안 맞아서 밤이 깊도록 고생해야 했다.

"진짜, 이거 지금 이렇게 갑자기 뽑는다고 뽑을 수 있는 게 아닌데."

오 대리는 김 박사와 이 팀장이 매번 이렇게 급하게 자료를 달라고 하는 것이 불만스러워서, 몇 차례나 김 박사와 이 팀장에게 준비성 없는 인간들, 즉흥적으로 회사 일 하는 인간들이라고 속으로 욕을 하며 눈이 충혈되도록 컴퓨터 화면의 계산표를 바라보았다.

다음 날, 마침내 성난 오 대리에게 숫자를 받아낸 김 박사는 박 과장과 의논하여 급하게 요약서 결론 부분 단어만 고쳐서 바로 보고서를 보내기로 했다. 그 내용은 다음과 같았다.

'개발 비용을 2.3배 들여 지난겨울 우주선에 쓰이는 HLO를 연구했는데 실제 우주선을 제작해 연구한 것은 아니고 실패할 수도 있습니다.'

박 과장은 뭔가 이상하다 싶었지만, 그냥 그 내용을 최 담당에게 보냈다. 보내면서 "다른 한 군데 업체 보고서도 내일까지는 꼭 받아오겠습니다."라고 애절하게 사죄했다. 최 담당은 짐짓 화를 냈지만, 아직 자신들이 정해놓은 기한까지는 여유가 좀 있어서, 적당한 선에서 넘어갔다.

　최 담당은 결론 부분을 보고 좀 느낌이 이상한 말이라는 생각이 들었다. 그렇지만 어쩔 수 없다고 생각했다. 최 담당은 다시 보고서를 인쇄하고 철하고 예전 보고서를 파쇄한 뒤 정 국장에게 가져다주었다. 정 국장은 매번 보고서를 고칠 때마다 이렇게 파쇄하고 또 인쇄하는 것이 좀 이상하다고 생각했다. 그렇지만 장관이 문득 보자고 할 때 바로 보여주려면 인쇄한 종이로 갖고 있는 수밖에 없었다. 그렇게 준비하라는 지시도 이전에 몇 차례나 받았다.

　최종본으로 들어온 보고서의 모양은 그럭저럭 괜찮아 보였다. 정 국장은 보고서를 책장 안에 넣어두었다가 장관이 또 관심을 보이면 의기양양하게 설명해주리라 생각했지만, 장관이 그 보고서에 다시 관심을 두는 일은 없었다.

　YS 엔지니어링의 보고서는 진짜 마감 직전이 되어서야, 박 과장, 최 담당, 정 국장에게 들어왔다. 시간이 촉박했으므로 YS 엔지니어링의 보고서는 그 내용을 고칠 시간은커녕 한번 제대로 넘겨 볼 겨를도 없었다.

　가장 극적인 때는 인쇄할 시간마저 부족해서 최 담당이 초조해한 대목이었다. 최 담당은 같은 파일을 옆자리에 있는 곽 담당에게 복사해준 뒤, 자신은 앞쪽 절반을 인쇄하고 곽 담당은 아래층 프린터로 뒤쪽 절반을 동시에 인쇄하는 꾀를 내었다. 이렇게 하면 동시에 두 군데의 프린터에서 반씩 인쇄하니까 걸리는 시간을 절반으로 줄일 수 있었다. 최 담당은 자신의 기지가 하늘에 연을 올려보낸 김유신 장군의 꾀와 거의 같다는 식으로 좋아했고, 주변 직원들도 "야, 기막히네요."라면서 감탄해주었다.

그날 저녁 과학기술부 전략기획팀에서는 급하게 들어온 두 업체의 보고서에서 요약서 결론 부분만을 떼어내서, 과학투자 위원회 보고표에 집어넣었다. 이게 바로, 청와대로 전달될 내용이었다.

YS 엔지니어링 항목에 적힌 내용은 다음과 같았다.

'본 연구의 초공간 도약 항법을 적용하면 이론적으로 850MWh의 동력으로 1kg의 질량을 1광월 거리 이동시키는 데 4.2일의 준비 시간이 소요되며, 성공확률은 75% 이상으로 관리 가능하다.'

유성 기술 항목에 적힌 내용은 다음과 같았다.

'개발 비용을 2.3배 들여 지난겨울 우주선에 쓰이는 HLO를 연구했는데 실제 우주선을 제작해 연구한 것은 아니고 실패할 수도 있습니다.'

두 달 후, 서른세 가지 주요 핵심 연구 사업의 결과가 적힌 표가 대통령 직속 기초 과학 투자 위원회로 전달되었다. 청와대로 초대된 울적한 표정의 교수 네 명과 요란하도록 밝은 표정의 장관, 차관 네 명, 텔레비전 출연으로 인기를 얻은 무슨 박사 세 명, 대통령이 모여 그 표를 훑어보았다. 위원회에서는 YS 엔지니어링의 연구에 '긍정적' 의견을 표시했다.

과학기술부의 결과검토팀에서는 보고서를 세밀하게 다시 점검했다. 과연 YS 엔지니어링의 보고서는 요약서 결론 부분과 나머지 부분의 용어와 표현이 통일되어 있었고, 형식이 잘 들어맞았다. 그런데 유성 기술의 보고서는 요약서 결론 부분에 나오는 말이 다른 부분과 조금씩 다르거나 형식이 어긋난 부분이 있었다. 예를 들어, 요약서 결론 부분에서 'HLO'라는 말을 썼고 비용에 대해 언급했다면 다른 부분에서도 그렇게 해야 하는데, 유성 기술의 보고서에는 다른 곳에서는 'HLO' 대신 '초공간 도약 항법'이라고 쓴 부분이 몇 군데 보였고 비용 비교를 언급한 곳은 없었다. 이런 보고서는 낮은 평가 점수를 받을 수밖에 없었다.

결국, YS 엔지니어링의 기술이 채택되었고, 그에 따라 이후 2년간 초공간 도약 항법을 적용한 우주선 실제 개발 사업이 진행되었다. 4조2천6백억 원을 투입한 이 우주선 개발 사업의 시험 결과는, 성공확률 75퍼센트 쪽으로 나올 수 있지 않겠나 많은 사람이 기대했다.

우주선 실험은 TV로 중계되었다. 그러나 그때 유성 기술의 김 박사는 어떻게든 회사를 살리기 위해 자동차 엔진 오일 연구 보고서에 혼신의 힘을 다하느라 바빴으므로, 그 중계를 생방송으로 보지는 못했다. 우주의 섭리는 실패 25퍼센트 쪽을 택해서, 마침 김 박사가 엔진 오일 연구 보고서의 결론 부분을 쓰고 있던 순간, 초공간 도약 항법 실험은 달과 지구 사이에서 우주선이 8백만 조각으로 공중분해 되는 것으로 완전히 종결되었다.

— 2018년, 테헤란로에서

지상 최대의 내기

The Biggest Gamble on Earth

나를 친구라고 소개한 사람 중에서 가장 부유한 사람을 꼽으라면 당연히 한승희다. 내가 친구라고 소개한 사람 중에서 꼽는 것보다는, 나를 친구로 소개한 사람 중에서 꼽는 것이 더 공정할 것이다. 내가 친구라고 소개할 수 있는 사람 중에 꼽아본다고 해도 사실 한승희보다 더 부유한 사람은 없다.

　나는 한승희를 대학 입학과 함께 만났다. 나와 한승희는 같은 학교 생물학과의 신입생이었다. 그 외의 공통점은 많지 않았다. 내가 시험을 치르기 위해 지루한 고등학교를 부지런히 다니고, 알찬 시험 점수를 받고, 그 시험 점수를 빡빡한 배치표에 맞추어본 결과로 이 대학의 생물학과에 오게 된 것과 달리 한승희는 그곳에 온 이유부터가 흔한 것이 아니었다. 다름이 아니라 한승희는 아주 어릴 때부터 생물을 연구하는 학자가 되고 싶었다는 것이다.

한승희는 다섯 살 때 다른 많은 다섯 살짜리 어린이들과 마찬가지로 공룡이 매우 멋진 동물이라고 생각했고, 공룡에 대해서 새로운 것을 알아가면서 인생을 살면 무척 재미있겠다고 결심했다. 많은 어린이가 학교에 가고 사춘기를 겪고 성장하면서 많은 지저분한 일을 통과하는 동안 그 결심을 버리게 된다. 그러나 한승희는 거의 아무런 지저분한 일을 겪지 않고 고등학생이 되는 위업을 달성했다. 한승희는 참사랑을 받고 자라나고 있는 알파 산업 창업주의 증손녀였으며, 이러한 배경이 한승희의 어린 시절을 돕는 방향으로 작용한 까닭이었다. 그 때문에 한승희는 입시와 진로를 고민하는 나이가 다가와서도 공룡을 연구하는 학자가 되고 싶다는 꿈을 거의 그대로 보존하고 있었다.

그러나 한승희는 열렬한 압박과 권태에 묶인 무기력이 조화를 이루고 있는 입시 위주의 교육 체계에 별다른 흥미를 느끼지 못했다. 나는 그렇지 않았다. 시험 범위에 맞춰 밤새 문제집을 풀고 그다음 날 조마조마한 마음으로 째깍거리는 시계를 보며 시험지를 재빠르게 풀어내느라 조마조마하게 사는 것이 나는 삶에서 굉장히 중요하다는 생각에 빠져 있었다. 한승희는 그런 것을 중요하게 여기지 않아도 되는 삶을 이미 알고 있었다.

그렇다고는 해도 한승희는 여전히 성실하고 선량한 학생이었다.

삶, 학교, 시험지를 대하는 태도는 나와 전혀 달랐지만, 남을 조롱하거나 세상을 우습게 여기는 태도를 가진 것은 아니었다. 교사들에게 친절한 표정을 짓고 학교에 머물러야 하는 시각까지 꼬박꼬박 끈질기게 앉아 있는 것에는 오히려 나보다도 더 능숙했다. 대학 시절 몇몇 학우들은 그런 한승희의 성격을 두고 그녀는 워낙 곱게 자라서 세상 험한 것을 모르기 때문이라고 하기도 했다. 그러나 지금 나는 오히려 한승희가 아닌 다른 모든 사람의 삶을 그녀가 측은히 여길 줄 알았기 때문은 아니었을까 의심하고 있다.

나는 한승희의 그러한 성격이 그 부모에게서 물려받은 것이라고 보고 있다. 알파 산업의 회장은 한승희의 어머니였는데, 회장님, 그러니까 한승희의 어머니께서는 옛날 환락과 정열의 20대를 뻐근하게 보낸 결과, 결혼할 남자에 대해서는 단 두 가지 특징만 따지겠다는 확고한 신념을 갖게 되셨다고 한다.

그 두 가지 중 첫 번째는 선량한 마음이었고, 두 번째는 뒤에서 보았을 때 어깨 근육의 아름다움이었다고 한다. 어머님께서는 알파 산업을 여든 배로 성장시킨 수완가답게 그 둘을 완벽하게 가진 남자를 찾아내고 자신의 배필로 삼는 데 성공했다. 그러니까 한승희의 선량함은 그 아버지의 선량함을 물려받은 것이고, 한편으로는 그런 선량한 사람을 찾아다닌 어머니의 마음을 같이 물려받은 더 새로운 선량함이었다. 게다가 한승희가 완벽한 어깨선을 가진 것 역시, 부모에게 물려받은 유전자의 간접 영향은 아니었을까 나는 짐작한다.

따라서 한승희는 뇌물이나 서류 조작 등의 방법을 거치지 않고 자신이 진학하고 싶은 학과에 갈 방법을 찾고자 했다. 그녀에게는 그 증조부가 갖고 있던 기발한 발상을 떠올리는 재능도 충분히 있었던 것 같다. 한승희는 어머니께 말씀드려, 몽골, 카자흐스탄, 미국에서 공룡 화석을 발굴하는 연구팀 여덟 곳에 자금을 지원해달라고 부탁했다. 그리고 여덟 곳의 뛰어난 연구팀 중 한 곳이 티라노사우루스 렉스의 깃털 화석이 발견될 기미를 찾았을 때, 연구원들은 매시간 꼬박꼬박 진행 사항을 한승희에게 보고하도록 했다. 그리고 그 포악한 육식 공룡의 깃털 화석이 세상에 모습을 드러내기 직전에 한승희는 비행기를 타고 사막으로 날아가 직접 흙을 털고 화석을 꺼내는 일을 거들었다.

그 정도면 우리 학교 생물학과 입학 원서에 써넣기에는 충분히 그럴듯한 경험이었다. 다양한 경험을 해본 창의적인 자질이 있는 학생을 뽑아야 한다는 구호에 어울리지 않음이 없었다. 실제로 우리 학교 교수 중에는 지질학과 교수들까지 포함해도 티라노사우루스 렉스의 화석을 실제로 발굴해본 사람이 아무도 없었고, 깃털 화석은 심지어 실제로 본 사람조차도 한 명도 없었다. 그 정도면 학문적으로도 고등학생에게 기대하기에는 출중한 성과였다.

그렇게 해서 한승희는 창의성 특별 전형이라는 방법을 통해 나와 같은 과목을 듣고 같은 과제를 하게 된 것이었다.

나는 한승희를 처음 본 날과 그 시각을 지금껏 잘 기억하고 있고, 처음 나누었던 대화가 무엇이었는지도 기억하고 있다. "여기 자리 있나요?" "아, 앉으세요." 그보다 조금 더 중요한 기억을 돌아본다면, 생화학 강의 시간의 몇 초간이다.

생화학 강의를 맡았던 교수는 지독하게도 지루하게 이야기를 늘어놓는 편이었고, 그 때문에 대부분의 학생은 아무도 그 교수의 말을 듣지 않고 있었다. 그런데 그 교수는 가끔 천 마디에 한 번꼴 정도로 아주 괴상하게 웃긴 말을 아무렇지도 않게 주절거리고 넘어가는 때가 있었다. 너무나 지루함에 깊게 파묻혀 있는 강의였고, 지루함 자체가 공기 속에 유독 가스처럼 퍼져서 강의실 전체를 메우고 있는 느낌이었기 때문에, 그 웃긴 말이 실제 웃음으로 피어오르지는 못했다. 실제로 아무도 소리 내어 웃는 사람도 없었고, 심지어 그 말을 한 교수 스스로도 아무런 웃음기 없이 그냥 별다를 것 없는 말을 했다는 것처럼 다음 이야기로 넘어갔다.

그런데 나는 반쯤 졸면서 그 이야기를 듣다가 그 이야기가 굉장히 우습고 해괴한 말이라는 것을 갑자기 깨달았다. "으하하" 소리 내서 웃으려는데, 아무도 웃지 않고 있다는 것을 알았다. 강의실 안의 축 처진 분위기는 웃음이라는 것을 생각도 해서는 안 된다는 것에 가까웠다. 나는 급하게 웃음을 멈추고 참았다. 그리고 주위를 둘러보니, 대부분의 학생은 몇 초 전의 나처럼 졸고 있었고, 몇몇 의욕적인 학생들은 또한 웃음과 관계없이 생화학에 대한 학문적 열정에 불타는 눈동자를 보여주고 있을 뿐이었다.

어떻게 그 말을 듣고 아무도 안 웃을 수가 있지? 나는 아주 이상한 말이 지나갔는데도 아무렇지도 않은 것처럼 조용하고 적막한 강의실이 환상 속의 한 장면 같다는 기분까지 들었다.

그런데 그러다가 마찬가지로 주위를 둘러보는 한승희의 눈과 마주쳤다. 한승희의 얼굴을 보는 순간, 나는 바로 알 수 있었다. 그녀도 나와 똑같은 느낌을 느끼고 있었다. 그녀의 기울어진 눈썹은 "이게 도대체 뭐야?"라고 말하고 있는 것 같았고, 미소로 들어간 보조개가 더 큰 웃음을 숨기고 있다는 것을 알려주었다. 나는 그녀에게 고개를 살짝 숙이며 잠깐 눈짓을 하며 나도 같은 심정이라는 것을 알려주었다. 그렇게 2초 정도, 우리는 표정을 주고받았다.

삶을 살다 보면 그런 몇 초의 시간이 일평생을 바꿀 때가 있다. 장난스러운 표정을 잠깐 주고받는 그런 2초간, 3초간이 그 학기 중에 몇 번 더 찾아왔다. 한번은 도저히 웃음을 참지 못해 무슨 급한 일이 있는 것처럼 갑자기 강의실 밖으로 뛰쳐나와서, 복도 끝 자동판매기 앞에서 둘이 같이 참다 참다 못 참은 웃음을 후련하게 터뜨리기도 했다. 지금 돌아보면 그 정도로 웃긴 이야기도 아니었는데, 웃음을 참아야 한다는 것이 더 사람을 웃게 만들어서 그랬는지, 왜 그랬는지 모를 일이다.

한승희와 내가 그렇게 많이 친했던 것은 아니다. 모든 때마다 항상 잘 어울렸던 것도 아니다. 이른 아침 강의 시간 전에 잠이 덜 깬 눈으로 구내식당에서 아침을 먹고 있을 때, 우연히 만나 정말 졸려서 죽겠다는 한탄을 같이하면서 농담 따먹기를 할 때는 죽이 잘 맞았지만, 한편 초저녁에 나초 과자 봉지를 들고 학교 연못가에서 맥주캔을 따고 있는 내가 한잔하는 게 어떠냐고 하면 고개를 절레절레 흔들며 거절했다. 그러면서도 그녀가 거절하는 태도는 대단히 우아했다. 중간고사는 끝났는데 딱히 할 일은 없지, 겨우 네 개 묶음에 얼마라는 싸구려 맥주를 들이밀며 "안 딴 캔 있는데 너도 마실래?"라고 내가 말했는데, 그것을 거절하는 그녀의 목소리는 불가침 조약을 거절하는 영국 여왕의 연설 같았다.

그 무렵의 하루하루란 언제나 피곤하고 언제나 잠이 부족한 시간이었다. 한 사흘만 그냥 마음껏 푹 자보면 좋겠다, 한번 푹 자고 싶은 만큼 잘 수 있는 날이 언제나 올까, 하는 상상을 몇 번이나 했는지 모른다. 그러나 매일 매일이 알 수 없는 신비로움이 펼쳐지던 나날이기도 했다. 전화기가 울리고 새로운 이야기 몇 마디만 전해져 오면 뭐라고 대답할까. 혹시 나는, 우리는 어떻게 되는 걸까 밤이 깊도록 상상에 빠지기도 했던 날이었다.

초여름쯤이 되었을 때, 어느 새벽에 그녀는 나에게 문자 하나를 보냈다. 금요일 저녁에 한 5시간은 자리에 버티고 있어야 하는 좀 지루한 행사가 하나 있는데, 혹시 같이 가줄 수 있겠느냐는 것이었다. 원래 그 행사에 가기로 한 친구가 두 명이 있었는데 급한 일이 있어서 못 가게 되었다는 이야기였다. 일본에 가 있는 그녀의 동생을 급히 불러서 한 명은 채웠는데, 나머지 한 명이 마땅치 않다는 것이었다. 좀 힘들고 급한 부탁이라도 할 만한 친구가 그녀에게 나 말고 없는 것은 아니었지만, 그 친구들의 약속을 그녀가 이 약속 때문에 거절한 상황이었기 때문에 다시 부탁하기는 민망하다고 했다.

새벽 2시 반에 온 연락이었고, 한참 잠을 자다 말고 문자를 본 것이었지만, 그 말을 보는 순간 나는 잠이 싹 깼다. 가야지. 가야지. 당연히 가야지. 5시간이 아니라 50시간을 버티고 있어야 하는 행사라도 가야지. 아니, 오히려 50시간이나 5일을 버티고 있는 행사라면 더욱더 가야 하지 않겠는가.

그렇지만 나는 일단 답을 하지 않기로 했다. 새벽 2시 반에 연락했는데 바로 대답을 하면 너무 할 일 없고 한가한 사람으로 보일 것 같았다. 나는 괜히 답을 안 하고 잠깐 버티기로 했다. 그러면 언제 대답을 하지? 보통 아르바이트하러 나가려면 5시 반에 일어나니까, 그때 대답을 할까? 그것도 너무 이른 시각 아닌가? 사람이 눈 뜨자마자 바로 문자를 읽고 아침에 일어나서 제일 먼저 하는 일이 문자에 답하는 거라면 그것도 너무 애타게 기다리고 있었던 것처럼, 거기에만 몰두하고 있었던 것처럼 보이지 않을까? 그러면 한두 시간쯤 지나서? 7시 몇 분 정도? 뭐라고 대답할까? 그냥 무조건 "좋지. 갈게."라고 대답하면 그것도 너무 내가 세상 다른 일 신경 쓰는 것 없고, 하자는 대로 다 하는 사람 같게만 보이잖아. 뭔가 조건을 걸거나 나도 고민 끝에 대답했다는 느낌을 줄 수 없을까?

나는 놀라운 의지력으로 대답하지 않고 다음 날 아침 7시까지 기다렸다. 정확하게 7시 00분에 대답을 보내면 일부러 7시까지 기다린 티가 날까 봐 1분 정도를 더 기다린 뒤에 7시 1분 00초에 나는 이렇게 대답했다.

"밥은 주냐?"

잠시 후 그녀는 밥은 준다고 답을 주었고, 나는 그렇다면 그 행사에 가겠다고 했다.

그 행사란 것은 어느 투자가의 자식이란 사람이 딱히 할 일이 없어서 자기 이름을 대표로 걸어놓은 자선 단체의 후원 행사였다. 그런데 몇 년을 지나는 사이에 비슷한 수준인 갑부 자식들의 친목 모임으로 발전했고, 그것이 어쩌다 보니 꽤 중요한 연례행사가 된 것이었다. 저녁 동안 요리사들이 음식 경연 대회를 하고 이런저런 여흥거리를 즐기면서 자선 후원금을 모으는 것이 행사의 중심이었다. 다만 행사에 참석하는 사람들이 그보다 더 중요하게 생각하는 것은 그동안 그곳에 모이는 사람들끼리 서로 얼굴을 익히고 성격과 버릇을 탐지하고 친해지거나 누군가의 험담을 하거나, 혹은 험담을 하며 또 다른 사람과 친해질 기회를 찾는 것이었다. 알고 보니, 갑자기 참석하지 못하겠다고 한 그녀의 친구 둘은 정권이 바뀐 뒤에 부모가 탈세 혐의로 구속되는 바람에 몸을 피하고 있는 것이었다.

금요일 오전에 학교에서 한승희를 만나자 그녀는 드레스 코드를 알려주며 마땅한 옷이 있는지 나에게 물어보았다. 나는 한 사흘만 더 있다면 그럭저럭 비슷하게 맞출 수 있을 것 같기는 한데, 지금은 세탁소에 정장을 맡겨놓은 상태이기 때문에 곤란하다고 대답했다. 그러자 그녀는 갑자기 부탁했으니 옷은 자기가 어떻게든 마련해보겠다고 했다. 그녀는 옷과 머리 모양을 골라주는 일을 하는 예술가에게 전화를 걸었고, 전화 저쪽에서는 너무 급하게 연락을 해서 시간을 낼 수가 없겠다고 했다. 그녀가 난처한 목소리로 부탁하자, 이윽고 그 예술가는 그러면 잠깐 기다리라고 하더니 무엇인가 대안을 찾아주었다.

우리는 그날 점심때 그 대안을 만났다. 요즘에는 조금 인기가 시들해져서 웃긴 역할로 주로 먹고사는 중견 배우 한 사람이 한승희와 나를 찾아왔던 것이다. 한승희는 이미 그 배우와 알고 지내는 사이인 것 같았다. 배우는 이렇게 말하며, 자기 차에 우리를 태웠다.

"하여간 그 사람도 좀 너무해. 아니, 배우가 자기 아는 사람한테 스타일리스트를 보내는 경우는 있어도, 스타일리스트가 자기 바쁘다고 배우를 보내는 경우가 어딨어?"

"어지간한 스타일리스트보다 워낙 감이 좋으시고 잘 아시니까 그러시는 거죠."

배우는 나와 한승희를 데리고 옷 가게 몇 군데, 구두 가게 몇 군데, 미용실 몇 군데를 돌며 나를 단장시켰다. 배우는 내가 새 옷을 입거나 머리 모양을 바꿀 때마다, 거기에 어울리는 표정을 거울 앞에서 지어보라고 강조했다. "사람이 표정이랑 목소리랑 옷이 어울리는 게 참 중요해." 그렇게 말하면서 자기가 출연했던 무슨 영화에 어떤 장면에 나오는 누구 표정 처럼 해보라라든가, 자기가 출연했던 무슨 연속극의 누구 같 은 얼굴을 지어보라고 했는데, 그런 이야기를 하면서 자기가 나왔던 영화의 추억에 잠깐씩 도취되는 듯 보였다.

배우가 골라준 옷을 챙겨서 나와 보니, 오후 햇살이 한적한 거리를 채우고 있었다. 초여름 햇빛은 너무 강해서 검은 아스 팔트가 어쩐지 희다는 느낌이 들 정도였다. 배우는 우리 둘이 같이 나란히 서보라고 했다. 그리고 고개를 크게 끄덕였다.

"좋네! 그러면 저녁에 잘하시고. 다음에 내 영화 나오면 꼭 극장에서 보고."

배우가 떠나가자 우리는 그 길을 같이 잠깐 걸었다.

워낙 시끄럽고 급하고 소란스럽게 이 옷의 느낌이 어쩌니, 이 구두의 기분이 어쩌니 하는 이야기만 한참 떠들고 난 이 후다 보니, 괜히 우리는 아무 말 없이 멍한 느낌이 되었다. 같 이 걷는 중에 잠깐 어두워졌다가 다시 잠깐 밝아졌는데 나는 흰 뭉게구름이 태양을 지나친 것 같다는 생각을 했다. 왜 그 런 생각을 했는지 모르겠다. 그런 이야기를 하지도 않았다.

헤어지면서 한승희는 저녁이 되면 자기가 나를 데리러 올 거라고 했다. 나는 내가 아르바이트하는 곳을 알려주었고, 그 녀는 아는 길이라고 했다. "그래, 그러면 이따가 저녁에 보자. 정말 고마워." 그녀는 웃으며 한 손을 들어 보였다.

아르바이트가 끝나고 옷을 갈아입는데 생각보다 시간이

오래 걸리지 않았다. 나는 혹시나 옷 갈아입는 데 시간이 오래 걸리면 늦을 수도 있겠지 싶어 시간을 약간 넉넉히 잡아놓고 움직였다. 그래서 나는 골목길 앞에 나와서 그녀가 오는 것을 기다렸다. 해가 긴 날이었기 때문에 제법 늦은 저녁이었는데도 아직 햇살은 그대로 남아 있었다.

"왜 이렇게 차려입었어? 어디 면접 보러 가?" 얼굴을 아는 동네 상인 몇몇이 말을 걸고 지나갔다. 뭐라고 짧게 대답하면 좋을지 궁리하는 동안 나는 그냥 웃고 있기만 했다.

8분 정도 기다렸을 때, 그녀의 차가 나타났다. 그녀는 항상 그렇듯이 직접 운전하고 있었다.

"어? 일찍 끝났어? 그러면 연락하지. 나는 일부러 시간 딱 맞춰 온다고 요 앞에서 차 세워놓고 기다리다가 왔는데. 자리가 앞으로 당겨져 있어서 다리 불편하겠다. 잠깐만 뒤로 움직여줄게."

나는 고개를 숙여 운전석의 그녀를 쳐다보았다. 그때 문이 열리고 저녁 햇빛이 갑자기 차 안으로 들어왔다. 그래서 그녀가 잠깐 눈이 부셔 눈을 찡그렸던 모습이 기억난다. 그 빛 때문에 그녀가 입고 있던 흰옷은 오렌지색으로 보였다. 그녀는 데이지 꽃 모양이 가운데에 있는 목걸이를 하고 있었는데, 그 꽃 모양의 색깔이 그녀의 얼굴색과 똑같아 보였다.

"아, 나는 또 빨리 끝났다고 말하면 네가 너무 급하게 오려고 할까 봐. 안전운전 해야지."

"그렇지. 안전운전."

평소에는 별 재미 없는 잡담도 그냥 길게 했는데, 그날 저녁에는 한동안 말을 별로 하지 않았다. '이런 말을 하면 재밌을까?', '아무 관심을 안 가질 화제 아닐까?', '되게 재미없는 말만 한다고 생각하면 어쩌지?' 그런 생각만 몇 차례나 했다.

"저녁 행사라고 하는데 너무 날씨가 좋고 밝아서 저녁 느낌이 거의 안 난다, 그렇지? 거기 음식이… 경연 대회라고는 하는데 꼭 다 맛있는 건 아냐. 정말 진짜 맛없는 것도 있어. 그런데 거기 무슨 버섯 샐러드라고 하면서 매년 출품하는 요리사가 한 명 있는데 그건 정말 맛있어. 꼭 먹어야 돼. 어떨 때는 사람들이 막 줄 서서 먹어."

평소에 내가 말을 조금 더 많이 하는 편이라고 생각했는데, 그날 저녁에는 그녀가 더 말을 많이 해주었다.

우리가 탄 차는 곧 도심에 솟아난 작은 산기슭의 도로로 접어들었다. 나무들이 이상할 정도로 가득 우거져 있었고, 그 나뭇잎 사이로 멀리 산 언덕을 감싸고 있는 도시 건물들의 불빛이 깜빡이며 지나가는 것이 보였다. 미처 모르는 사이에 주변은 한결 조용하고 어두워져 있었다. 이곳은 다닥다닥 끝없이 붙어 있는 집들의 바다 가운데에 고요히 솟아 있는 섬 같다는 느낌이 들었다.

숲길을 지나 다시 트인 곳으로 들어서자 그곳에는 호텔 건물이 있었다. 치장이 없는 반듯한 네모 모양의 건물이었지만 서울 땅값을 두려워하지 않은 넓찍한 부지를 보면 고풍스러운 느낌도 있었다. 그녀는 호텔 입구로 차를 대었다. 직원이

차 문을 열어주니, 건물 안 백열등의 황색 빛이 유리마다 반사되고 있는 것이 선명히 보였다.

"저쪽이야."

그녀는 우리가 가야 할 방향을 안내했다. 행사를 위해서 야외와 연결된 뷔페식당과 호텔 뒷마당을 통째로 빌린 것 같았다. 호텔 바깥의 조용한 숲 공기와 다르게 그곳에는 오가는 사람이 제법 있었다. 나는 나와 그녀의 구두가 바닥을 딛는 소리가 울려 퍼져 그 사람들의 소음에 뒤섞이는 것을 들었다. 듣기 좋은 소리라고 생각했다. 커피를 마시는 사람들과 그 옆에서 더블베이스와 피아노를 연주하고 있는 사람들이 보였다. 무슨 노래인지 알 수 없는 피아노 소리가 공간 속에 울렸고, 알 수 없게 흘러다니는 그 많은 사람의 말소리에 섞여서 화음을 이루는 듯이 들렸다.

내가 무거운 유리문을 열고 그녀가 문 앞에 서 있던 직원에게 "안녕하세요. 잘 지내셨어요?" 하고 인사하는 것을 마지막 절차로, 우리는 행사장에 도착했다.

"같이 온 친구분은 한 분이신가 봐요?"

"예."

그것 말고 달리 이름을 확인하거나 초대장을 보여주어야 하는 절차는 없었다. "잠깐만요."라고 하더니 우리 둘의 사진을 한 장 찍을 뿐이었다.

"잘 나온 사진이면 연감에 실려요."

다양한 옷차림의 요리사들과 하얀 식탁들이 있었다. 그리

고 그 안쪽에는 갖가지 모양의 옷차림으로 단장한 온갖 참석
자들이 흩어져 있었는데 그들은 모두 조립해 완성한 레고 블
록처럼 잘 어울려 보였다. 내 옷차림을 내려다보니, 나도 거
기에 어울리는 모습이 되어 있었다.

"어떤 쪽으로 앉을까? 저녁이라서 좀 시원해진 것 같으니
까 건물 바깥에 앉으면 어때?" 그녀가 물었다.

"모기 있으면 어떡해?"

"네가 그때그때 재빨리 잡아야지."

그녀는 나를 돌아보고 웃었다. 나는 뭐라고 재밌는 말로
대답할 생각이었는데 말을 하지 못했다. 그때 앞서 걷던 그
녀와 나 사이로 껄껄거리며 큰 소리를 내는 중년의 정장 차
림 남자들이 지나가면서 가렸다. 나는 빠른 걸음으로 다시 그
녀를 따라잡았다.

자리에 앉아서 나는 그녀를 보았다. 그녀는 누군가를 찾는
지 사람들 사이를 보고 있었다. 나는 누구를 봐야 하는지도
모르고 그녀가 보는 방향을 같이 보았다. 여러 가지 소리가
들렸다. 들뜬 목소리로 유난히 크게 웃는 목소리가 들리는가
하면, 작지만 빠르게 이어지는 목소리도 있었다.

"안녕하세요?"

"어, 승희! 올해는 처음 보네."

"잘 지내시죠."

그녀는 누군가를 만날 때마다 반갑게 인사했다. 가끔 내
쪽을 가리키며, "제 친구예요."라고 소개해줄 때도 있었다. 나

는 그녀가 최대한 자연스럽게 보일 수 있도록 나름대로 그곳에서 가장 어색하지 않은 사람 흉내를 내려고 애썼다. 얼마나 내가 그 흉내를 잘 냈는지는 모르겠다. 나를 보는 그녀의 눈은 평소와 같아 보여서, 예를 들면, 어제 아침 망한 과제 점수에 대해 나와 떠들 때와 다를 바 없어 보였다.

"어, 승희랑 같은 학교요? 그럼 전공이 뭐예요?"

"같은 생물과입니다."

"그래요. 관심 있는 분야나 좋아하는 것 있어요? 요즘에는 유전자 가위 기술 같은 거 많이 이야기하던데."

"아직 그냥 학생이라서 잘 모르죠, 뭐. 저는 신경 인지 감각, 감성 공학, 그런 쪽이 재밌어 보이더라고요."

"이름은 재밌게 들리네요. 요즘에 그쪽으로 사업 시작한 데가 있나? 아, 그럼 졸업하고 나서는 그쪽으로?"

승희가 소개해준 한 젊고 잘 생긴 남자는 나에게 그렇게 물었다. 내가 말한 생물학 분야의 기술을 이용해서 어떤 기업의 새로 시작하는 사업을 이끌거나, 내가 그런 기술을 이용하는 '스타트업'을 차릴 것인지 묻고 있었다. 나는 정직하게 대답했다.

"대학원 가려고요."

대화가 끊어지면 나는 주위를 구경했다. 식탁마다 올려놓은 꽃도 참 아름다운 것들이었다. 식탁 위의 꽃을 쳐다보는 사람은 아무도 없는 것 같았지만, 누군가가 정성을 들여서 고르고 행사 전에 싱싱한 것을 골라 와서 꽂아둔 것이었다. 실내의 깊은 곳은 일부러 좀 어둡게 해두어 아늑한 석유 램프를 켜놓은 것처럼 장식하기도 했고, 한편으로는 샹들리에 아래에서 반짝거리고 있는 아이스크림 진열장도 있었다. 다시 뜰쪽으로 나오면 수영장이 보였다. 아직 사용할 날씨는 아니었지만 맑은 물이 가득 채워져 있었다. 주위의 빛을 반사하도록 해둔 모습이어서, 여름 저녁 시원한 바람이 불 때마다 수면이 흔들리면 거기에 비친 흐릿한 사람들의 모습도 지워졌다 나타났다 하며 움직였다.

그녀가 말했던 대로 정말 행사는 길게 이어졌다. 가끔 연설 같은 것을 하는 사람이 중간에 있었고, 그러면 사람들은 박수를 치기도 하고 유리잔을 들고 술을 마시며 같이 웃기도 했다. 웃긴 재담을 하는 사람, 가끔 무슨 퀴즈나 게임을 진행하는 사람도 행사장 중앙에 올라왔다 내려갔다.

그 사이사이에 우리는 계속 이 음식 저 음식을 구경하며 다녔다. 그녀가 내게 물었다.

"이 샐러드에 양상추 잎 모양은 뭘 나타낸 것 같아?"

"식물로 변한 쥐포… 같은 거?"

"쥐포가 왜 식물로 변하는데?"

"그런데 정말 그런 모양으로 만들었잖아. 쥐포가 식물로 변한다는 게 뭘 상징하는 거라든가 그럴 수도 있지 않겠어?"

"아, 현대사회의 각박한 현실 속에서 바다를 마음껏 헤엄치던 물고기조차도 그 동물성을 모두 다 잃고 식물의 형태로 박제되는 운명을 나타낸 것이다."

그리고 그녀는 일부러 소리를 내어 웃었다. 나도 같이 웃었다.

밤이 깊어가면서 그녀와 나는 점점 더 많이 웃게 되었다. 음악 소리는 좀 더 커졌다. 실제로 얼마나 따분해하는지는 모르겠지만, 얼굴에 지루함을 드러내는 사람은 아무도 없었다. 다들 한결 행복해하고, 또 한결 멍청해지는 것 같은 느낌이었다.

싱글거리며 술에 취해 벌건 얼굴로 누구에게나 멋지다고 반갑다고 하는 사람, 갑자기 들뜬 큰 목소리가 되어 먼 곳에서도 고개를 돌려 쳐다보게 만드는 사람이 나타나기도 했다. 그녀의 초등학교 선배라는 사람이 우리에게 이런저런 재미난 이야기를 건네더니, 문득 춤을 가르쳐주겠다고 하고는 그녀와 나에게 이리저리 돌고 발을 굴러보라고 하기도 했다.

시간이 너무 지났다는 생각이 들었을 무렵, 다시 중앙에 나타난 사회자가 외쳤다.

"그러면, 지금부터 보물찾기를 시작하겠습니다. 오늘은 기부액수가 많아서 상금도 무척 많습니다."

사람들은 아이스크림 진열장 옆에 있는 긴 탁자를 향해 저마다 걸어갔다. 거기에는 가지런히 접힌 카드가 꽂혀 있었다.

"뭘 찾는 보물찾기야?" 내가 물었다.

"저 카드에 적힌 것. 그게 보물이야. 카드마다 뭘 찾아야 하는지 적혀 있고 점수가 있는데, 그 카드에 적혀 있는 걸 먼저 빨리 가져오면 그 점수를 따는 거야. 이기면 상금도 받고."

"상금이 얼만데?"

"제법 되지. 점수별로 뭐 주는 것도 있고. 올해에 모인 기부금을 자기 이름으로 내게 되기도 하고."

보물찾기 카드에 적혀 있는 것은 짓궂은 장난 같은 것들이 많았다. 예를 들면 '2층 쓰레기통 맨 밑바닥에 있는 것'이나, '호텔 입구에서 두 번째 나무 꼭대기의 나뭇잎' 같은 것이었다. 잘 차려입은 남녀들이 바쁘게 뛰어가서 먼저 쓰레기통을 뒤지려고 다투거나, 턱시도를 입은 은행가가 나무를 타는 모습을 보여주기를 원하는 것이었다.

한편 구하기 어려운 것들은 그만큼 점수가 높았다. 예를 들어, '만화 주인공이 그려진 속옷'처럼 누군가가 재빨리 시내로 내려가 사 오기만 하면 되는 것은 점수가 낮았고, '황금 1킬로그램'이라든가, '살 1파운드' 같은 것은 제법 점수가 높았다.

"뭐 있는지 보자."

"나는 진짜 매년 1점짜리도 따본 적이 없어. 쉬운 거라도 해보려고 하면 항상 먼저 하는 사람이 나타나더라고."

나는 그녀와 함께 문제가 적혀 있는 카드들을 둘러보았다. 이것저것 살펴보며 궁리하고 있는데, 샹들리에 바로 아래쪽에서 상기된 표정으로 전화를 붙잡고 소리 지르는 사람이 보였다.

"어, 형. 난데. 지금 올 수 있어? 시간 되지?"

나는 그를 쳐다보았다. 그는 전화기를 붙들고 계속 떠들고 있었다. 그의 눈이 커졌고, 계속 더 커졌다. 그녀가 나에게 말했다.

"쟤는 이거 이기려고 매년 아주 목숨을 걸어. 재미로 하는 거 아니야? 뭘 저렇게까지 열을 내고 이기려고 해?"

"저 사람이 이긴 적도 있어?"

"몇 번 있지. 쟤는 진짜 이기려고 별짓을 다 한다니까."

얼마 후 전화기에 소리를 지르던 남자는 호텔 바깥으로 뛰어나가더니, 무서운 속도로 시내를 질주해서 돌아온 자신의 자동차를 맞이하는 것 같았다. 그 남자는 그 자동차에서 내린 사람의 손을 붙들고, 행사장 안으로 끌고 들어왔다. 그 남자와 함께 나타난 사람은 5년 전쯤부터 인기가 확 없어진 어느 나이 든 코미디언이었다.

남자는 사회자에게 자기가 들고 있던 카드를 내밀었다. 사회자가 말했다.

"보물은, '참석자들이 가장 많이 알고 있는 사람'입니다."

사회자의 말을 들은 사람 중 몇몇 사람들이 행사장 바깥쪽에 있는 흰옷을 입은 노인을 돌아보았다. 그 노인은 오랫동안 이 모임에 참가해온 사람으로 긴 시간 이곳 참석자들의 절반쯤과는 알고 지내는 사람이라고 했다. 그녀도 그 노인과 인사를 나누었다. 그녀의 이야기를 들어보니, 이 노인은 마침 올해에 은퇴한다고 했다. 내 짐작에는 아마 카드에 "참석자들이 가장 많이 알고 있는 사람"이라는 보물이 있는 것은, 아마도 저 노인을 가리키는 것이지 싶었다. 그러니까 주최 측에서 노인의 은퇴를 기념하기 위해 모두 앞에 설 자리를 잠깐 마련해주려고 일부러 준비한 듯했다.

그러나 전화에 큰 목소리로 말하던 남자는 자신이 데려온 코미디언을 사회자 앞에 세웠다.

"이분 모르시는 분 없으시죠. 형, 그거 한번 해줘요. 유행어 있잖아요."

남자가 코미디언에게 말했다. 인기를 잃은 이후 그 코미디언은 닥치는 대로 온갖 싸구려 방송이라는 방송에는 다 출연하고 있었다. 그 방송들을 재미있게 보는 사람은 없었겠지만 그를 모르는 사람은 정말로 아무도 없었다. 그러니까 그 남자는 자신이 데려온 코미디언이야말로 참석자들 모두가 알고 있으니, 절대적으로 "참석자들이 가장 많이 알고 있는 사람"이라는 주장이었다.

코미디언은 6년 전에 유행했지만, 어제 방송에서도 자신이 또 써먹었던 유행어를 선보였다. 사람들은 웃었고, 박수를 쳐주었다. 흰옷을 입은 노인도 웃으며 박수를 치고 있었다. 사회자는 당황한 기색 없이 남자를 칭찬하고 보물을 찾았다면서 점수를 기록했다.

다만 그녀의 표정은 심통이 난 기색이었다. 그녀 어머니의 회사와 그 남자 가족의 회사 사이에 긴 경쟁 관계가 있고 그것 때문에 이런저런 다툼이 있었다는 이야기를 들은 적이 있지만, 그날 밤 그녀의 그 얼굴이 그것과 관계있는지는 알 수 없었다. 나는 그런 이야기는 묻지 않았다. 그냥 그녀를 즐겁게 하려고 더 신기하고 재밌는 일도 얼마든지 있다는 것처럼, 일부러 더 밝은 목소리로 카드에 적힌 다른 보물들을 더 찾아 읽었다.

"이건 몇 점이야?"

나는 카드 하나를 집어 들었다. 카드에는 '다이빙 대회 메달 리스트'라고 적혀 있었다.

"뒷면에 점수 적혀 있잖아."

"그러면, 이 점수면, 아까 걔를 이길 수 있어?"

"그렇지. 더 점수가 높으니까."

"그러면 오늘 우승할 수도 있겠다."

내가 말하자 그녀는 고개를 끄덕였다. 그러더니 얼굴색을 바꾸고 나를 똑바로 바라보았다.

"이거 찾아보려고?"

"어."

"너 다이빙 선수 알아? 고등학교 때 친구 중에 있어?"

"아니, 그런 건 아닌데."

"그럼 네가 다이빙 선수야? 메달 딴 적 있어?"

나는 잠깐 아무 말 하지 않고 있었다. 그리고 다시 대답했다.

"앞으로 최대한 빨리 따보는 쪽으로 해보면?"

그녀는 벌써 웃고 있었지만 무슨 엉뚱한 소리를 하느냐고 표정은 찌푸리고 있었다. 나는 그녀의 데이지 꽃 모양 목걸이를 가리켰다.

"이거 쓰면 될 것 같잖아?"

내 말을 듣더니 그녀는 똑딱 하고 혀 굴리는 소리를 한 번 냈다. 웃는 얼굴에 보조개는 더 깊게 파였다.

"야, 꼭 그렇게까지 해서 보물을 찾아야 돼?"

"우승하고 싶잖아."

그때 쓰레기통 바닥을 뒤진 부동산 재벌과, 나무 꼭대기에 기어 올라갔다 내려온 항공사의 중역이 자기들도 보물을 찾았다며 그 점수를 인정해달라는 소리가 크게 들렸다. 그녀가 뭐라고 말을 했는데 그 소리는 들리지 않았다.

나는 카드 뒤편에 글을 썼다. 그리고 사회자에게 가서 그 카드 뒤편에 있는 이야기를 읽어달라고 부탁했다. 사회자는 그것을 읽었다. 사람들이 모두 사회자와 내 쪽을 보았다.

사회자가 읽은 내용은 다음과 같았다.

"지금부터 자선 행사 공식 다이빙 대회를 시작하고자 합니다. 참가하실 선수께서는 손을 드시고, 다이빙을 시작하시기 바랍니다."

그녀는 나를 쳐다보았다. 나는 손을 높이 들고 있었다. 나를 보는 그녀의 얼굴과 눈이 마주쳤다. 그녀가 조금 멀게 보였다. 나는 멋지게 웃어 보이고 싶었지만 잘되지 않았다.

나는 고개를 돌려 검은 밤하늘을 보고 그 방향으로 뛰었다. 별 하나 보이지 않아 그저 검기만 한 색이었다. 뛰어가는 동안 주위로 등불과 그곳에 모여 있는 사람들과 건물을 치장한 조명의 모든 빛이 빠르게 지나가는 것을 보았다. 나는 파랗게 빛이 나는 수영장 물 위로 높이 뛰어올랐다. 그대로 높이 몸이 솟아오른 후, 숲 바깥 산 아래 수백만 사람들의 집과 길 사이까지 떨어질 것 같았다.

물 튀는 소리가 크게 났고, 내 주위를 물이 감싸 아무것도 없는 것처럼 모두 막았다.

나는 아무도 사용하지 않고 맑기만 했던 그 차가운 물 속에 처음 뛰어든 사람이 되었다. 사람들이 웅성거리는 소리가 들렸다. 웃는 소리도 많이 들렸다. 우리에게 춤을 가르쳐준 사람과 그 흰옷을 입은 노인은 더 크게 웃고 있었다. 나는 다시 수영장 밖으로 걸어 나왔다.

물에 젖은 옷의 무게가 무겁게 느껴졌다. 젖은 구두로 카펫 위에 깊은 발자국을 내며 나는 다시 행사장 쪽으로 걸어갔다. 나는 그녀를 향해 걸어갔다. 그녀의 표정은 장난꾸러기 유치원생을 달래는 선생님 같았지만, 그녀의 눈은 내가 본 중에 가장 환하게 웃고 있었다. 나는 그런 얼굴이 "그렇게까지 할 필요는 없었잖아."라는 뜻인지, "오늘은 이러고 웃는 날이니까 이러고 넘어가지만 다시는 이러지 마."라는 뜻인지, 아니면 그냥 우습다는 뜻인지 알 수가 없었다.

그녀는 수영장 가까이 걸어 나왔다. 내가 다시 그녀의 눈을 쳐다보자, 그녀는 눈을 돌려 내 목을 보았다. 그리고 그녀의 데이지 꽃목걸이를 풀어, 내 목에 걸어주었다.

"그러면, 여기에 제1회 자선 행사 공식 다이빙 대회 메달리스트가 오셨으니까, 다이빙 대회 메달리스트가 오신 것으로 인정하겠습니다."

나는 수영장 곁에 걸터앉았다. 우리가 보물을 찾았다는 것에 박수를 쳐주는 사람도 있었다. 나는 아직 물결이 출렁이고 있는 텅 빈 물 위를 보았다. 겉옷이라도 벗어서 좀 물을 짜고 가야 하나 생각했다.

그런데 그때 코미디언을 데리고 온 남자가 그 큰 목소리로 말했다.

"잠깐만요. 그런데 대회라는 것은 경쟁이 있고, 복수의 참가자가 있어야죠. 혼자 참가하고 혼자 우승한 게 대회고, 그 대회에 참가했다고 메달리스트라고 하는 것은 좀 이상하지 않습니까?"

남자는 웃음도 덧붙였고, 농담하고 장난을 치는 거라는 말투도 곁들이고 있었다. 그렇지만 그는 동시에 우승을 양보하는 것이 어떠냐는 뜻도 암시하고 있었다. 오늘 밤, 우리는 그저 애처로울 정도로 엉뚱한 짓을 해서 눈에 뜨이려고 난리를 부린 것일 뿐이고, 제대로 재치와 노력을 기울인 것은 자신이라는 주장이었다.

나는 그녀가 있는 쪽을 보았다. 미안하다고 말해야 하나 생각했다. 그런데 그녀도 나를 보고 있었다. 그리고 세상에서 가장 지루하던 생화학 강의를 들을 때 나에게 지어주던 그 눈짓을 다시 해 보였다. 나는 자리에서 일어섰다. 뭔가를 하려고 했는데, 그러기 전에 먼저 그녀가 하늘 높이 자신의 손을 들었다.

그리고 그녀도 수영장을 향해 달려와 물속으로 뛰어들

었다.

물에 젖은 그녀는 긴 머리카락을 헤쳐 다시 앞을 보는 데만도 한참 걸렸다. 호텔 직원 세 사람이 수영장 안으로 들어와 그녀가 나오도록 도와주려고 하기도 했다. 하지만 그녀는 혼자서 걸어 나왔다. 수영장 가에 와서 내 손을 잡고 그녀는 다시 올라왔다.

그녀는 속삭이는 것처럼 나에게 말했다.

"1번 선수께 묻습니다. 2번 선수와 1번 선수를 비교해보면 누가 더 잘했나요?"

그새 체온이 내려가 그녀의 입술이 보랏빛으로 변해 있었다. 나는 대답했다.

"2번 선수."

"그러면, 메달은 2번 선수에게 수여해야겠지요?"

나는 그녀의 말을 듣고 내 목걸이를 끌러 다시 그녀에게 걸어주려고 했다. 그러나 그러기 전에, 우리를 입구에서 맞이해주었던 호텔 직원과 그 동료들이 수건을 잔뜩 들고 와서 그녀를 감쌌다.

그러고 나서도 행사는 2시간은 더 이어졌던 것 같다. 우리가 1등이기는 했지만, 다른 웃을 일도 많고 놀랄 일도 많은 보물을 찾아온 사람들도 여럿 더 나왔다고 한다. 그렇지만 그 뒤의 일은 잘 모른다. 나는 호텔의 어느 빈 객실로 안내되어 따뜻한 물에 몸을 씻고, 누군가가 마련해준 운동복으로 갈아입었다. 좀 쉬고 있으라는 말을 듣고, 내 방도 아닌 객실에서 혼자 누워 있다가, 뜻도 없이 50년 전 노래를 부르는 가수들이 나오는 심야 텔레비전 쇼를 좀 보다가 했을 뿐이었다.

한참 그러고 있다가 깜빡 잠이 들었나 싶을 때, 누군가가 옷은 호텔에서 세탁해서 배달해주겠다는 이야기를 전해 왔고, 얼마 후 그녀가 돌아가는 길에는 혼자 먼저 돌아가라고 했다는 소식도 전해져왔다.

그날 밤은 그렇게 끝이 났다. 호텔 바깥으로 나설 때 안쪽에서 음악 소리가 미세하게 새어 나오는 것이 들렸다. 멀어질수록 그 소리는 작아졌다. 그렇지만 아주 멀리 떠나 와서도 귓가에 조그맣게 그 소리가 울리고 있는 것 같았다.

그 뒤에 얼마 지나지 않나 나는 학교에서 다시 그녀를 만났다. 여러 번 만났다. 졸업할 때까지 우리는 자주 마주쳤고, 같이 식사를 하거나, 과제 이야기를 하거나, 재미있는 영화 이야기를 하거나, 재미없는 영화 이야기를 한 적도 많았다. 그녀가 졸업하던 날에도 우리는 같이 사진도 찍었다. 그녀의 어머니를 본 것도 그때가 처음이었다.

나는 예정대로 대학원에 갔고, 그녀는 어느 회사에 취직했다고 들었다. 학교를 떠나고 나서 우리가 만날 기회는 없었다. 나는 1년에 한 번 정도는 몇 시간 동안 고민을 하다가 가끔 안부 메시지를 하나 정도 보내기도 했는데, 그녀는 보통 반갑게 대답을 해주었고, 어떤 때에는 한참 늦게 답이 늦어 미안하다고 하는 정도였다. 그러는 동안 나는 신경 감각 분야로 연구를 했는데, 다른 비슷한 학생들처럼 몇 년 동안 몇 번씩 이게 뭐하는 짓인지 때려치울 생각도 하고, 울분에 가득 차서 세상이 얼마나 잘못되어 있는지 긴 목록을 마음속으로 작성하기도 하고, 졸업을 제때 못하면 어떡하나 고민도 끝도 없이 했다.

나는 세상에서 가장 중요한 것처럼 '신경 신호 전달의 사이버네틱 1차적 발현과 사이버네틱 2차적 발현의 차이'에 대해서 인간 정신이 바짝바짝 마르도록 고민하고 있었지만, 그걸 잘한다고 해서 잘하는 만큼 뭐가 보장된 것은 아니었다. 고생 고생해서 좋은 연구 결과를 발표하고 칭찬을 들으면서 학위를 받는다고 그 뒤에 좋은 미래가 펼쳐져 있는지 없는지는 아무도 몰랐다. 좋은 논문을 쓴 뒤에 멋진 직장을 얻어 행복하게 살고 있다는 사람을 찾아보기란 어려웠고, 졸업 후에도 학교 주변을 떠돌며 9개월마다 새 일거리를 찾아야 하는 계약직 연구원으로 떠도는 피곤하고 신경질적인 얼굴들은 많이 보였다. 더군다나 좋은 연구 결과를 내기란 힘든 것이었고, 칭찬을 들으면서 학위를 받는 것은 불가능한 목표였다.

그래도 그럭저럭 사이버네틱 2차 발현 분야에 대해서는 이 나라 학생 중에는 제법 잘 아는 편 아닌가 싶게 결과를 정리하고 졸업했지만, 마침 그 분야의 인기가 시들해진 상황이었다. 내가 학교에서 밤낮 연구했던 것은 정원 다듬는 일이나 중국 음식을 만드는 일처럼, 전국 어디에나 어지간히 그 사람이 필요한 일이 아니었다.

세상 사람들의 거의 대부분은 사이버네틱 2차 발현이란 말에 대해 알지도 못하고, 사이버네틱 2차 발현을 잘 아는 사람이 필요한 한국 회사라고 해봐야 한두 군데 정도였다. 그런 회사들이 어느 날 갑자기 그쪽으로는 이제 사업을 접기로 결정을 내리면 일자리란 영영 사라지는 것이었다. 대한민국 정부는 그런 것 말고, 3차원 프린터니 인공지능 번역이니 하는 더 유행을 타는 쪽으로 투자하겠다고 연구비까지 끊어버렸다고 했다. 나는 아무도 알고 싶어 하지도 않는 사이버네틱 2차 발현에 대해 혼자서만 경력을 쌓아놓고 그것 말고는 아무것도 한 것도 없고 아무것도 모르는, 어느 회사에서도 좋아하지 않을 법한 인재가 되어 있었다.

불경기 때 신세 한탄하는 젊은이들이야 가을바람 불 때의 낙엽처럼 흔하다고들 하지만, 내가 그렇게 되니 억울하다는 생각만 더 많이 들었다. 열심히 살았고 그럭저럭 잘한다는 평을 들으며 한고비 한고비 넘어왔는데, 왜 이렇게 된 거지. 분명히 뭔가가 잘못됐다고 생각했지만, 제대로 답을 찾을 수도 없었다. 망한 구렁텅이에 빠진 느낌이었다.

겨우 취직을 하고 더 급하게 풀어야 하는 일을 많이 겪으면서 나는 간신히 그 구렁텅이에서 벗어 나왔다. 구렁텅이에서 실제로 벗어난 것이 아니라, 그냥 구렁텅이에 빠진 느낌을 잊게 된 것인지도 모르겠다. 신경 인지 감각에 관해 연구했으나 감성 분석에 대해서도 어느 정도 안다고 떠들어서, 그럭저럭 부실하지 않은 소프트웨어 회사에 취직한 것이다.

사람 사진을 찍으면 웃긴 모양으로 바꿔주는 소프트웨어

를 누가 더 재밌게 만드느냐로 전자업계는 다투고 있었다. 우리 회사 신제품이 이렇게 뛰어나다고 자랑을 하기 위해서 핵심으로 내세우는 것이 사람 얼굴을 닭이나 개와 비슷한 모양으로 합성해준다는 소프트웨어였다. 조금 더 웃긴 개 콧구멍 모양을 만들어낼 수 있다고 선전하는 데 회사는 수십억 원, 수백억 원을 쓰는 세상이었다. 그러다 보니, 어찌어찌 해서, 감정과 신경에 관해 연구한 경력을 몇 줄 가진 나 같은 사람에게도 취직의 기회가 왔다.

차석연구원으로 승진했다고 맥주 한 잔 사고 돌아온 저녁에 나는 몇 년 만에 한승희에 대한 소식을 들었다. 실제로 직접 한승희에 대한 소식을 들은 것은 아니었다. 텔레비전 뉴스에 한승희의 어머니가 구속되었다는 소식이 나온 것이다.

공문서 조작 혐의를 받았다고 했는데, 어떤 사람들은 뒤로 회삿돈을 빼돌린 사기꾼이라고 욕을 했고, 어떤 사람들은 검찰 조직이 개편되면서 경쟁사 쪽과 친한 검사들이 윗선으로 올라가는 바람에 괜히 힘을 주어 수사하는 거라고 하기도 했다. 이 정도면 굳이 구속 수사할 필요는 없는데 이렇게 몰아붙이는 것은 괜히 알파 산업을 괴롭히려는 것 아니냐는 기자의 질문에, 대답하는 사람은 절대 그런 뜻은 없다고 대답했다. 하기야, 무의미한 질문이었다. 정말 그렇다고 해도, "예, 그렇습니다. 우리는 더러운 놈들이라서 일부러 죄가 있는지 없는지도 모르지만, 왠지 우리가 싫다는 느낌 때문에 그냥 철창에 가두고 봅니다."라고 대답할 리가 없지 않은가.

나는 그 소식을 계속 따라갔다. 회장이 감옥에 간 틈을 타서, 알파 산업에서 회장을 몰아내려는 계획이 시작되었다는 이야기도 나왔고, 알파 산업 회장의 재산을 이곳저곳에서 빼내어 간다는 이야기도 들렸다. 몇 번 재판이 열렸다는 이야기, 대통령이 사면해줄 거라는 이야기, 사면해주지 않을 거라는 이야기도 나왔다.

그러나 몇 주가 흐르자 그보다 더 웃긴 소식이 훨씬 더 많이 나와서 사람들은 그에 대해 더 이상 이야기하지 않게 되었다. 그러는 사이에 봄이 지나갔고, 다시 여름이 시작되었다. 그리고 한승희로부터 문자가 왔다.

"오랜만이지? 잘 지내?"

퇴근길 버스에서 막 내린 참이었다. 해가 길었지만 퇴근이 약간 늦어져서 해가 진 직후였다. 붉은 저녁 빛이 낮게 들어와 전화기 화면을 가려서 잘 보이지 않았다.

나는 혹시 어느 날 갑자기 또 무슨 싱거운 연락이라도 한 줄 올까 싶어 어디를 가든 항상 전화를 멀리 두고 다니지 않았다. 2시간 정도라도 전화 화면을 안 보고 있었으면 그사이에 혹시 무슨 문자가 갑자기 와 있을까 싶어 기대하며 화면을 다시 켜기도 했다. 아무것도 보이지 않거나, 신용카드 결제일 안내 문자 따위만 나와 있어서 매번 실망하기만 했다. 하루에 세 번쯤은 그랬고, 족히 5년은 그런 버릇이 있었으니까, 5천 번은 더 넘게 그런 기분으로 전화 화면을 보았다. 그런데 그날 저녁, 버스에서 내려 전화 화면이 잘 안 보여서 한쪽으로 기울여 보았을 때 정말 그녀의 문자가 들어와 있었다.

나는 당장 전화를 걸고 싶었지만 일단 참기로 했다. 나는 집으로 걸어가는 동안 뭐라고 대답하면 좋을지 고민했다. "나야 잘 지내지." 너무 건방진 것 같았다. "이야, 이게 누구야?" 이런 것은 내가 쓰는 말투가 아니었다. "반갑다." 그 뒤에 무슨 말을 이어도 자연스럽지 않은 것 같았다. 나는 좋은 대답을 찾아 궁리하며 집까지 가는 제법 먼 길을 그냥 어쩌다 보니 다 걸어온 것처럼 금세 집에 와버렸다.

"정말 오랜만이다. 소식 궁금했는데. 너는 잘 지내?"라고 썼다가, 나는 "소식 궁금했는데." 부분은 지우기로 했다.

"정말 오래간만이다. 너는 잘 지내?"

"잘 지내긴. 우리 엄마 구속된 거 알아? 엄마 구속되고 나서 아주 개판이야."

그녀의 답이 왔다. 그다음부터는 바로 빠르게 대답할 수 있었다.

"어쩌냐. 그래도 너희 어머니면 잘 헤쳐 나오실 거야."

"엄마야 헤쳐 나오시겠지. 그런데 내가 문제야."

"골치 아픈 일 많나 보네?"

"큰일이야. 너 금요일 저녁에 시간 돼?"

"시간이야 있는데. 왜?"

"보물찾기하러 가자고."

사연을 들어보니, 그녀의 어머니가 구속된 후 그녀의 사정도 무척 나빠졌다고 했다. 결국, 당장 며칠을 버텨낼 생활비

마저 급해진 상황이 되어서, 그녀는 어떻게 급한 돈을 마련할지 이런저런 궁리를 했다는 이야기였다. 그러다가 그녀는 매년 돌아오는 그 자선 행사가 얼마 남지 않았다는 것을 기억해냈고, 거기에 가서 보물찾기 행사에서 1등을 하면 제법 많은 상금을 딸 수 있다는 생각에까지 이른 것이었다. 그러면서 그녀는 만약 1등을 하면 상금은 반씩 나눠 갖자고 했다.

"너하고 같이 가야 이길 확률이 좀 높지 않겠니."

그래도 알파 산업 회장의 자식이니 그 정도 액수면 어디 다른 곳에서라도 훨씬 쉽게 구할 수 있지 않았을까. 하다못해 적당한 은행에 가서 그럭저럭 적당한 신용 대출 서류만 잘 꾸며도 대출이라도 받을 수 있지 않았을까, 하고 나는 생각했다. 그게 아니라도, 이번 일에 휘말리지 않은 친구나 부모의 친구, 친척을 찾아가면 그 상금 정도 되는 액수는 구할 수 있지 않았을까? 아니, 구치소에 있는 그녀의 어머니를 찾아가 어쩌면 좋겠냐고 하면 당장 전당포에 맡길 패물 몇 개쯤이 있는 장소는 알려줄 수 있지 않았을까?

그녀가 행사장에 나타났다는 소식이 퍼진 후에 생긴 소문 중에는 그녀가 보물찾기하러 나타난 것이 너무 세상 사는 법을 모르기 때문이라는 것이 있었다. 그녀는 알파 산업 회장의 자식으로 태어나 그때까지 비참한 실패를 헤쳐 나오거나 험한 다툼을 하는 세상과는 전혀 서로의 영역을 침범하지 않으며 살아왔다. 그러니 은행 대출이나 친하지 않은 친척에게 불쌍한 얼굴로 돈을 빌리는 것은 도무지 떠올리기 힘들었다는 것이다. 그래서 겨우 생각해낼 수 있는 것이, 엉뚱한 사교 행사의 상금 내기 정도였다는 설명이었다.

나는 지금도 그 이야기는 사실이 아닐 거라고 생각한다. 오히려 그 모든 방법으로 돈을 구하는 것에 다 실패하고, 혹은 그 모든 방법으로 구한 돈까지 다 써버리고 마지막 궁지에 몰린 상태에서 보물찾기를 하러 가자고 나에게 말했을 가능성이 더 컸다. 그러나 그쪽도 정말 가능성이 큰 것은 아니었다. 사실 다시 만난 그녀는 전혀 궁지에 몰린 모습이 아니었다. 그러니 그녀가 그날 나에게 연락한 이유는 나도 모른다고 말하는 것이 정직할 것이다.

우리는 호텔 앞에서 만나기로 했다. 나는 버스를 타고 한참 산기슭을 걸어서 호텔로 갔다. 그때는 몰랐는데, 언덕길이 제법 길었고, 우거진 숲에서는 생각보다 짙게 나무 냄새가 났다. 몇 군데 장식을 조금 바꾸었을 뿐, 호텔 모습은 그대로였다. 도착하니 걷느라 땀이 조금 났다.

나는 약속한 시각보다 5분쯤 먼저 도착했다. 건물 안으로 다른 사람들이 들어서는 것이 보였다. 옷차림과 여유 있는 모습을 보면, 나와 같은 행사에 가려는 사람들이 맞는 것 아닌가 짐작하기도 했다. 기다리는 시간은 금방 지나갔고, 그녀는 약속한 시각에서 3분 정도가 지났을 때 나타났다. 나는 그녀 쪽으로 걸어갔다.

그녀도 나를 보고 뭐라고 말하려고 했는데, 거리가 너무 멀어서 제대로 들리게 말하려면 소리를 질러야 했다. 그래서 그녀는 첫마디를 말하려다가 멈추었다. 그리고 내 쪽으로 빠르게 걸어왔다. 그리고 내 눈앞에 와서는 하려던 말을 했다.

"버스 타고 오려니까 시간이 가늠이 안 돼서. 내가 조금 늦었지?"

"몇 년이나 지난 거야? 그러니까 졸업하고 나서. 우리 졸업하고 나서 처음 얼굴 보는 거 아니야?"

내가 대답했다. 대답하면서 보니 급하게 걸어가느라 너무 가까이 선 모양이 되었다. 나와 그녀는 서로 조금 물러섰다.

그녀를 보고 처음 든 생각은 어른스러워 보인다는 것이었다. 그녀는 대학교 1학년 때 처음 봤을 때부터 어른스러워 보였다. 그런데 지금 보니, 그보다도 더 어른스러워 보였다. 키가 좀 더 커졌나 하는 생각마저 했다. 한 마디 한 마디 말을 할 때마다, 그동안 내가 그녀의 목소리와 말투를 그동안 잘 기억하고 있는 줄 알았지만, '이런 느낌인지는 모르고 있었구나', '맞지, 이런 목소리였지', '이런 말투였지' 하는 생각이 이어졌다.

행사장 입구에 서 있는 직원에게 말을 하고, 기념사진을 찍고, 우리는 다시 건물 안으로 걸어 들어갔다. 그 몇 걸음을 걸어오는 사이에 해가 져버리고 밤이 찾아온 것 같았다. 안쪽으로 갈수록 음악 소리와 사람들의 말소리가 짙게 퍼져 있는 느낌이었다. 같은 모양은 하나도 없지만, 옛날 보았던 것과 이상하게 비슷한 느낌의 요리들이 이곳저곳에 쌓여 있었고, 전등과 조명 장식도 보였다. 식탁마다 올려 두었던 꽃은

LED 장식품으로 바뀌었지만, 수영장 모습은 하나도 변하지 않은 것 같았다.

아는 사람을 만나 인사하고, 그녀가 가벼운 농담을 주고받는 것도 옛날 기억과 같았다. 그렇지만 그녀를 유난히 쳐다보는 사람들이 몇 명 있다는 것은 나도 알아볼 수 있었다. 몇몇은 먼발치에서 그녀를 알아보고 수군거리기도 하는 것 같았다. 만난 사람 중에서는 그때 코미디언을 데리고 왔던 남자도 있었다. 남자는 나를 기억해냈기 때문인지, 혹은 불행할 것으로 짐작된 그녀의 사정에 호기심이 있었기 때문인지, 평균보다 더 길게 근황에 대한 대화를 나누었다.

그러고 나서 우리는 새로 선보이는 음식들을 먹었고, 새로운 농담이나, 새로운 놀이를 따라 하기도 했다. 더위가 빨리 찾아온 날씨였기 때문에, 밤이 깊자 수영장에 수영복을 입고 들어가서 노는 사람들도 몇 나타났다.

"너는 요즘 뭐 하고 지내?" 내가 물었다.

"너한테 그때 초대장 보냈잖아?"

"무슨 초대장? 못 받았는데."

"또 스팸메일로 갔나 보네. 내 이메일 주소 '스팸이 아님'으로 해놓으라니까. 스팸으로 지정한 거 아니야?"

"절대 아니야. 내가 네 이메일을 왜 스팸으로 지정해."

"그런데 초대장을 왜 못 받았지?"

"무슨 초대장인데."

"공룡체험관 초대장. 내가 관장이거든. 이번에 개장하느라고 정말정말 바빴어. 체험관 허가랑 지원 신청하기가 왜 이렇게 어렵냐. 1월에는 공룡 화석을 수입해 오는데, 그걸 누가 동물사체로 신고해서 올리는 바람에 무슨 환경부 폐기물 단속반에 다 끌려다니고, 진짜 엄청 고생했어."

"야, 그래도 엄청 재밌겠다."

"아니야. 그나마도 요즘에는 돈이 똑 떨어져서 다 엎어질 판이고."

나는 그녀와 이야기를 나누었다. 듣고 싶은 이야기는 많았고, 물어보고 싶고 궁금한 것은 끝도 없었다.

그러다가도 다른 사람들이 나타나면 그녀는 또 그 사람들과 이야기했다. 우리에게 춤을 춰보라고 했던 그 선배를 만났을 때는 대화가 좀 길어졌다. 그 선배라는 사람은 나에게도 반갑게 인사하고는 뭐라고 말을 건넸다. 그렇지만 그 선배는 그녀와 좀 심각한 이야기도 하고 싶어 했다. 그녀의 어머니가 얼마나 심각한 상황에 처해 있는지, 날린 재산을 어떻게 되찾을 가망이 있는지에 대해 걱정하고 있었다.

나는 자리를 피하는 것이 맞겠다고 생각하고, 잠깐 바깥쪽으로 걸어 나왔다.

밖으로 나와 보니, 긴 탁자가 놓여 있고 보물찾기 카드들이 나란히 올려져 있었다. '보물찾기를 시작합니다'라는 팻말이 있었지만, 보물찾기를 시작한다고 알려야 하는 사회자는 자리에 없었다. "시작한 거야, 만 거야…." 누군가가 중얼거렸다.

그때 옛날 코미디언을 데리고 왔던 남자가 나타났다. 그가 직원들이 있는 쪽을 보고 큰 목소리로 말했다.

"보물찾기 시작한 거예요?"

대답 소리는 들리지 않은 것 같았다. 그러나 그는 곧 카드를 집어 하나둘 살펴보기 시작했다. 그러자 다른 사람들도 카드를 집어 보물의 내용과 점수를 확인했다. 나도 그 사이에 끼어들었다.

다시 그녀가 있던 곳으로 돌아오니, 그녀는 수영장 쪽을 보면서 앉아 있었다. 그녀에게 말을 걸고 있는 사람은 없었다. 여름 바람이 그녀가 있는 쪽에서 내 쪽까지 불어왔다. 아무도 그녀를 보고 있는 사람이 없고, 누구 앞에 앉아 있는 것도 아닌데도 그녀는 아주 약간 웃는 얼굴이었다. 그것이 한승희의 원래 보통 표정이라는 것을 나는 잘 알고 있었지만, 꼭 처음 보는 모습 같았다.

나는 그녀의 앞으로 갔다. 그녀의 얼굴은 더 크게 웃는 얼굴로 바뀌었다.

나는 그녀에게 말했다. 그녀의 이름을 불렀고, 그녀는 내 목소리가 떨리는 것을 이미 알아차린 것 같았다.

"나, 너 좋아해. 옛날부터 좋아했어. 그동안 볼 기회도 없고 해서 이야기를 못 해서 그렇지. 그냥 문자로 '좋아해' 이럴 수는 없잖아. 그래서 말을 못 했는데 정말 정말 너 생각 많이 하고, 너 보고 싶어 하고 그랬어."

그녀는 바로 대답을 하지 않고 턱을 괴었다. 그러더니 눈을 가늘게 뜨고 나를 보았다. 나는 그녀의 대답이 무엇일지 기다렸다. 대단히 세상이 넓은데 거기에 우리 둘로만 가득 차 있고, 시간은 이상하게 느리게 흐르는 기분이었다.

"아니야, 아니야…."

그녀는 혼잣말처럼 그렇게 말했다.

"나도 학교 다닐 때 너 좋게는 생각했어. 그런데 인범이 만나고 나서부터는 또 그런 건 아니니까."

나는 내 얼굴이 따끈해지는 느낌을 받았다. 그녀는 웃으면서 뭐라고 더 말을 했고, 나는 또 거기에 맞춰서 그녀와 같은 표정으로 웃으려고 했지만 결코 그렇게 되지는 않았다.

사회자가 보물찾기를 시작한다고 말하자, 그녀는 카드가 놓여 있는 곳으로 가자고 말했다. 나는 그녀의 뒤를 따라나섰다.

탁자 앞으로 다시 가 보니, 이미 카드를 펼쳐 본 그 남자는 벌써 한창 큰 목소리로 통화하는 중이었다. 남자가 찾고 있는 보물은 '백마 탄 왕자'였다. 남자는 자기 친구 중 한 명을 통해 중동 어느 나라의 왕족 한 사람에게 연락하고 있었다. 어제 서울에 왔는데 지금은 이태원 어디인가에서 놀고 있다는 것이었다. 그 왕족의 작위를 영문으로는 공식적으로 'Prince'라고 표기하기 때문에, 번역하면 왕자가 맞았다. 그리고 남자는 과천의 경마공원에 연락해서 자신이 가진 경주마 한 마리를 빨리 배달해달라고 했다. 그 말이 흰색이었던 것이다. 말은 금세 준비가 되었는데, 늦은 시각이라 말을 태우고 이곳까지 올 트럭 기사를 구하기가 쉽지 않았다.

그래도 왕자는 이미 남자의 옆에 와 있었고, 남자는 바쁘게 건물 안팎을 드나들며 말이 도착하고 있는지 어떤지 알아보느라 부산을 떨었다. 이제 막 사회자가 보물찾기가 시작되었다고 했지만, 사실 남자는 이미 보물을 찾아내기 직전이었다. 지금 바로 움직여야 우리가 우승할 가능성이 있었다.

나는 옷 안주머니에서 내가 미리 집어 왔던 카드를 꺼냈다. 그리고 사회자 앞에 나갔다. 사회자가 카드를 읽었다.

"보물은 '세상에서 가장 행복한 사람'입니다."

사회자가 그 보물이 어디 있느냐고 물었고, 나는 그 보물이 바로 나라고 말했다.

나는 이를 드러내고 눈꼬리를 처지게 한 표정을 짓고 웃음을 보이고 있었다. 그런 표정을 일부러 만드는 것이 그렇게 어렵지는 않았다. 주저앉아서 엉엉 소리를 내서 울어보라고 해도 당장 할 수 있었겠지만, 일단 다른 표정을 짓고 있는 다음에야 그 정도 얼굴을 일부러 만들어내는 것도 할 수는 있었다.

나는 사회자에게 말을 전해서, 사람들에게 내 모습을 전화기 카메라로 찍어서 감정 분석 소프트웨어로 분석해보라고 했다. 꼭 기술인증 1등급을 통과한 진짜 감정 분석 기능이 제대로 돌아가는 소프트웨어를 써보라고 설명했다. 그렇게 해서 내 얼굴을 분석해보면, 정말로 내 감정은 행복감 100퍼센트로 나올 거라고 사회자는 설명했다.

사람들이 내 모습을 한참 촬영하려고 하는데, 그 남자가 말고삐를 잡고 행사장 안으로 들어 왔다. 그가 끌고 온 말 위에는 멋진 선글라스를 쓰고 있는 왕자가 타고 있었다. 남자가 사회자를 멈추게 하고 말했다.

"감정 분석 프로그램으로 측정해봤더니 행복감 100퍼센트면 세상에서 가장 행복한 사람이라는 말이 재미있기는 한데요. 제가 알기로, 지금 저 참가자는 그런 소프트웨어를 만드는 회사에서 일하고 있는 연구원이거든요. 그래서 아마 인위적으로 컴퓨터가 100퍼센트 행복감으로 인식할 수 있는 표정을 일부러 지을 방법 같은 것을 알고 있을 수도 있어요. 그래서 실제로는 하나도 안 행복한데 컴퓨터 소프트웨어에서 행복감 100퍼센트로 나오는 그런 표정을 가짜로 짓는 것일지도 모른다는 거예요. 그런 거라면 그건 일종의 해킹이고, 그걸 두고 정말로 '세상에서 가장 행복한 사람'을 찾았다고 할 수 있을까요?"

남자의 말이 끝나자, 주변은 대단히 재미없는 분위기가 되었다. 다행히 남자가 미소를 지어 "저도 이거 다 장난인 거 알기는 하는데요." 하는 신호를 보냈고, 휑한 조용함 속에서 남자가 끌고 온 말이 싱겁게 말소리를 몇 번 내서, 몇몇 사람들이 픽픽 새는 웃음을 웃기는 했다.

그녀는 나를 불쌍하게 여기는 것 같은 얼굴로 보고 있었다. 나는 사회자와 잠깐 말을 나눈 뒤에, 사람들 사이에 서 있는 그녀를 바라보았다. 그리고 옛날 그녀가 내게 보내던 것 같은 눈짓을 해 보였다.

사회자가 말했다.

"그러시면, 여기 참가자께서 보물이 무엇인지 발표되기 이전에 찍힌 최근 사진을 보여드리고, 그 사진을 가지고 분석을 해 보면 어떻겠습니까? 그러면 보물이 뭔지도 모르는 상태에서 찍힌 얼굴 모습일 테니까, 일부러 컴퓨터를 속일 수 있는 표정을 지을 수는 없지 않겠습니까?"

사람들은 사회자의 말에 박수를 보냈다.

사람들은 다들 그러자고 했다. 어차피 '세상에서 가장 행복한 사람'이 보물에 포함되어 있었던 것은 그것을 핑계로 해서, 최근에 기분 좋은 일이 생긴 사람을 사람들 앞으로 불러내어 축하해주려는 계획으로 만들어 붙인 것일 게 뻔했다. "저는 이번에 회갑을 맞았는데 자식들과 손주들까지 모여서 축하를 해주니 저만큼 행복한 사람이 없을 겁니다", "이번에 드디어 우리 회사가 법정관리를 벗어났는데 이만큼 행복할 수가 없습니다", "지난달에 드디어 저희 딸이 태어났는데, 정말 행복합니다." 이런 말을 사람들 앞에서 하고, 박수나 한번 받으라는 계획 아니었겠는가? 그런 보물을 두고 길게 다투는 것은 다들 지루해할 것이다. 말고삐를 쥐고 있는 남자도 그건 알고 있었다. 그도 사회자의 말에 찬성했다.

안쪽 어두운 곳에는 취한 사람들이 느릿느릿 무슨 노래에 맞춰, 추는지도 모르는 춤을 추고 있었다. 그곳이 화면이 되었다. 사회자는 그곳으로 우리가 저녁에 이곳에 들어오면서 입구에서 찍었던 사진을 보여주었다.

그녀와 내가 나란히 서 있었다. 몇몇 사람들이 그제야 내가 그녀의 동행이라는 것을 알아보고 몇 마디 옆 사람과 속삭이는 소리가 들렸다.

"그럼 이 사진에 찍힌 모습으로 제가 한번 측정을 해보겠습니다."

사회자는 자신의 전화기로 사진 속 내 모습을 찍었다. 다른 전화기를 든 조금 다른 소프트웨어를 사용하는 다른 사람들 몇몇도 사진을 찍어 보는 사람이 있었다. 말고삐를 쥔 남자도 내 모습의 사진을 찍었다.

내 얼굴은 긴장한 모습이었지만, 그럭저럭 밝은 얼굴이기는 했다.

"아, 이 사진을 보면… 이 사진을 봐도, 행복감 100퍼센트네요!"

사회자가 웃었고, 자기 전화기에 나오는 것을 보던 사람 중에도 웃는 사람이 있었다. "이야, 나 행복감 100퍼센트는 처음 봐." 어떤 사람은 이제 좀 재밌는 이야기로 넘어가자고 빨리 박수를 치기도 했다. 말고삐를 쥔 남자도 내가 보물을 찾았다는 것에 더 이상 반대하지 않았다.

그녀와 나는 잠시 호텔 바깥으로 나왔다. 늦은 밤, 막차인 듯싶은 버스가 산을 넘어가는 소리가 멀리서 들려 왔다. 그녀가 어떻게 한 거냐고 물었다. 내가 대답했다.

"나도 사실은 몰랐어. 나도 이제 알았어. 나는 너랑 같이

다니면서 뭐 같이 하고 그러는 게, 정말 제일 재밌고 좋아. 뭘 하든지. 어디를 가든지. 그냥 그렇게 너하고 같이 하는 게 제일 재밌고 좋고….”

나는 그 말을 어떻게 끝내야 했는지, 지금까지도 고민할 때가 있다. 요즘도 가끔 그날 밤, 무슨 말을 더 해야 했다고 후회할 때가 있다. 그런저런 생각이 많은 여름날 밤, 혼자 있다가 창밖을 보게 되면, 지금도 어느 먼 곳 숲속에 가면 그녀가 서 있을 거라는 상상을 하기도 한다.

얼마 후, 한승희의 어머니는 무죄로 구치소에서 나왔고 자신이 잃었던 모든 것을 되찾았다. 그리고 한승희의 공룡체험관도 제날짜에 문을 열었다.

— 2018년, 삼성동에서

로봇 살 돈 모으기

Gathering Robot Money

경진이 로봇을 사겠다고 마음먹은 것은 10살 때였다. 저녁 자유시간에 '20세기 고전 TV물'로 분류되어 기본 무료 프로그램인 〈수사반장〉을 보는 것이 유일한 즐거움이었는데, 그것을 금지당한 것이 계기였다.

경진이 살던 보육원 원생들은 뭐든지 '기본 무료 프로그램' 중에 제일 좋은 것을 찾아내는 데 대단히 밝았다. 경진도 그랬다. 경진은 그것이 아마도 선생님들보다 더 높은, 원장 선생님보다 더 높은, 어떤 선생님 같은 분들이 시킨 복잡한 말과 무슨 관계가 있어서 생긴 규칙 때문이 아닌가 했다. 그런 결과로, 보육원에서 원생들은 책, 컴퓨터 프로그램, 음악, 음식, 잠자리, 놀이기구, 장난감까지 뭐든지 '기본 무료 프로그램'은 여러 가지를 얻어서 쓸 수 있었지만, 3백 원짜리든, 5백

원짜리든 '유료 프로그램'은 절대 쓸 수 없다는 사실에 익숙해져 있었다. 3백 원이면 경진의 셈으로도 별로 커 보이지 않았지만, 어쨌거나 경진은 항상 '기본 무료 프로그램'의 세상에 있어야만 한다는 사실을 잘 알고 있었다는 이야기다. 3백 원만 더 내면 갈 수 있는 '유료 프로그램'의 세계는 아주 얇지만 높디높은 장벽으로 가로막힌 곳이었다.

그래서 경진은 저녁 동영상 서비스의 '기본 무료 프로그램' 중에서 제일 재밌는 것을 찾아내게 되었다. 그것이 〈수사반장〉이었다.

어떤 원생은 "변신 외계인도 안 나오고 댄싱 해커도 안 나오고 이상한 옛날 사람들만 나오는 그런 게 뭐 재밌냐"고 경진에게 묻기도 했다. 사실 처음에는 경진도 마찬가지였다. 이것도 눌러서 보고, 저것도 눌러서 보고, 재밌는 것을 찾아 고르고 고르다가 지쳐서 다 포기한 상태로 그냥 처음 한 회를 볼 때만 해도, 경진 역시 따분하고 지겨운 옛날 사람들 나오는 TV극이라고만 생각했다. 그런데 매일 1시간 30분씩인 영상 시간을 매번 이거 볼까, 저거 볼까 하고 메뉴 뒤적뒤적하다가 다 보내버리는 일을 몇 번 하고 나니, 경진은 아무것이든 뭐든 봐야겠다고 결심하게 되었다.

"그냥 〈댄싱 해커 365〉 봐."

상급생 한 명은 그냥 남들처럼 그때 가장 인기 있던 프로그램을 보라고 경진에게 몇 번이나 말하기도 했다. 하지만 경진은 자신이 보고 싶은 것을, 자신이 찾아서 골라서 보고 싶었다. 보육원에서는 10살이 되어야 원생이 보고 싶은 영상을 마음대로 골라서 볼 수 있게 된다. 경진은 이제 막 10살이 되었다. 그러니 몇 년을 기다린 끝에 드디어 보고 싶은 것을 볼 수 있게 되었는데, 그냥 9살 때처럼 다 같이 보는 〈댄싱 해커 365〉를 계속 또 보는 일은 무척 하기 싫었다. 그래서 경진은 뭐가 되었든 볼 것을 스스로 고르고 싶었고, 스스로 정하고 싶었다.

그런데 막상 해보니, 뭘 볼지 정하는 게 무척 시간이 오래 걸리는 일이었다. 20분이고 30분이고 뭘 볼까 뒤적뒤적하다가, 이게 재밌겠다 싶어서 눌러보면, 한 1~2분 보다가 그냥 따분해 보여서 그만두게 되는 때가 많았다. 그러고 나면, 다시 또 20분, 30분씩 뭘 볼까 헤매게 되었다. 그러다가 그 날은 "오늘도 이렇게 뭘 볼지 고르기만 하다가 시간을 다 보낼 수는 없다"고 생각해서, 아무리 재미없는 것이라도 무조건 참고 보기로 했던 것이다.

그렇게 해서 경진은 처음으로 〈수사반장〉을 보게 되었다. 그런데 딱 한 편을 보고 나자, 경진은 그다음 편을 보지 않을 수 없게 되었다. 밝은 조명이지만 이상하게 황량한 사무실, 별다른 음악이나 화려한 효과 없이 좀 조용하고 지친 듯한 태도로 대화하는 경찰들은 경진의 눈에 무거워 보였다. 낡아빠진 20세기 거리 풍경과 그 낡아빠진 모습 속에서도 자기는 새롭고 신식이며 미래답다고 한껏 꾸민 등장인물들의 모습이 이상해 보였다. 그런 모습 속에서 범죄 이야기를 보다 보면 괴물들의 세상을 몰래 엿보는 것 같은 느낌도 들었다.

무서울 때도 있었다. 붙잡힌 범죄자가 이제는 모든 것이 멸망이라고 부르짖는 장면에서 갑자기 뚝 잘리며 멈춘 화면으로 끝나는 에피소드 같은 것을 보면, 그 잔상이 여운으로 남았다. 경진은 잠잘 시간이 되어서도 눈을 끔벅이면서 그 범죄자의 이야기를 생각했다. 그런 무서운 죄와 죄를 지은 사람의 심정에 대해 상상했다. 가슴이 두근두근했다. 자신이 봐서는 안 될 것을 보는 방법을 찾아내고야 말았다는 그런 느낌도 있었다. 별로 보는 사람도 없을 거라고 적당히 돈 안 되는 영상들을 몰아넣어 둔 것 같은 '20세기 고전 TV물' 중에 자신이 이런 이상한 것을 찾아냈다는 생각이 들었다. 그 모든 것들이 경진은 너무나 신났다.

그런데 경진이 〈수사반장〉을 여섯 편 보고 일곱 편째에서 범인이 어떻게 잡히는지 직전까지 봤을 때, '보육원 감찰협의회'라는 곳의 사람들이 찾아왔다.

경진이 듣기로, '보육원 감찰협의회'란 부모와 같이 살지 않고 보육원에서 사는 아이들이 적합한 보살핌을 받는지 살펴보는 사람들이라고 했다. 그러니까 바로 원장 선생님보다 더 높은 선생님들 중에서도 높은 선생님들이었다. 경진은 원래 그날 전까지만 해도 그 사람들을 좋아하는 편이었다. 보통 그 사람들이 오고 가는 전후로 보육원의 옷이나 가구가 새것으로 바뀔 때가 많고 음식도 더 좋아질 때가 많았으며, 보육원 선생님들도 친절해지는 편이었다. 좋아하지 않을 수가 없었다.

그러나 그해에는 달랐다.

그 감찰협의회라는 곳 사람 중 한 명이 따졌다.

"어떻게 애들을 이렇게 날마다 방치할 수가 있어요? 그냥 사람들이 올려놓은 자극적인 동영상에 노출시켜 놓고, 하루에 몇 시간씩 멍하니 그것만 보면서 애들이 화면 앞에만 붙어 있잖아요. 본인 자식들이라면 이런 식으로 교육하시겠어요?"

그러면서 세상이 바뀌었다.

우선 영상 시청 시간이 확 줄어들었다. 경진은 몇 초라도 〈수사반장〉을 더 보려고 뛰어서 매일 방으로 달려갈 정도로 시간을 절약해서 결국 에피소드 하나의 결말을 보았다. 그리고 나머지 하나는 절반쯤 보았다. 그런데 마침 주인공 반장이 "그러면 말이야. 우리 수사 방향을 좀 바꿔보면 어때?"라고 말하는 장면까지 봤을 때, 영상을 보여주는 회사가 바뀌었다. 〈수사반장〉이 기본 무료 프로그램에서 빠져버린 것이다.

경진은 너무나 답답했다. 그다음 내용이 궁금해서 계속 생각이 났다. 꿈도 꾸었다. 꿈속에서, 수사 방향을 좀 바꿔보자고 했던 수사반장이 사실은 변신 외계인이라는 정체를 드러낸다는 내용이 나왔다. 그것을 보고 너무나 놀라서 경진은 감탄했고, 정말 재밌다고 박수를 치며 즐거워했다. 역시 〈수사반장〉이 제일이라고, 이렇게 재밌다니, 정말 놀랍다고 기뻐했다. 그런데 아침이 되어 일어나 보니 그 모든 것이 꿈이라는 사실을 알게 되었다. 진짜 〈수사반장〉 다음 편을 본 것이 아니었다. 경진은 허탈하기도 했지만, 시간이 지나고 보니 다음 편을 실제로 볼 길이 없다는 사실이 가장 원통했다.

영상 시청 시간이 줄어든 대신에 원생들은 '창의성 함양 교육'이라는 시간을 보내야 하게 되었다. 너무나 따분하고 재미 없었다. 여러 가지 도형 모양을 보여주면서, 그것을 보면 무엇이 떠오르는지, 어떤 특징이 있는지 자유롭게 말해보라는 것이었는데, 경진은 답을 생각해내는 것이 골치 아프기만 했다. 정말로 떠오르는 것을 그대로 말할 수는 없었다. 경진의 머릿속에 있는 생각 대부분은 내내 '원래 이 시간은 〈수사반장〉 보는 시간인데…' 하는 것이었다. 동그라미를 보여주면 수갑 모양이라는 생각이 들었고, 세모를 보여 주면 범인의 흉기라는 생각이 들었다. 네모를 보여 주면, 형사들이 드디어 범인을 붙잡아 네모난 감방 속에 집어넣었다는 상상만 떠오를 뿐이었다. 그것을 그대로 말할 수도 없고, 대신에 "네모를 보니 책상이 생각나네요." 같은 답을 하면서 시간을 보내자니, 경진은 너무 지겨웠다.

도대체 어떻게 〈수사반장〉을 다시 볼 수 있을까, 궁리만 하면서 경진은 며칠을 보냈다. 어디서건 컴퓨터, TV 같은 화면을 보기만 해도 거기에 딸려 있는 영상 정보 회사에서 혹시나 〈수사반장〉을 보여주지는 않는지 살펴보았다.

경진은 심지어 보육원 세탁실의 조종 컴퓨터를 조작하면, 그 컴퓨터가 세탁서비스 회사에서 설치한 것이기 때문에 우리 보육원과는 다른 영상들을 볼 수 있다는 것까지 알아냈다.

심지어, 세탁실 컴퓨터에서는 〈수사반장〉을 볼 수도 있었다. 경진은 그때 감동해서 눈물을 글썽거릴 정도였다. 하지만 세탁실 컴퓨터에서 기본 무료로 볼 수 있는 것은 처음 두 회차뿐이었다. 그것은 이미 본 것이었다.

그래도 경진은 세탁실에서 그것을 몇 번이나 반복해서 돌려 보았다. 경진은 세탁 담당 선생님을 도와주는 당번도 아니었는데, 일부러 당번 역할을 대신하겠다고 자원해서 매일 세탁실에 따라가서, 하루에 5분씩 이미 여러 번 반복해서 보았던 〈수사반장〉 무료 회차를 보고 또 보았다. 지겹지는 않았다.

그렇게 하루에 5분 보는 잠깐 동안이 얼마나 즐거웠는지 모른다. 어떨 때는 아침에 일어나서 저녁에 잠들고 잠을 자는 하루를 사는 모든 이유가 그 5분을 위한 준비인 것 같았다. 세탁실 조종 컴퓨터의 작은 화면을 지켜 보고 있는 그 5분 동안 경진은 자신이 발견한 이상한 세상을 다시 구경하는 기분이었다. 그 5분 동안 그 세상을 보고 나면, 생생하게 다시 머릿속에 새로워진 기억 속의 〈수사반장〉을 떠올릴 수 있었고, 다음 이야기는 어떻게 될지 다시 생생하게 상상할 수 있었다.

그러다 '사회성 교육' 시간에 경진은 멋진 이야기를 듣게 되었다. 교사가 원생들도 좋은 교육을 받으며 누구보다 훌륭한 환경에서 자라나고 있는 사람들이니 만큼, 나중에 사회에서 다른 어린이들을 만난다고 해도 결코 스스로를 다른 사람이라거나 뭔가 손해 본 사람이라고 생각할 필요가 없다고 강조하는 중이었다. 거기까지는 이미 훨씬 더 어릴 때부터 모든 원생이 많이 듣던 이야기였다.

사실 꼭 그렇게 매번 강조해서 이야기해주지 않아도, 경진 역시 과연 그렇다고 생각하고 있었다. 보육원은 경진의 생각에도 편안하고 좋은 곳이었다. 방은 따뜻하고 놀이는 재밌고 이상한 선생님들도 조금밖에 없었다. 화가 나면 다른 사람을 때리려는 원생 하나가 있어서 정말 싫었던 적이 있는데, 그 아이 역시 8살 때 '전문 교육'을 받아야 한다면서 다른 곳으로 울면서 가게 되었다. 그 후로는 더욱더 보육원은 편안했다.

경진이 멋지게 생각한 대목은 그다음에 나왔다. 교사는 그 후에, 옛날에는 가정이 부모와 자식으로 구성된 한 가지 모습밖에 없었지만, 요즘에는 다양한 모습의 가정이 다양하게 어울려 살아가고 있고 그 때문에 우리 사회가 더 좋아졌다는 이야기를 했다. 그리고 그러면서, 다양한 형태로 어울려 사는 여러 가지 가정의 모습을 이야기했는데, 보호자 역할을 하는 '보호 로봇'과 함께 어린이가 살아가는 가정도 있다는 이야기를 예시 중에서 잠깐 한 번 언급했다.

교사는 그 내용을 특별히 강조하지도 않았고, 길게 설명하지도 않았다. 비슷한 이야기가 다른 수업시간에 몇 번 나온 적도 있었다. 그런데 그날은 경진의 머릿속으로 그 이야기가 확 들어왔다. '보호 로봇'. '보호 로봇!' 〈수사반장〉의 형사가 무심코 범인이 흘린 말 중에 단서를 잡아채는 것 같은 그런 느낌이었다. 보호 로봇을 구할 수 있다면, 경진은 그 보호 로봇과 함께 사는 가정을 이루겠다고 신청할 수 있다. 로봇! 로봇만 구하면, 보육원 바깥에 나가서 따로 살 수 있고, 그러면 영상을 마음대로 볼 수 있다. 〈수사반장〉 다음 회를 볼 수 있는 것이다.

경진은 다음 시간에 당장 수업용 컴퓨터를 이용해서 검색해보았다. 어린이 보호 면허를 얻을 수 있는 로봇 중에 최저가인 로봇. 요즘 유행하는 '댄싱 해커'를 닮은 귀여운 모양의 로봇이 나왔다. 하지만 값이 너무 비쌌다. 역시 황당한 생각인가 싶어 또 한 이틀 축 처져 지냈다.

그러다가 옆 침대에서 자는 원생이 지난번 소풍 때 시장 구경을 가서 중고품으로 산 나비 인형을 날리며 노는 것을 보았다. 그 덕분에 경진은 드디어 이 모든 난관을 헤치고 자신이 가고 싶은 곳으로 갈 수 있는 저 목표로 향한 길을 찾아내게 되었다. 해답은 '싸구려 중고품'에 있었다.

다음 날부터 경진은 틈이 날 때마다 시간을 다 써서 온갖 중고 로봇 거래 웹사이트들을 검색했다. 중고 로봇 중에는 두 달 정도 보육원에서 나오는 용돈만 모으면 살 수 있을 정도로 대단히 싼 로봇도 있기는 했다. 그렇지만 소개 영상을 보면, 그런 로봇은 너무 낡아서 작동이 안 되어 부품으로 분해해서 써야 하는 경우가 많았다. 그게 아니라면 그저 얼핏 보기에도 이상하게 오동작하는 로봇이었다. 아예 어린이 보호 면허를 받을 수 있는 운영체제를 설치할 수 없는, 기능이 떨어지는 것도 있었다. 반대로, 시속 30킬로미터로 달릴 수 있고 필요할 때는 날아오를 수 있으며 레이저 광선 발사 기능까지 갖춘 로봇은 중고품이라도 너무나 비쌌다. 경진이 가격을 정확히 비교할 수 있었던 것은 아니었지만, 보육원의 방 몇 개를 잘라다 팔아도 못 살 것 같은 느낌이 들었다.

마침내 오랫동안 전국의 싸구려 로봇들을 뒤지고 뒤져서 경진이 찾아낸 것은 근처 '백제쇼핑몰'이라는 곳에 입주한 중고 거래상이었다. 그곳에는 4026형 로봇 구형 제품이 한 대 있었다. 당장 경진이 구하기에 가격은 벅찬 액수였다. 하지만 그 숫자는 그럭저럭 머릿속에서 쉽게 더하고 빼면서 가늠해볼 수 있는 숫자이기도 했다. 어린이 보호 면허 기능을 간신히 갖춘 구형 로봇이었지만 작동 영상을 보니 자연스럽게 움직이는 것 같았다. 다만 오래되기는 정말 오래되어 보였다. 어디가 잘못되었는지, 무릎 관절 아래에는 붕대처럼 검은색 테이프를 감고 있기도 했다.

"이거 관절 다 망가졌나 보네. 4천 번대 로봇은 너무 오래되어서 관절이 안 맞으면 무게 중심이 어긋나서 움직일 때마다 진동이 나서 막 덜덜덜 하거든. 그래서 관절 움직이는 부위에 작은 무게 추를 테이프로 붙여놓는단 말이야. 이것도 그렇게 해놓은 거 보니 엄청나게 오래된 거네. 이런 거 못 써."

로봇에 대해 잘 알아서 생활 보조 로봇 산업 특기생으로 상급 학교에 진학할 것 같다는 상급생은 경진에게 그렇게 말해주었다. 작동 영상을 볼 때만 해도 가볍게 검은 테이프를 감아 놓은 것이 무슨 큰 영향이 있는 것으로 보이지는 않았다. 하지만 그 말을 듣고 보니, 테이프 감아놓은 곳은 뭘 덕지덕지 붙여놓아서 대충 수리해서 쓰고 있다는 점이 과연 심한 것 같았다. 다리 관절이 움직일 때마다 그 부분이 달칵거리는 것이 보였다.

그렇지만 경진은 이미 이 고물 로봇에 깊은 관심을 두게 되었다. 비슷한 가격, 비슷한 성능의 다른 로봇을 봐도 이 로봇만큼 적당해 보이지 않았다. 저렴한 로봇 중에는 얼굴 표정 표현을 위해서 얼굴 자리에 화면을 붙여놓은 것들이 많았는데, 이 로봇은 얼굴 부분에 눈 모양으로 전등이 둘 달린 옛날 방식 설계였다. 그래서 표정이 없어 보였다. 그런데 오히려 표정이 없는 로봇이다 보니 경진은 자신이 상상한 로봇의 성격과 태도를 상상해야만 했다. 경진은 전등 두 개와 스피커 마이크가 달린 머리 부분을 보고 여러 가지 표정을 생각해보았다. 며칠이 지나자 실제로 한번 본 적도 없는 로봇을 경진은 친근하게 여기게 되었다.

그 외에도 이 로봇에는 다른 장점이 몇 가지 더 있었다. 예를 들어, 백제쇼핑몰에서 구매할 수 있다는 것도 장점이었다. 백제쇼핑몰이라면 가끔 소풍날 같은 때에 구경 나가는 곳이었다. 그러면 경진은 그때 자유시간을 틈타서 그 중고 로봇 가게에 가서 이 로봇을 사면 된다.

어떤 원생들은 군것질 아이스크림을 사 먹고, 어떤 원생들은 서점에서 새 책을 살 것이다. 그럴 때, 경진은 모아놓은 돈을 모두 털어서 로봇을 사면 되는 것이다. 경진은 소풍 가는 것이 어떤 느낌인지 잘 알고 있었다. 쇼핑몰 같은 곳으로 가는 소풍을 상상해보면 즐거웠다. 이런저런 자잘한 과자 가게 같은 곳으로 친한 친구들끼리 몇몇 무리 지어 흩어져서 이것저것 신기한 것을 사는 것. 그 기억이 떠오를 때, 이제 경진은 자신만 살짝 빠져나가 로봇을 사는 모습을 쉽게 덧붙여 생각할 수 있었다. 경진에게 자신의 로봇, 내 로봇이 생기는 순간은 너무 생생하게 머릿속에 피어났다.

중고 로봇 가게에서 그 로봇을 발견한 바로 그다음 날부터 경진은 돈을 모으기 시작했다.

우선 용돈은 한 푼도 쓰지 않기로 했다. 원래 경진은 용돈을 톡톡 다 털어 쓰는 편이 아니었다. 시간이 남으면 무료 기본 프로그램 영상 중에 뭘 볼까 이리저리 찾아보느라 시간을 보내고 살았으니, 용돈을 많이 쓸 일도 없었다. 그렇지만 모인 용돈을 합하고, 다음 소풍 때까지 받을 모든 용돈 전액을 전부 다 합친다고 해도, 로봇값에는 한참 모자랐다.

그래서 경진은 돈을 더 벌 방법을 생각해내야 했다. 가장 먼저 떠올린 것은 다른 원생들에게 뭔가를 해주고 돈을 받는 방법이었다. 경진은 우선 10살짜리 원생이면 반드시 매일 한 팩씩 먹게 되어 있는 우유나 영양 음료를 대신 먹어주는 사업을 생각했다. 동료 원생 중에는 그 우유를 맛없는 것으로 생각해서 먹기 싫어하는 애들이 제법 있었다. 경진은 도대체 그걸 왜 싫어하는지 알 수가 없었다. 얼핏 보기에는 그냥 '뭔가를 의무적으로 먹어야 한다'는 사실 자체가 싫어서 먹기 싫어하는 원생도 있는 듯싶었다.

이유야 무엇이건, 그런 원생이 보이면 경진은 접근해서 얼마를 주면 자신이 대신 먹어주겠다고 했다. 평소 친하게 지내던 원생 중에 둘의 우유를 먹고 나서 계산을 해보니, 이런 식으로 10살짜리 원생 중에 우유 먹기 싫어하는 원생들 시장을 전부 다 독점하는 데 성공하면 금세 로봇 살 돈을 모을 수 있을 것 같았다. 경진은 드디어 로봇을 살 방법을 찾아냈다고 좋아했다. 경진은 입에 묻은 우유를 닦으며 커다란 미소를 지었다.

그러나 바로 다음 날, 경진은 자신의 사업 확장에 한계가 있다는 것을 깨달았다. 아무리 열심히 우유를 먹어봐도 하루에 다섯 팩 이상은 먹기 어렵다는 사실을 안 것이다. 예상하지 못했던 일이었다. 자신은 우유를 잘 먹고 좋아한다고 생각했지만, 여러 팩을 마시다 보면 배가 불러서 아무리 맛있다고 생각해도 못 먹는 한계가 온다는 사실은 예상하지 못했던 것이 문제였다. 사실 네 팩만 먹어도 다섯 팩째는 먹기 싫어졌다. 경진은 로봇의 모습을 생각하며 다섯 팩째는 겨우 참고 마시는 형편이었다. 결국 경진은 하루 다섯 팩씩 우유를 먹는 것이 한계라는 것을 받아들일 수밖에 없었다.

하지만 그조차 오래 이어나갈 수 없었다. 경진의 사업을 따라 하는 다른 원생들이 몇몇 더 생겨나자, 보육원 교사들은 이것을 문제로 생각하게 되었다. 보육원 교사들은 자기 우유나 영양 음료를 먹지 않고 다른 원생들에게 먹어달라고 하는 것은 규칙 위반이라고 결정했다. 교사들의 단속이 시작되자, 경진은 사업을 중단할 수밖에 없었다.

경진은 자신이 구상한 사업의 문제가 무엇이었는지 나름대로 돌아보았다.

"경진이가 돈 받고 우유 대신 마셔준다고 하니까, 다른 우유 좋아하는 애들도 다 돈 받고 우유 대신 마셔준대."

과거의 고객이 이제 다시 억지로 우유를 먹어야만 하는 신세가 되었다고 한탄하면서 그렇게 말하는 것을 듣고, 경진은 원인을 알아냈다고 생각했다.

경진이 생각하기에 우유 대신 마셔주기 사업의 문제점은, 꼭 자신이 아니라도 우유 마시는 것을 좋아하는 사람들은 얼마든지 있으니, 그 사람들도 좋다고 같은 사업을 하게 된다는 데 있었다. 누군가가 즐겁게, 기꺼이 일을 해줄 수 있는 것을 사업으로 하면, 금세 그런 사업은 퍼지고 알려진다. 그렇다면 남들이 하지 않을 만한 일, 그런 일을 하는 것이 괴로운 일, 하기 싫은 일을 사업으로 해야 하지 않겠는가. 경진은 그런 결론에 도달하게 되었다.

그렇게 해서, 경진은 이제 맛있는 반찬을 돈 받고 파는 일을 하게 되었다. 식사 시간마다 나오는 음식 중에 보통 한두 가지 정도는 맛있는 반찬이 있다. 이런 반찬은 서로 더 많이 먹고 싶어 해서 그 양이 제한되기 마련이었다. 그래서 경진은 그런 반찬을 먹지 않고 다른 원생에게 팔아보려고 했다. 맛있는 반찬을 특히 많이 밝히는 원생들이 몇몇 있다는 사실을 경진은 잘 알고 있었다. 그런 원생을 포섭한다면 돈을 벌 수 있을 거라고 생각했다.

그 생각은 일단은 성공이었다. 고객이 몇 생겨났고, 경진은 돈을 벌 수 있었다. 그렇지만 이 사업에도 문제는 있었다. 팔 수 있는 제품의 공급에 한계가 있다는 점이 결정적인 문제였다. 경진은 자기 몫으로 나오는 맛있는 반찬을 하나도 먹지 않고 모조리 다른 원생들에게 팔았지만, 결국 1인분 분량일 뿐이었다. 세 사람 정도에게 나누어 팔고 나면 더 이상 팔 것이 없었다. 게다가 그렇게 돈을 내고서까지 더 먹고 싶은 반찬이 매일 나오는 것도 아니었다.

한편, 애초에 보육원 급식이 넉넉한 편이었기에, 나눠 주는 음식 분량을 먹고 나면 조금 아쉽기는 해도 적지 않은 양으로 준다는 점도 문제였다. 어지간히 탐욕스러운 원생이 아닌 다음에야, 돈 주고 그것을 더 사 먹고 싶어 하는 원생들이 항상 얼마든지 있는 것은 아니었다.

소풍 날짜까지 다시 계산해보니 이 정도로 돈을 벌어서는 결코 목표로 하는 로봇 가격을 다 모을 수 없다는 것을 경진은 깨달았다. 큰 숫자를 헤아려 곱하는 것에 익숙하지 않았기 때문에 몇 번씩이나 틀린 계산 끝에 얻은 결론이었다. 그래서인지, 그 예측 결과는 더 어두운 느낌이었다.

경진은 다른 방법을 더 찾아야 했다. 하지만 좋은 생각은 쉽게 떠오르지 않았다. 어린이들이 돈 버는 내용을 다루는 옛날 동화 같은 것을 찾아봤지만, 구두를 닦는다거나 신문을 판다는 이야기 정도가 있을 뿐이었다. 인터넷으로 뉴스를 읽는 세상이니 신문을 팔 수도 없었고, 원생들의 신발은 세탁실에서 알아서 처리해주니 구두를 닦는 것도 일거리가 되지 않았다. 교사 중에는 가끔 구두를 닦을 만한 사람이 있을 법했지만, 사람 수는 적었고 보육원 교사들이 원생들을 개인 잡무에 활용하는 것은 엄격히 금지되어 있었기 때문에 그런 제안을 했다가는 괜히 '심층 상담'에나 불려 갈 판이었다.

하는 수 없이 경진은 자잘한 장사거리라도 찾아야 했다. 기숙사 3층까지 올라가는 것이 힘들다는 다른 원생을 업어주는 일을 하는가 하면, 머리 감기 귀찮다는 원생의 머리를 대신 감겨주는 일을 제안하기도 했다. 반드시 자기 스스로 하도록 규칙이 정해져 있는 방 청소를 대신해준다고 나설 수는 없었지만, 자기 방에 귀신이 나온다고 생각하는 하급생에게 인터넷에서 찾아낸 귀신 쫓는 정화 의식을 치러주는 것은 할 수 있었다. 경진은 원생들이 귀하게 생각하는 투구풍뎅이 같은 것을 숲에서 잡아다 팔기도 했고, 네잎 클로버를 뜯어서 팔기도 했다. 그래서 경진은 벌레들이 자주 보이는 햇빛이 약한 새벽 시간에 일찍 숲에 나가 매일 한참을 돌아다니기도 했다. 얼마 지나지 않아 경진은 뭐든 다른 원생들이 힘들어 하는 것만 있으면 "돈 주면 내가 대신 해줄게."라고 나서는 원생으로 알려지기 시작했다.

그렇게 해서 경진의 돈은 조금씩 더 불어났다. 돈이 모일 때마다 경진은 기뻐했다. 이런 식이라면 로봇을 사고, 로봇과 함께 보육원 바깥에서 사는 것이 가능할 거라는 생각이 들기 시작했다. 이른 아침 이슬이 발목에 튀기는 숲길을 걷다가 보육원 울타리를 보면, 그 울타리 바깥으로 펼쳐진 언덕 비탈 바깥을 로봇과 함께 달려가는 장면을 떠올렸다. '그 로봇은 무릎이 약한 편이니까 내가 너무 빨리 달리지는 말아야지.' 그런 생각도 여러 번 했다.

그렇지만 그달 말에 모인 돈을 다시 계산해보니, 역시 가을 소풍 때까지 로봇 가격에 도달하기는 어려워 보였다. 이 정도로 돈을 계속 모은다면 로봇을 사는 것이 불가능하지는 않을 것이지만, 적어도 1년이나 2년은 걸릴 것 같았다. 그 정도 시간이 흐른다면, 아무리 찾는 사람 없는 고물 로봇이라도 누가 사 갈지도 모른다. 분해해서 부품만 뜯어 재활용하려는 사람이 사 갈지도 모르고, 아예 버려져서 껍데기를 재활용 플라스틱으로 활용하려는 수거 업자가 갖고 갈지도 모른다.

실망한 경진은 다시 로봇 판매 영상을 돌려 보았다. 다시 보니, 로봇은 더 좋아 보였다. 너무 크지 않은 것이 어린이를 돌보아주는 역할에 특히 적당해 보인다는 생각이 들었다. 로봇이 어떤 목소리로 말할까 괜히 짐작도 해보았다. 모습이 옛날 영화 속 로봇 같으니까, 목소리도 옛날 로봇 같은 딱딱한 말투일까 싶었다. 그런 생각을 하고 있으니, 이 로봇을 못 구하게 된다는 것이 더 안타까웠다.

그렇게 한숨을 쉬면서 로봇에 대한 소개 내용을 보다가, 경진은 로봇의 생활 방수 기능에 대한 설명을 다시 보게 되었다. "간단한 방수 기능이 있어서, 물놀이를 같이하기는 어렵지만, 낚시나 청소는 충분히 같이 할 수 있습니다." 그 말을 듣자, 경진은 한 가지 생각이 떠올랐다.

그것은 낚시였다. 보육원이 인접해 있는 동산 기슭을 올라 돌아가면 작은 호수 하나가 있었다. 목요일 야외 활동시간에 자주 가는 곳이었는데, 아이들에게 낚시 체험을 하게 할 때도 있었다. 다만, 대체로 이 보육원의 원생들은 지루하게 긴 시간 기다려야 하는 낚시를 좋아하지 않는 편이었기 때문에, 별로 인기는 없는 시간이었다.

그렇지만 경진은 이제 그 지루함을 견딜 의향이 있었다. 이 지역 사람들이 '야광 물고기'라고 부르는, 밤에 빛을 내는 이상한 물고기가 있는데, 그것을 잡으면 돈을 받고 팔 수 있다는 것이 떠올랐던 것이다. 하급생 중에 하나가 우연히 야광 물고기를 잡았는데, 물통 속에 이틀 동안 넣어 두었다가 금요일 외출 시간에 보육원 바깥에 있는 횟집에 그것을 팔았더니 돈을 주더라는 이야기를 들은 적이 있었다. 경진은 그 하급생을 찾아가서, 그 횟집이 어디에 있으며, 돈을 얼마나 주더냐 하는 것을 캐물었다. 하급생이 다그쳐 묻는 것을 무섭게 여겨서 나중에는 울먹울먹하였으므로, 경진은 그 원생을 달래주는 데에도 상당한 시간을 보내야 했다.

물고기를 잡는 것이 가능하다는 것을 한 번 실험해서 깨달은 경진은, 앞으로 취미 생활 시간과 야외 활동 시간에 대한 계획을 모조리 '낚시'로 적어 냈다. 낚시에 관심을 갖는 어린이는 극히 드물었고 보통 한두 번 경험해보면 그만두는 경우가 대다수였기 때문에, 보육원 교사들은 이상하게 생각했다. 어떤 교사들은 경진이 낚시를 담당하는 교사를 좋아하는 것이 아니냐 추측하기도 했지만, 경진을 유심히 관찰한 그 교사는 그런 것 같지도 않다는 결론을 확인해주었다.

경진은 대단히 성실한 낚시꾼이었다. 정해진 시간을 모두 투자했으며, 낚시 담당 교사가 알려주는 모든 방법을 꿋꿋하고도 정확하게 실천했다.

"낚싯대를 보면서, 이런저런 세상 사는 생각, 어떻게 사는 게 맞는지 그런저런 생각을 하는 거야."

낚시 담당 교사가 말해주었을 때, 경진은 그런 생각을 하는 것도 낚시를 잘하는 요령이라고 이해했다. 그래서 '세상 사는 생각'이라는 제목으로 어떤 작가가 신문사 웹사이트에 게재하던 잡다한 수필 같은 것을 다운로드해다가 낚시를 기다리는 동안 정신을 집중해서 매번 열심히 읽기도 했다.

경진은 시간이 남으면 변신 외계인이 나오는 애니메이션 대신에 낚시 방송을 보면서, 항상 뭔가를 계속 궁리하고 연구하기도 했다. 경진은 이윽고 낚시 방송의 통발을 보고, 물속에 넣어두면 물고기를 함정으로 끌어들여 붙잡을 수 있는 간단한 장치를 만들기도 했다.

보육원 교사들은 경진이 지나치게 혼자서만 낚시에 빠져드는 것이 문제가 될 수 있다고 판단했다. 교사들은 경진이 다른 원생들에게 따돌림당하고 있지는 않은지, 다른 원생들과 어울릴 수 없는 다른 문제가 없는지 걱정했고, 그래서 경진에게 자꾸만 자상한 목소리로 말을 걸었다. 혹은 "오늘 이런저런 이야기 좀 할까?"라고 말을 꺼내기도 했다. 경진에게는 이 모든 일이 대단히 귀찮았고, 무엇보다 돈을 벌 시간을 빼앗기기 싫었다. 그 근본 원인을 눈치챈 경진은 친한 원생들 몇몇에게 부탁해서 돌아가면서 잠깐씩만 낚시하는 데에 왔다가 달라고 부탁했다. 그렇게 해서 따돌림당하는 것은 아니라는 티를 내달라는 것이었다.

얼마간 시간이 지나자 교사들은 큰 문제는 별로 없겠거니 하고 생각하게 되었다. 그렇지만 여전히 긴 시간을 낚싯대 앞에서만 보내는 경진을 보고, 교사들은 아이가 외로워 보인다고, 보육원에서 가장 외로운 사람 같아 보인다고 걱정했다.

"그래도 무슨 사고가 생길지 모르잖아요. 혹시 경진이가 너무 푹 빠져서 호수에 안전선 너머까지 걸어 들어갈지도 모르고요."

"그러면 경진이가 갈 때마다, 안전 드론으로 호수 쪽에서도 매번 살펴보도록 합시다."

"경진이가 낚시 말고 여럿이서 같이 하는 일에도 관심을 가질 수 있도록, 합창단 같은 데 들도록 한번 권해보면 어떨까요?"

"워낙에 낚시를 좋아하니까, 상급생이라도 한두 명 짝지어주어서 그물로 여럿이서 물고기 잡는 것을 하도록 할 수는 없을까요?"

그러나 사실 경진은 그 모든 시간 동안 외롭다는 생각은 조금도 하지 않고 있었다.

　　통발을 설치하거나, 낚싯대를 던지는 동안, 경진은 로봇이 같이 서서 일을 도와주는 장면을 생각했다. 이런 작업 정도는 충분히 할 수 있는 생활 방수 기능이 있는 로봇이라고 하지 않았는가. 비록 구형 로봇이라고 하지만 적외선 영상 분석 소프트웨어를 새로 설치하면 물속에 있는 물고기의 모습을 감지해서 알려주는 기능 같은 것도 할 수 있을지도 모른다. 그러면, "저쪽에 큰 물고기가 있다", "저쪽에 물고기 떼가 있다"고 로봇이 손가락으로 가리켜 알려줄 것이다. 어쩌면 호수에 이상한 괴물이 숨어 있고, 보름달이 뜨는 날 자정마다 나온다는 떠도는 이야기가 사실인지 아닌지 밝혀줄지도 모른다.

　　호수가 있는 기슭 편에서 저 멀리 도시 중심 쪽을 바라보면, 높은 건물들과 많은 집이 가득 모여 있는 것이 보였다. 그 뒤로 산이 보였고, 구름이 떠 있는 하늘 저편으로 산 뒤에는 또 다른 도시가 있겠거니 싶었다. 경진은 로봇과 함께 보육원을 나가게 되면, 저 넓은 세상 어느 곳이든 갈 수 있을 것 같다는 느낌을 받았다. 보육원의 교사들 없이 혼자서 도시의 복잡한 거리를 헤매고, 저 산을 올라 반대편으로 건너가 보면 무슨 기분이 들까. 로봇이 길을 잘 알려줄 수 있을까. 다른 도시에도 낚시할 수 있는 호수나, 투구풍뎅이를 잡을 수 있는 숲이 있을까.

　　가을이 다가왔을 때, 경진은 다른 원생들에게 소풍 장소를 백제쇼핑몰로 하자고 설득하러 다녀야 했다. 보육원은 단체 외출 활동이나 소풍 같은 행사가 있을 때, 대체로 원생들의 의견을 받아들여서 다수결로 결정을 해서 장소를 선택했다. 경진과 같은 저학년 원생들은 교사들이 정해주는 두세 가지 선택지 중에 하나를 고르는 것 정도였지만, 그래도 다수결에서 백제쇼핑몰 대신에 물놀이 체험관이나 스페이스타워 같은 곳으로 가자는 결론이 내려지면 그것을 따르게 되어 있었다.

그래서 경진은 백제쇼핑몰의 장점을 이것저것 조사해서 생각이 다른 원생들에게 설명하고 다녔다. "백제쇼핑몰은 인도어와 아웃도어가 결합된 신개념 복합 쇼핑 디스트릭트야. 대단하지 않아?" "백제쇼핑몰은 패밀리 프렌들리 스팟이래. 어린이들이 좋아할 만한 게 정말 많다는 뜻이지." 경진은 다른 사람을 설득하는 데 그렇게 뛰어난 편은 아니었지만, 적어도 이래도 좋고 저래도 좋다고 생각하는 원생들 몇몇을 백제쇼핑몰 편으로 굳어지게 할 수는 있었다.

마지막으로 경진은 쇼핑몰의 자동 계산 컴퓨터에 동전을 빠르게 집어넣는 연습을 했다. 보육원에서 매월 주는 용돈은 '용돈 지급 카드'의 계좌로 입금되기 때문에 바로 쉽게 결제할 수 있었지만, 여러 가지 잡다한 일을 하고 받은 돈 중에는 동전으로 모은 것도 많았다. 특히 금요일 외출 때 횟집에 야광물고기를 팔고 얻은 돈은 동전이나 액수가 작은 지폐로 받은 것들이 많았는데, 횟집의 자동 계산 컴퓨터에는 고액권 교환 기능이 없었기 때문에 더 큰 액수의 지폐로 바꿀 수가 없었다. 은행에 가서 돈을 교환하면 간단했겠지만, 금요일 외출 지역에는 ATM이 설치된 곳만 몇 있었을 뿐 은행은 없었다.

그래서 경진에게는 잡다한 여러 가지 동전과 지폐들이 여러 뭉치 모여 있었다. 자동 계산 컴퓨터는 1분 안에 결제가 완료되지 않으면 다시 첫 화면으로 돌아가게 되어 있었기 때문에, 경진은 1분 안에 그 모든 돈을 기계에 다 집어넣어야만 거래를 할 수 있었다.

백제쇼핑몰이 가을 소풍 장소로 정해지고, 결국 보육원 버스를 타고 원생들이 모두 그곳에 도착했을 때, 경진은 긴장감 때문에 손에 땀이 흐르는 것을 느꼈다.

"앞으로 1시간 동안 자유시간이니까 우선 마음껏 돌아다니면서 놀고, 꼭 시간 맞춰서 점심 먹으러 와. 점심 못 먹으면 안 되니까 군것질 너무 많이 하면 안 되는 거 알지?"

교사가 태평하게 말했고, 원생들은 높은 소리로 다 같이 "예"라고 대답하더니 쇼핑몰 입구가 흔들흔들할 정도로 저마다 시끄러운 소리를 내면서 스멀스멀 주변으로 퍼져 나갔다. 경진은 '자유시간'이라는 말이 들리자마자, 뛰기 시작했다.

몇 번이나 인터넷으로 지도를 살펴보면서 위치를 파악했기에 가게가 있는 곳은 잘 알고 있었다. 뛰다 보니까 숨이 찼지만, 경진은 "조금만 더 뛰고 조금만 더 참아보고 도저히 못 참겠으면 그때 쉬자."라고 생각하면서 더 뛰었다. 그 못 참을 순간이 왔지만, "다섯 발짝만 더 뛰어보고 그때 도저히 안 되겠으면 쉬자."라고 생각하면서 조금 더 뛰었고, 그것을 몇 번 더 반복했다.

　망한 상점들이 많이 모여 있어서 조명이 좀 어두운 구역으로 들어서자, 귀퉁이에 있는 중고 로봇 가게가 보였다. 인터넷 화면으로 본 것보다 더 작아 보였지만, 모양은 너무 여러 번 많이 봐서 똑똑히 기억하고 있는 그 모습 그대로였다.

　숨을 몰아쉬며 경진은 가게 안으로 들어섰다. 처음에는 숨이 차서 자기 숨소리만 들렸고 힘들다는 생각 때문에 잘 몰랐지만, 조금 시간이 흘러서 호흡이 가라앉으니 그곳은 조용한 곳이었다. 찾는 사람이 없는 곳인 데다가 무인 가게였는데, 낡은 로봇들만 진열대를 따라 번호에 맞춰 놓여 있으니 스산한 느낌이 들었다. 경진이 걸어갈 때마다 자동으로 컴퓨터가 조종하는 감시카메라가 움직이는 작은 모터 소리가 들려왔다.

　그리고 경진은 그곳에 있는 모든 로봇 중에서 가장 가격이 싼 4260형 로봇 한 대 앞에 섰다. 바로 그 로봇이었다. 경진은 이 로봇의 크기가 얼마인지 써 놓은 것을 보고, 보육원 방에서 30센티미터짜리 자로 몇 번 벽을 따라 표시를 해서 키가 어느 정도고 덩치가 어느 정도인지 가늠해본 적이 있었다. 만약에 로봇이 내 방에 서 있으면 창문 여기까지 오는 정도 크기겠거니, 경진은 생각했고, 한번 그렇게 생각한 후에는 아침에 일어나서 창문을 볼 때마다 그 생각을 했다. 그러니 실제로 로봇을 보았을 때 느낀 느낌은 딱 그대로였다. 새로운 것이 나타났다는 느낌보다는 오히려 있어야 할 것이 없었는데 그것이 다시 찾아왔다는 느낌과 비슷한데, 그러면서도 설레는 느낌과 흥분은 또 새롭고 신기한 것이어서, 절대 쉽게 설명할 수 없는 기분에 휩싸였다.

경진이 로봇을 사겠다고 자동 계산 컴퓨터에 입력하자, 자동 계산 컴퓨터는 로봇에 전원을 넣고 기본 점검 프로그램을 가동해서 로봇이 정상이고 판매 가능 상태라는 점을 확인했다.

"결제해주십시오."

안내문이 나오기를 기다리며, 경진은 가방을 열고 안에 있는 돈뭉치들을 꺼낼 채비를 했다. 안내문이 나오자마자 경진은 연습해두었던 대로 돈을 빠르게 컴퓨터에 집어넣었다. 보육원에서 연습할 때 사용하던 매점 자동판매기와 돈을 넣는 곳의 높이가 약간 달라서 생각보다는 시간이 오래 걸렸다. 돈이 들어가지 않거나 인식이 잘 안 되는 것 같으면 그때마다 조금씩 더 마음이 초조해졌다.

"금액이 부족합니다. 남은 금액을 결제해주십시오."

경진은 이상하다고 생각했다. 가방 속에 있는 모든 돈을 다 넣고 기다렸지만 "금액이 부족하다"는 내용이 화면에 계속 나왔다. 경진은 이상하다고 생각해서 가방을 다시 잘 살펴보고 아예 까뒤집어서 흔들어보기도 했다. 그렇지만 남은 돈은 없었다. 모든 돈을 다 기계에 털어 넣은 상태였다. 왜 이렇지? 알 수 없었다. 내가 돈 계산을 잘못했나? 덧셈을 굉장히 길게 해야 했으니까 계산이 틀렸을 수도 있기는 있겠지. 아니면 혹시 잃어버렸나? 가방 안에 어디에 동전 몇 개가 끼어 있는 것은 아닌가? 가방 안은 아까 다 봤잖아. 너무 빨리 한꺼번에 돈을 넣었기 때문에 기계가 인식하는 데 오류가 약간 일어났나 싶기도 했다.

이유는 잘 알 수 없었고, 돈이 부족하다는 사실만 머리를 통통 때렸다. 돈이 부족하다. 돈이 부족하다. 그 말만 몸속에 퍼져 나가서 피 대신에 온몸을 빙빙 도는 기분이었다.

"금액이 왜 부족해? 왜, 금액이 부족해….."

경진은 그렇게 중얼거렸다. 무표정한 로봇이 앞에 서 있는 것이 보였다. 눈물이 저절로 흘러나오는 것을 느꼈다. 한번 눈물이 솟으며 얼굴이 우는 표정으로 변한 것을 느끼자, 그만 긴긴 시간 오래오래 참아왔던 울음이 확 터져 나오기 시작했다.

중고 로봇들 사이에 둘러싸인 채로 우두커니 서서 우는 경진의 소리는 가게 안에 퍼져 나갔다. 울어본다고 한들, 그저 떼를 쓰며 운다고 누가 와서 문제를 해결해주는 세상도 아니었다. 경진은 이제 돌아가는 수밖에 없나, 너무 아깝다, 너무 아깝다, 그런 생각을 했다.

그때, 경진 앞에 서 있던 로봇은 어린이의 울음소리를 감지하면서, 어린이 보호 프로그램의 긴급 구조 기능이 작동했다.

"어린이 보호 면허에 따른 동작을 시작합니다. 왜 그래요? 무슨 일인가요?"

경진은 생각했던 것과 똑같은 그 말투와 목소리에 자연스럽게 대답했다.

"돈이…, 돈이 모자라요."

로봇은 주변을 살펴보고 주위 환경으로부터 정보를 수집했다. 로봇이 다시 말했다.

"탐색을 시작합니다."

경진이 여전히 울고 있는 중에 로봇은 앞으로 걸어 나왔다.

"사용 가능한 자원이 발견되었습니다. 이것을 사용하여 문제를 해결하십시오."

경진은 로봇이 내민 다리를 보았다. 무릎 관절에 붙어 있는 검은 접착테이프가 보였다. 테이프 안쪽에는 검고 동그란 추가 들어 있는 것 같았다.

경진은 그 테이프를 뜯어 보았다. 손을 내밀어 테이프 끄트머리를 찾아 잡고, 몇 년 동안 붙어 있어서 먼지가 가장자리에 묻어 있는 그것을 뜯어냈다. 울고 있던 것을 몇 번이고 닦아서 손등은 다 젖어 있었다. 그 테이프 안에는 무릎 관절에 매다는 추로 쓰기 위해 넣어둔 동전 두 개가 있었다.

동전 두 개를 집어넣자, 경진은 자신의 이름으로 즉시 로봇을 등록할 수 있었다. 경진은 로봇의 통신 기능을 이용해서 바로 '보호자 로봇에 의한 어린이 세대' 신청이라는 것을 접수했다. 정확히 어떤 내용을 어디에 신고하고 접수해야 하는지 몰라서, 경진은 로봇과 한참 대화를 해야 했는데, 로봇은 말을 잘 알아듣는 편이었다.

로봇과 이런저런 온갖 잡담을 나누면서 경진이 기다리고

있으니, 얼마 후 파견된 경찰 두 사람이 찾아 왔다. 신청이 접수된 것이었다. 경찰은 경진과 로봇을 데리고 다시 보육원 교사들이 모여 있는 곳에 갔다. 그들은 보육원 교사들에게 상황을 설명했다. 그리고 경진은 로봇과 함께 경찰차를 타고 경찰서로 가게 되었다.

경찰서 내부 풍경은 경진이 생각했던 것과 전혀 달랐다. 그렇지만 오가는 사람이 누구인지 무슨 일을 하고 있는지는 대충 알 수 있을 것 같았다. 잠시 기다리고 있던 경진은 다른 경찰들보다 조금 더 나이가 든 경찰 한 사람 앞으로 불려가 앉게 되었다. 경진은 조심스럽게 물었다.

"혹시, 반장님이신가요?"

"어? 어떻게 알았어? 내가 어린이 청소년 긴급지원반 반장이야."

경찰과의 대화를 마치자, 바로 그날 저녁으로 경진과 로봇은 고층 아파트 구역에 있는 공공 임대 주택 한 곳으로 옮겨가게 되었다. 그곳이 당분간 경진이 살게 될 집이었다.

경찰들이 떠나가고, 경진이 로봇과 둘만 남게 되자 문득 집안이 대단히 조용하게 느껴졌다. 잠잘 시간이 되어 불을 끄고 침대에 누워 있으니, 아무 소리도 들리지 않았다. 잠깐 그러는 것 같더니, 멀리서 누군가가 소리 지르는 소리, 자동차가 거세게 달리는 소리 같은 소음이 연기가 흩어지는 것처럼 덧없이 들려 왔다.

새로운 곳에 떨어져서 혼자 지내게 된 경진은 이 모든 것에 아주 이상한 기분이 들었다. 갑자기 세상이 너무 지나치게 넓다는 생각이 들었고, 모르는 사람들이 어느 곳이나 사방에 가득하다는 느낌도 들었다. 이유는 잘 알 수 없었지만 달빛과 도시 전등 불빛이 비치는 창가에 누워 있는 기분이 조금 무섭기도 했다. 이제 무슨 영상이든 볼 수 있지만, 지금 당장은 무슨 재밌는 TV 프로그램을 보고 싶지도 않았다.

"잠이 들기 어려우신가요?" 로봇이 물었다.

"아니요. 아직은 잘 모르겠어요. 조금 더 있으면 잘 수 있을 것도 같아요."

"제가 노래 불러드릴까요?"

"예."

경진이 대답하자, 로봇은 자기 목소리로 "빠라바라빠라바라바…." 하고 〈수사반장〉 주제곡을 불러서 흥얼거렸다. 경진은 누워서 눈을 감고 노래를 들으려고 기다리고 있다가, 웃게 되었고, 곧 그것을 따라 불렀다.

— 2018년, 서초에서

체육대회 묵시록

Sports Event Apocalypse

김 박사가 근무하고 있는 연구소의 이름은 NEOT였다. 영문 명칭의 알파벳 약자를 땄을 때, 그것을 발음할 수 있으면 그 이름은 멋있다고 생각하는 순박한 사람들이 지은 이름이었다. 지구 가까이 있는 물체를 연구하는 팀이라는 뜻인, Near Earth Object Team의 약자였는데, 혹시 지구에 부딪혀서 위험할지 모르는 우주의 소행성 따위를 연구하는 곳이었다. 이름을 지으신 분들은 연구소 이름을 '네오트'처럼 발음하기를 원했던 것 같은데, 실제로 그 연구소 사람들은 다들 '넛'이라고 불렀다.

　김 박사는 넛의 대외교섭실 소속이었다. 국제 소행성 방어 협회에 자료나 의견서를 보내는 것이 김 박사의 역할이었다. 올해에는 국제 소행성 방어 협회 소속 연구소들이 계산 결과

자료로 올린 숫자들을 검토해보고, 의심스러운 것들이 있으면 그 의견을 보고하는 일을 맡았다. 지난달에 총무실로 올려보낸 김 박사의 올해 성과 목표에는 1년 동안 의심 의견 세 건을 올리게 되어 있었다. 만약 의심 의견 네 건을 올리면 목표를 초과 달성한 것이 되고, 좋은 평가를 받게 된다.

이날 김 박사가 보고 있었던 것은 어제저녁 퇴근하기 직전에 눈에 띄었던 자료였다.

자료에 나오는 소행성이 큰 것은 아니었다. 하지만 지구에 충돌할 가능성은 10퍼센트에서 50퍼센트 사이라서 '위험' 등급으로 분류되어 있었다. 협회에서는 이 소행성에 미리 핵미사일을 발사해서 그 충격으로 소행성을 지구에 부딪히지 않는 방향으로 비튼다는 계획을 발표해둔 상태였다. 그 때문에 관심도 많고 인기도 많은 소행성이었다. 해외토픽 뉴스에도 몇 번 소개된 적이 있었다.

김 박사는 핵미사일로 소행성의 방향을 튼다는 계획을 의심스럽게 여겼다. 협회에서는 소행성이 동그란 모양이라고 가정하고 어느 정도 위력의 핵미사일을 언제 명중시키면 지구를 비껴가도록 소행성이 튕겨나갈 거라고 계산했다. 그런데 김 박사가 보기에는 소행성이 그다지 많이 동그랗지 않을수도 있지 싶었다. 그러면 계산이 어긋난다. 핵폭탄은 터지는 곳의 모양에 따라서 위력과 충격이 달라질 수 있다. 일본 나가사키에 떨어진 핵폭탄은 히로시마에 떨어진 핵폭탄보다 위력은 강했지만, 나가사키의 지형이 울퉁불퉁해서 그 피해가 덜 퍼졌다는 이야기를 읽었던 기억이 떠올랐다.

정말로 그렇다면 문제였다. 힘들게 우주 멀리 핵미사일을 발사했지만, 예상했던 만큼 소행성을 움직일 수 없을지도 모른다. 아니면 계산과 달리 엉뚱한 방향으로 소행성이 틀어질지도 모른다. 혹시 지구로 더 빨리, 더 위험한 방향으로 떨어지기라도 한다면.

김 박사는 소행성에 대한 관측 수치들을 보고, 소행성의 동그란 정도를 직접 계산해보기 시작했다. 설마 정말로 많이 울퉁불퉁하면 안 될 텐데.

그런데 그때, 갑자기 컴퓨터 화면에 메시지 송수신 프로그램이 반짝거리며 나타났다.

"그룹장님이 회의 소집하셨습니다. 3분 내로 대회의실로 전원 집합해주시기 바랍니다."

김 박사는 하던 계산만 마무리 짓고 가려고 했다. 그렇지만 계산이 생각보다 복잡했다. 3분 이내에 계산을 끝내고 대회의실까지 걸어가기는 무리 같았다.

"김 박사 회의 안 가?"

박 박사가 부르는 소리가 들렸다. 김 박사는 계산하던 중간 자료를 저장하면서 엉거주춤하니 책상 앞에 서 있다가 한걸음씩 발부터 먼저 움직였다. 저장 화면이 나오기 시작하는 것을 보고 김 박사는 재빨리 회의실로 향했다.

회의실에 가 보니 곗돈 떼먹기 딱 좋은 날 계모임에 계주가 이상하게 늦게까지 나타나지 않고 있는 듯한 분위기가 펼

쳐져 있었다. 김 박사는 그래도 그럭저럭 밝은 표정을 지어
보려고 노력했다. 그런데 곧 그보다 훨씬 더 밝은 표정을 짓
고 있는 그룹장이 나타났다.

"내일이 정부 중앙 부처 중에 안전대책부 연찬회 날인 거
아시죠? 연찬회 행사로 오후에 체육대회를 한다고 하거든요.
그런데 이번에는 안전대책부 산하 기관 직원들도 가능하면
다 참가하라고 협조전이 내려왔어요. 그러니까 다들 내일 체
육대회에는 꼭 참석하도록 합시다."

그러면서 그룹장은 안전대책부에서 보낸 협조전 이메일을
빔프로젝터로 스크린에 크게 보여주려고 했다. 그런데 빔프
로젝터 각도가 안 맞아서 화면이 일그러져 보였다. 빔프로젝
터 한쪽이 기울어져 있어서 그것을 맞추는 데 상당히 시간이
오래 걸렸다. 결국 회의실 한구석에 꽂혀 있는 '국민 안전 대
책 기본 핵심 계획'이라는 두꺼운 보고서를 빔프로젝터 한쪽
에 받쳤더니 화면이 똑바로 나왔다. 김 박사는 왜 하필 저 두
꺼운 보고서가 대회의실에 비치되어 있는지 의아하게 생각했
었는데, 이제야 이유를 알 수 있었다.

그룹장은 이메일 내용을 읽었다.

"여기 조직도를 보시면, 안전대책부 밑에 안전기술청이라
는 게 있죠? 이게 우리 '청'이고, 청 밑에 연구원이 세 개가 있
는데, 그중에 종합안전기술원이라는 게 있고, 그 산하 기관
이 두 군데가 있는데 그중에 한 군데가 국제연구협력단이죠.
국제연구협력단이 국내 대기업에서 투자를 받아서 같이 창

설한 연구소가 '넷'이죠. 그래서 우리도 안전대책부 밑에 있는 거예요."

"그런데 그 정도 관계면 저희는 안대부 '산하' 기관은 아니지 않나요?"

조 박사의 질문이 나오자, 그룹장 대신 총무실 실장이 대답했다. 뭐라고 길게 설명을 했지만, 어차피 아무 내용은 없는 이야기였으므로 여기서는 생략하도록 하겠다.

그룹장은 이메일 다음 부분을 읽었다. 그다음 부분에는 안대부 연찬회 일정이 나왔다. 연구원들은 "연찬회가 뭐죠?", "연찬회 뜻이 뭐야?", "인터넷에서 찾아봐", "그런데 왜 이런 행사를 연찬회라고 하지?" 등등의 이야기가 오갔다. 그러나 그 역시 핵심과는 상관이 없는 이야기들이었다. 핵심은 오전 일정인 성과 보고나 중점 업무 계획 발표 등의 순서에는 회장이 좁아서 산하 기관 직원들은 와서는 안 되고, 점심시간 후에 열리는 체육대회 시간에 맞춰서 산하 기관 직원들이 전부 다 와야 한다는 것이었다.

"그리고 여기, 이거 보세요. '특히 여자 직원들은 전원 필히 참석 바랍니다'라고 적혀 있죠. 우리는 여직원들이 누가 있죠?"

그룹장의 훑어보는 눈이 자신 쪽으로 지나가는 것을 김 박사는 느꼈다.

"여직원들 정말 꼭 참석해야 돼요. 이게, 남녀 직원을 차별해서 그러는 게 아니고요. 안대부에서 그렇게 지시가 내려왔어요. 문제가 뭐냐면 안대부 중앙 공무원 중에 여자 공무원들이 너무 적어요. 그러다 보니까, 항상 체육대회를 할 때마다 여자 공무원들은 소극적으로 참여하게 되고, 여자 공무원들은 배려도 잘 안 되고, 행사의 중심이 안 되고 그랬거든요. 그래서 이제 여성 비율을 좀 높여서, 여직원들도 활발하게 참여하고, 그리고 또 행사 내용도 여성 친화적으로, 이렇게, 성평등적인 행사로 꾸미려고 하거든요. 이번에 신임 장관님이 이런 쪽으로 참 깨어 있으신 분이라서, 특히 이런 쪽에 관심이 많다고 하시거든요. 그래서 체육대회에 여성 참여 시간도 대폭 늘리려고 하고 있고, 그렇다 보니까 아무래도 여자 참여자 숫자를 늘려야 하니까, 산하 기관에서는 여자 직원 위주로 와 달라고 하시는 겁니다."

김 박사는 다른 여성 직원들의 눈빛을 짧게 살폈다. 다들 얼굴에 미소를 짓고 있었지만 '이야, 참으로 혁신적인 개소리구나.'라는 눈빛을 띠고 있었다.

참여 못 할 특별한 사유가 있는 사람은 각자 소속 실장에게 보고하라는 말을 마지막으로 회의는 끝났다. 다들 겟돈을 날린 듯한 표정으로 이리저리 흩어졌다.

자리로 돌아온 김 박사는 실장에게 이메일을 썼다. 내일이 소행성 방어 협회 전산망 사용 마감이기 때문에, 일을 지금 급하게 꼭 해야 한다고 썼다. 그리고 내일 반드시 이 일을 마무리 지어야 해서 체육대회는 참석하지 못하겠다고 했다. 덧붙여서 중대한 계산 오류로 의심되는 사항이 하나 있는 것 같은데, 이것이 똑바로 확인되면 녘의 전체 실적에도 도움이 되는 큰 건이라고 밝혔다.

김 박사는 그러고서 다시 전에 하던 계산으로 돌아가보려고 했다. 저장해둔 숫자와 표시해둔 자료를 다시 살펴봤다. 뭐였는지 바로 떠오르지 않았다. 다시 처음부터 살펴보면서 아까 하던 계산을 따라갔다. '그렇지, 이게 회전 관성이고, 이게 질량 적분값이고, 이게 궤도 계산 행렬 고유값이고, 그러면 소행성 형체는? 그렇지….' 한참 만에 김 박사는 아까 하던 계산을 다시 떠올릴 수 있었다.

아마도 이 숫자를 처음 계산한 사람은 소행성의 관측 수치를 바탕으로 그 모양의 동그란 정도를 짐작할 때, 달의 중력은 무시하고 계산했던 것 같았다. 대체로 그렇게 해도 상관은 없다. 그런데 이 소행성의 궤도는 그렇게 하면 안 되는 특별한 경우였다. 만약 그렇다면 가끔 드물게 발생하는 실수인 셈이었다. 자주 하는 실수가 아니었기 때문에 사람들은 잘 모른다. 김 박사조차도 확신할 수 없었다. 다른 방식으로 한번 검증을 해볼까?

만약 김 박사의 상상이 맞아떨어진다면, 이 소행성은 핵미사일로 공격해서는 안 된다. 그보다는 레이저 빔 같은 것으로 소행성 일부를 잘라내는 것이 맞다. 그러면 소행성의 모양이 변하고 잘라내고 남은 덩어리의 질량이 변한다. 그러면 소행성의 움직임도 달라지고 방향도 달라진다. 그렇게 해서 지구에 충돌하지 않고 빗나가게 만들 수 있다. 그 방식을 택해야 성공할 가능성이 크다. 핵미사일을 쓰면 안 된다. 대신 최대한 빨리 레이저 빔 무기도 만들고 정밀하게 레이저 빔을 조준할 수 있는 우주선도 만들어야겠지. 정말 일을 그렇게 크게 벌이게 될까?

김 박사는 자신의 추측이 맞는지 아닌지 확인하기 위한 계산식을 떠올렸다. 대충 계산식을 만들고 부호와 단위가 맞는지 다시 확인했다. 행렬의 크기가 크기 때문에 계산 시간은 좀 걸릴 것이다. 그런 만큼 처음부터 식이 정확해야 했다. 김 박사는 계산식을 종이에 손으로 옮겨 썼다. 그리고 다시 찬찬히 살피려고 했다.

그러나 그러지 못했다. 그때, 다시 메시지 프로그램이 컴퓨터 화면에 튀어나왔기 때문이다.

"김 박사님, 실장님이 지금 부르시네요."

김 박사는 실장에게 가기 전에 계산식을 완성하고 컴퓨터에서 계산을 실행시킨 후 가면 좋겠다고 생각했다. 그러면 실장과 대화하는 동안에 컴퓨터는 계산을 할 테고, 대화를 마치고 돌아오면 계산이 끝나 있겠지. 그러면 질퍽한 오늘 일과가 약간은 상쾌해질지도 모른다.

김 박사는 급하게 계산식을 입력하고 실행 아이콘을 눌렀다. 그러는 사이에 시간은 4분이나 지나 있었다. 김 박사는 자신을 기다리는 실장이 화를 내는 것은 아닐까 겁을 내며 평소보다 세 배 빠른 걸음으로 실장의 방에 갔다.

"응, 김 박사. 김 박사가 이메일 보낸 것 봤는데. 그런데 지금 하는 일, 그거 정말 급해?"

'정말 급한 일이 있으면 가짜로 급한 일도 있을까.' 김 박사는 생각했다. 김 박사가 대답에 사용할 수식어와 수사법을 마음속으로 고르고 있는 동안, 실장의 이야기는 이어졌다.

"김 박사도 이제 우리 연구소에서 선배뻘이잖아. 우리 연구소 사정 잘 알죠? 다들 자기 몫보다 120프로, 150프로 일하면서 고생하고 있는 거 알잖아요? 다들 바쁜데 누군들 안대부 체육대회에 가고 싶겠어? 요즘 가뜩이나 이것저것 일도 많은데. 안대부 체육대회 가서, 와 재밌다, 와 신난다, 기념품으로 수건 두 장이나 받았으니까 너무 기분 좋아서 온종일 노래를 부르고 싶네, 이런 사람 누가 있겠냐고."

실장도 사실 더러운 인간은 아니었다. 그러므로 그렇게 말하고 나서도 혹시 김 박사가 기분 나빠하는지 잠깐 눈치를 살폈다. 실장이 다시 말했다.

"그런데 이게 이번에는 정말 꼭 가야 하는 행사라고 하거든. 이거 안대부 사무관 하나, 주무관 하나, 두 사람이 아예 지난주부터 1주일 내내 이거만 준비하고 있어. 그 담당 사무관이 온종일 산하 기관 여기저기 전화하면서, 거기는 체육대회 몇 명 와요, 여기는 체육대회 몇 명 와요, 여자는 몇 명이에요, 그거 챙기는 게 일이래. 그것만 지금 1주일째 하고 있다고. 그 사무관이라고 종일 그런 일 하는 게 막 신나고 흥겹겠냐고. 그 사람도 어렵게 고시 공부해서 사무관 됐을 텐데."

그러면서 실장은 녓 전체를 책임지는 녓 전체 팀장은 심지어 지금 인도 출장 중인데 출장 일정을 당겨서 내일 새벽 비행기로 와서는 체육대회에 참석할 거라고 했다. 그 정도로 중요하다는 것이다.

"이게, 우리 넷은 인원수 자체가 적잖아. 그래서 사람이 안 오면 금방 표시가 난다고. 거기다가 다른 산하 기관들은 다 지방으로 이전했는데 우리는 이전을 안 했잖아. 체육대회를 세종시에서 하는데, 우리만 세종시에 안 온 게 딱 티가 나 봐. 그러면 또 분명히 넷을 고깝게 보는 그런 시선이 생긴다고. 어, 쟤네 왜 저래. 쟤네들도 빨리 어디로 이전시켜야겠다. 그런 생각 괜히 하지 않겠어? 그러면 또 힘들어지잖아."

실장의 목소리에는 진심이 담겨 있었다. 실제로 실장은 연구기관 이전으로 가족과 떨어져 살게 되는 것을 가장 겁냈다. 지난번에 나온 '연구기관 이전 시 직원 지원 방안'이란 것은 생계를 맡은 가장 한 명과 전업주부 한 명이 있는 가정을 염두에 두고 만들어놓은 것이었다. 실장은 그 지원 방안을 보여주며, 아내에게 "당신 직장은 그만두고 다른 도시로 이사 가자"고 말할 배짱이 없었다.

대화를 마친 김 박사는 자리로 돌아왔다. 컴퓨터에서 실행시킨 계산이라도 끝났을까 잠시 기대했다. 그러나 화면에는 계산 결과 대신에 "수치가 범위를 벗어나 있습니다. 정말로 계산을 시작하겠습니까?"라는 확인 메시지만 나와 있었다. 그러니까 컴퓨터는 실장과 대화를 하는 동안 부지런히 계산하는 대신, "정말로 할래?"라는 말을 표시한 채 답을 기다리면서 멍하니 있었을 뿐이었다. 김 박사는 힘이 빠졌다.

김 박사는 오늘 밤새 계산을 하면 내일 오전까지는 끝낼 수 있지 않을까 어림짐작해보았다. 그러고 나서 점심때 KTX를 타고 재빨리 세종시로 내려가면 체육대회 시작 전에 참가할 수 있을 것이다. 하는 수 없이 그래야겠다고 생각하고, 김 박사는 다시 실장에게 "실장님, 저 체육대회에 가긴 갈 텐데 따로 출발해서 오후에 도착하는 일정으로 가겠습니다."라고 이메일을 보내려고 했다.

그런데 이메일 프로그램을 실행시키려다가 말고, 문득 무슨 수치가 범위를 벗어나 있는 것인지 궁금해졌다. 뭐기에 계산하기 전에 컴퓨터 프로그램이 확인 메시지까지 보여준 것인가? 김 박사는 실장과 대화하기 전에 세웠던 계산식을 다시 들여다보았다. 금방 이해가 되지 않았다. '이 부분은 exp로 발산', '플러스 마이너스 제로' 뭐 이런 말들을 나름대로 이해하기 좋으라고 옆에 해설로 자신이 메모해놓기도 했는데, 딴 고민을 하다가 다시 보니, 왜 그런 말을 써놓았는지 기억나지가 않았다.

김 박사는 다시 계산의 처음으로 돌아가서 자신이 세운 계산식을 살폈다. '그렇지, 그렇지, 어? 이건 왜 이렇게 했지. 아, 내가 실수했나. 이게 아니라, 이렇게 해야 하지 않나. 어, 아닌데? 아, 맞다, 맞다. 내가 처음에 했던 게 맞네. 그렇지, 아까 제대로 생각했네. 그렇지.'

그런 식으로 김 박사는 계산을 다시 돌아보았다. 한참 만에 김 박사는 아까 만들었던 수식을 다시 이해할 수 있게 되었다. 그리고 이번에는 왜 컴퓨터가 범위에서 벗어난 식이라고 했는지도 알 수 있었다. 이 수식대로 계산을 실행시키면 컴퓨터가 바로 답을 찾아낼 수가 없다. '이중 근사 방법'이라는 좀 특수한 방법을 써야 결과가 나오는데, 그렇게 하면 계산에 꼬박 20시간은 걸릴 것이다. 그러면 그 결과를 내일 오전 중에 볼 수가 없고 정리해서 제출할 수도 없다. 그러면 체육대회에 갈 수가 없는데.

김 박사는 체육대회에 가기 전에 계산을 끝내기 위해 다른 방법을 궁리해보았다. 그렇게 궁리하다 보니, 레이저 빔으로 소행성을 잘라낸다는 방법도 문제가 있을 것 같았다. 일단 그런 강력한 레이저 빔 무기를 만들어서 우주선에 실어 보낸다는 것 자체도 지금으로서는 그저 상상 속의 기술이었다. 게다가 더 큰 문제는 소행성의 모양에 따라서 소행성을 적당히 잘라내도, 그냥 잘린 채로 그대로 움직여서 잘린 두 덩어리가 같이 지구에 충돌할 가능성도 제법 있어 보인다는 것이었다. 검증 계산 결과가 없는 지금은 정말 그럴지 아닐지는 모르겠지만.

만에 하나, 그렇다면 어떻게 해야 하지? 한 가지 방법은 작은 미사일 같은 것을 수십 개, 수백 개를 동시에 쏘아서 소행성에 동시에 때려 맞히는 방법이 있다. 그렇게 해서 소행성을 부서지기 쉬운 조각으로 만드는 것이다. 그런데 그 작업은 우주선을 수십 척 만들어야 하는 것과 비슷하다. 기술적으로 가능은 하지만 돈이 아주 많이 들 것이다. 그런 짓을 할지 말지

결단을 내리기란 쉽지 않다.

김 박사는 다시 처음 보던 자료로 돌아갔다. 그냥 내가 괜한 걱정을 하는 것 아닐까? 자료가 처음부터 문제없이 맞는 것일 수도 있지 않을까? 자료에 처음 나와 있는 대로, 핵미사일로 쏘아서 맞히기만 하면 그냥 소행성을 날려 보낼 수 있지 않을까? 내가 괜히 의심하는 것 아닐까? 우리나라의 녓보다 훨씬 더 좋은 나라에 있는 훨씬 더 이름의 어감도 좋은 연구소에서 계산해서 올려놓은 자료인데, 내가 대충 숫자 몇 개 보고 의심하는 것보다는 더 정확할 가능성이 크겠지. 그걸 내가 굳이 복잡한 계산으로 검증해보고 의심된다고 지적하는 일에 의미가 있을까?

그렇지만 그래도. 그래도 만약에 자료가 틀렸다면?

그때, 다시 컴퓨터 화면에 메시지 프로그램이 나타났다.

"김 박. 너 내일 체육대회 안 가기로 했다면서?"

최 박사였다. 김 박사는 "아직 확실히 안 가기로 한 것은 아니고…"로 시작하면서 뭐라고 설명을 할까 싶었다. 그런데 메시지를 보낸 최 박사는 김 박사의 답을 보기 전에 먼저 이어서 메시지를 보냈다.

"어지간하면 김 박이 가면 안 돼? 서 박사가 신입이라서 어쩔 수 없이 가게 생겼는데, 서 박사는 임신했잖아. 서 박사가 그냥 가서 운동은 안 하고 자리 채우면서, 왔다고 머릿수 세게 앉아만 있다가 온다고 하는데, 그건 좀 아니잖아. 김 박이 가면 어때?"

김 박사는 서 박사의 얼굴을 떠올렸다. 친절하고 밝은 얼굴. 착한 사람. 일 열심히 하는 사람. 녓의 연구원들이 귀찮고 골치 아픈 일 있으면 매번 부담 없이 찾아가 일을 떠넘기는 사람. 안대부 체육대회에 보낼 사람이 없으면 일단 밀어내서 갖다 놓을 수 있는 사람.

최 박사의 메시지가 또 나왔다.

"김 박이 하는 거 소행성방어협회 자료 중에 의심나는 거 골라내는 거잖아? 그런데 올해 목표 세 건은 벌써 달성한 거 아냐? 그러면 굳이 하나 더 찾아낼 필요는 없잖아. 물론 나도 알아. 목표 초과 달성해서 평가 잘 받으면 연봉도 오르고 승진도 빨리 하겠지. 이번에 보는 거는 핵미사일로 공격할 그 소행성이니까, 아무래도 관심도 많이 받는 거고 하니까 좋은 논문도 쓸 수 있을 거고. 그러면 업적도 되고 그러겠지. 그런데 너무 거기만 매달리는 건 좀 그렇지 않아? 뭐, 이기적이라고까지 하기는 좀 그렇지만. 그러니까 내 말은 오히려 자기한테도 안 좋은 거야."

김 박사는 최 박사의 메시지를 무시하고 일단 아까 하던 계산에만 잠깐 집중하려고 했다. 그런데 자꾸 서 박사의 얼굴과 체육대회의 풍경과 안절부절못하며 한국으로 급히 돌아가서 체육대회에 참여하려는 전체 팀장의 형체가 떠올라서 계산에 집중할 수가 없었다.

계속해서 화면이 번쩍거리며 최 박사의 메시지가 이어졌다.

"사실 대한민국 정부가 소행성 방어하는 일에 무슨 관심이 있겠냐? 그냥 자선사업 비슷하게 그냥 돈 버리듯이 하는 거지. 우리 같은 연구소는 정치인들이 말만 조금 험하게 한다 싶으면 하루아침에 그냥 확 없애버릴 수도 있는 거잖아. 소행성 연구에 누가 신경을 쓰냐고. 그렇게 안 되려면 안대부 사람들하고 최대한 친해지는 수밖에 없어. 그래서 연구소 없애버리려고 할 때, 그 사람들한테 '거기도 생계가 달려 있고 가족들 먹여 살려야 하는 직장인들인데 갑자기 연구소 없애 버리면 그 사람들은 소행성 연구하다 말고 갑자기 뭘해서 먹고 살아야 하나?' 그런 불쌍한 생각이 들게 만들어야 한다고. 그래야 우리가 살아남고 계속 연구소를 다닐 수 있지. 결국, 멀리 보면 그게 제일 중요한 거 아니냐? 이 조그마한 조직에서 실적 하나 더 내서 평가 조금 잘 받는 거보다, 내가 먼저 승진하니 나중 승진하니 그런 거보다."

최 박사의 세상사에 대한 한탄과 조직 생활의 지혜를 전수해주려는 이야기는 그 후로도 길게 이어졌다. 김 박사는 결국 계산식을 잠깐 포기하고 최 박사의 말이 다 끝날 때까지 기다렸다.

한참 만에 피곤한 대화는 겨우 끝이 났다. 김 박사의 머릿속은 다시 흙먼지와 매연으로 가득 차게 되었다. 김 박사는 우선 책상을 깨끗이 치웠다. 그리고 빈 종이 하나를 꺼냈다. 김 박사는 거기에 1, 2, 3이라고 숫자 세 개를 썼다. 다시 처음부터 차분하게 정리해보고 싶었다.

1. 자료가 잘못된 것이면 핵미사일 공격으로 소행성을 막지 못한다.
2. 잘못되었는지 검증해보는 계산을 해야 하는데 계산 결과 중에서 알파 값이 1.0 이상으로 나오면 레이저 빔으로 소행성을 잘라야 한다.
3. 알파 값이 1.0 이하면 작은 미사일 여러 개로 소행성을 공격해야 막을 수 있다.

그리고 검증 계산식과 계산에서 알파값을 구하는 방식. 그리고 그것을 계산하기 위한 컴퓨터에 접속하는 방법. 계산 결과를 다운로드받는 방법. 그런 것들을 다시 차분하게 정리해서 이해하려고 했다. '일단, 다 잊고, 뭘 어떻게 계산해야 하는지, 그것만 정리해놓자. 그러고 나서 어떻게 할지 다시 고민해 보자. 체육대회에 갈지 말지. 언제 갈지. 그냥 간다고 말만해 놓고 미친 척하고 안 가고 연구소로 출근해서 소행성 계산이나 할지.'

다시 내용을 이해하기 시작했을 무렵, 메시지 프로그램으로 그룹장이 또 연구원 전부를 대회의실로 불러 모았다.

"이거 도저히 답이 안 나오더라고. 그런데 지금 담당 사무관이 도대체 왜 자기가 체육대회로 이렇게 스트레스 받아야 되는지 모르겠다고 엄청 짜증 난 상태거든. 이제 결론 내야지 어쩔 수가 없어요. 그래서 내일 체육대회 참석할 사람은 공평하게 그냥 제비뽑기로 하기로 했어요. 이게 제일 공평하잖아."

사람들이 나무젓가락 끄트머리 모습만 보고 반대쪽이 부러져 있을지 안 부러져 있을지 짐작하는 기술을 서로 겨루어 내일의 운명을 결정하는 방식이 도대체 어떤 면에서 공평하다는 것인지 김 박사는 이해하기 어려웠다. 그러나 별다른 반론을 제기하는 사람은 없었다. 김 박사도 아무 말 하지 않고, 제비를 뽑았다. 부러진 나무젓가락이었다. 체육대회에 참석해야 한다는 뜻이었다.

그렇게 해서, 김 박사는 모든 것을 잊고 다음 날 대한민국 안대부의 체육대회에 참석하게 되었다.

체육대회 개회사에서 장관은 자기가 안 그래도 나이가 들어서 몸이 피곤한데 체육대회에 참석하기 참 싫었지만, 준비하느라 수고해준 많은 직원을 생각하면 없던 재미도 저절로 생겨서 재밌을 것 같아서 참석했다면서 농담을 했다. 그러자 안전대책부와 산하 기관의 많은 직원은 일제히 즐거운 얼굴로 웃었다.

김 박사가 막상 해보니, 기이하게도 체육대회 자체는 생각했던 것보다는 재미있었다. 넷의 연구원들이 소속된 4조는 역대 안전대책부 체육대회 역사상 유례가 없는 어마어마하게 높은 점수로 1위를 달성했다. 그러나 안타깝게도, 2년 2개월 후 지구에 소행성이 정면 충돌한 다음 그 기록을 기억하는 사람은 아무도 없었다.

— 2018년, 테헤란로에서

다람쥐전자 5F팀의 대리와 팀장

The Assistant and The Manager of Squirrel Electronics

나는 내 직장을 좋아한다. 회식 자리의 상사 앞에서 하는 말이 아니다. 언제, 어디서든 나는 이렇게 말할 수 있다. 나는 내 직장이 좋다. 진심이다. 조그마한 장점이 있으니 그냥 긍정적으로 살자고 하는 소리가 아니다. 남들도 다들 직장 생활은 피곤하다고 하니까 그에 비하면 내 직장은 좋다는 식으로 남과 비교해서 계산한 결과로 내 직장이 좋다고 하는 것도 아니다. 나는 내 직장을 가슴 속 깊은 곳에서 우러나온 심정으로, 순수하게, 아무 전제 없이 정말정말 좋아한다.

내가 내 직장을 좋아하는 이유는 당연히 내가 직장에 가서 하는 일이 재미있기 때문이다. 돈 받고 하는 일이 재미있는 일이 어딨느냐고 하는 사람들이 세상에 많이 있다는 것은 나도 알고 있다. 어떤 사람들은 자기가 정말로 좋아하는 일이라도 직업이 되어 돈 받고 하다 보면 힘들고 지긋지긋해진다고 이야기하기도 한다.

"나는 라면 먹는 것 좋아해."라고 하는 사람이 마침 라면 공장에 취직해서 라면 맛 테스트 담당자가 되어 매일 라면을 스무 번씩 먹어야 해서 괴로워한다는 이야기는 나도 들어보았다. 그 사람은 라면 먹는 게 지긋지긋해질 지경이라고 한다.

하지만 그 사람이 정말로 라면이 지겨워져서 라면 맛에 물리면 자기가 맡은 역할을 하지 못하게 된다. 직업을 수행할 수 없게 되는 것이다. 그렇게 되면 안 되기 때문에 그 사람은 아무리 라면을 많이 먹어도 항상 즐겁게 라면을 먹기 위해 애를 쓴다고 했다. 그는 그렇게 하려고 자신은 항상 운동을 많이 하고 다른 음식을 거의 먹지 않아 배고픈 상태를 유지하려고 한다고 했다. 1주일에 백 번을 넘게 먹는 라면을 맛있게 계속 먹으려면 그 수법밖에 없다고 했다. 그래서 굶고 땀 흘리며 자신을 채찍질하고 담금질한다. 라면 먹는 직업조차도 돈 버는 일이 되면 그렇게 골치 아파지는 것이 세상의 이치이다. 나도 잘 안다.

그런데 항상 모든 법칙에는 예외가 있다. 항상 모든 법칙에는 예외가 있다는 그 법칙조차도 예외가 있다. 그게 바로 항상 모든 법칙에는 예외가 있다는 법칙이다. 내 직장이 돈 받고 하는 일은 힘들기 마련이라는 법칙의 예외에 속했다.

나의 직장은 비정하고 각박하고 험난하다는 세상의 모진 풍파에서 살짝 벗어나 있는 틈과 같은 곳이다. 우주가 이렇게 넓고 지구에 이렇게 많은 사람이 사는데 아주 가끔 뭔가 살짝 어긋날 수도 있지 않겠나. 세상의 섭리에도 조그만 불량품이 생기듯이, 내 직장은 즐겁고 행복한 곳이다. 나는 그런 예외, 틈새, 불량품을 찾아냈다. 긴 세월을 두고 세상에 백만 마리, 천만 마리 까마귀들이 태어난다면 그중 한 마리는 흰색을 띠는 경우도 생긴다. 《삼국사기》에는 서기 794년 지금의 서울 근처에 그런 까마귀가 나타났다는 기록도 있다. 내 직장이 바로 그 흰 까마귀 같은 것이었다.

나는 SF팀이라는 곳에서 일한다.

이곳에서 나는 세상 곳곳의 SF물을 읽는다. 주로 SF 단편 소설을 읽지만, 읽고 싶다면 장편을 읽어도 상관없고 SF 만화나 SF 영화를 봐도 상관없다. 내가 해야 할 일은 그게 전부다. 온갖 SF물을 손에 잡히는 대로 신나게 즐겁게 읽으면 된다. 그런 일을 하고 나는 월급을 받는다. 심지어 그 월급이 적지도 않다. 그 돈은 우리나라 전자 업계의 평균 정도는 된다. 그러면서 나는 직장인들이 시달리기 마련인 야근의 피로함이나 실적의 압박감을 겪지 않는다. 나는 퇴근 시간이 되면 언제나 퇴근할 수 있고, 그 퇴근 시간이 오기까지 내가 원하는 만큼만, 원하는 SF물을 읽기만 하면 된다.

처음에는 이렇게 일이 없는 것이 이상하기도 했다. 그 이상한 마음 때문에 불안하기도 했다. 도대체 이런 일을 하는 팀에게 왜 돈을 주는 것일까? 나는 왜 이렇게 쉽게 돈을 벌고 있을까?

"그건 회사가 고민할 일이지. 네가 왜 회사 걱정을 해? 1년에 몇십 조씩 버는 회사에 돈이 얼마나 많은데 네 월급이 몇 푼이나 된다고 네가 회사 걱정을 왜 하냐? 그건 회사 사정이고 너는 그냥 직원이잖아. 직원은 직원 입장에서 월급만 챙기면 되지."

내 친구 중 한 명은 편한 일을 하면서 돈을 번다고 마치 욕을 하듯이 나에게 칭찬해준 적이 있었다. 그 친구는 내가 도대체 내가 어떻게 월급을 받을 수 있는 것인지 모르겠다고 하자, 그렇게 말했다.

그러나 나는 그 말대로 할 수 없었다. 내가 아무런 가치가 없는 일을 하고 있는데 월급을 받고 있다면 뭔가 회사가 잘못 굴러가고 있다는 뜻이었다. 그런 잘못은 곧 수정될 것이다. 당장 수정은 안 되어도 몇 년 후 회사가 좀 어려워진다면 할 일 없이 놀고 있는 것 같은 직원은 해고당할 것이다. 무슨 은행이나 정부 당국에서 내려온 지시에 따라 직원 숫자를 줄이게 될 수도 있다. 그렇게 되면 회사에 꼭 필요하고 의미 있는 일을 할 직원일수록 남겨둘 것이고 왜 돈을 주는지 알 수 없는 직원은 자를 것이다. 나는 잘리는 쪽에 속하고 싶지는 않았다.

"잘리는 게 싫으면 미리미리 끈도 좀 만들어놓고, 무슨 일 생겼을 때 단체 활동할 수 있는 조직에 가입해서 활동도 좀 해놓으라고. 너만 회사에서 자른다고 하면, 자르지 말라고 드러누워서 구호 외치면서 소리라도 쳐야지."

또 다른 친구는 그렇게 대비하면 된다고 보충 설명을 해주었다.

그런데 꼭 회사에서 사람을 골라서 자르고 남겨두고 하지는 않는다고 하더라도 회사가 통째로 망할지도 모르는 노릇이다. 회사가 그냥 통째로 아무 가망도 없이 폭삭 망해서 아예 없어지는 일도 불가능하지 않다.

만약 정년 퇴임 때까지 일한다면 나는 족히 30년은 더 일해야 할 텐데, 30년이면 한 회사가 망해서 없어지기에 충분한 시간이다. 30년이면 냉전이 끝나거나 인터넷이 개발되거나 하는 일로 세계사가 굵직굵직하게 바뀌기에도 충분할 만큼 긴 시간이다. 회사 하나 정도 망하는 일이야 30년이면 충분하다.

그렇게 이 회사가 망하는 일이 생긴다면 나는 어디 다른 곳에 가서 취직해야 한다. 그런데 내가 하는 일이 왜 가치 있는 일인지, 무엇 때문에 이런 일을 하는지 모른다면 다른 곳에 가서 취직할 수가 없다. 상상해보자.

"다니시던 회사가 망할 때까지 27년 동안 지원자께서는 무슨 일을 하셨죠?"

"SF 단편 읽었죠."

"SF요? 그냥 SF 단편 읽었죠, 그게 끝인가요? 무슨 일을 했는지 더 설명은 없나요?"

"주로 곽재식 작가가 쓴 단편 많이 읽었는데요. 곽재식 소설이 재밌긴 정말 재밌잖아요."

"그래서 그게 지금 지원하신 새로운 일자리에는 무슨 도움이 되는 경력이라고 생각하십니까?"

"글쎄요. 그건 잘 모르겠습니다."

이런 식으로 대답할 수는 없는 일 아닌가?

그래서 나는 그 대답을 알기 전까지는 정말로 내 직장을 좋아할 수 없었다. 내 직장은 편한 일을 하는 곳이고 일 자체는 재미있고 즐거우며 돈도 괜찮게 주는 곳이었다. 그렇지만 도대체 무슨 의미가 있는 일을 하는지는 알 수 없었다. 모르면 불안하고 답답했고, 불안하고 답답하면 편해도 편한 것이 아니었다.

그것이 문제였다.

"어때? 회사 생활 며칠 해보니까 할 만해요?"

첫 번째 회식 때 팀장님은 여느 직장에서 새로 들어온 직원에게 흔히 할 만한 이야기를 하는 말투로 그렇게 물었다.

회식이라고 해서 평소 같이 있으면 불편한 사람 옆에 앉아 괜히 쓸데없이 친근한 척을 하면서 맛도 없는 술을 하면서 열심히 삼겹살을 구워다 바치는 일을 밤새도록 해야 하는 그런 것! 그런 것은 절대 아니었다. 그냥 조금 좋은 음식을 먹을 수 있는 곳에 다 같이 몰려가서 낮술 약간과 함께 평소보다 좀 길게 점심을 먹는 것이 우리 팀의 회식이었다.

"할 만은 한데요…."

"할 만은 한데요? 말투가 뭔가 아쉬운 게 있는 것 같네. 우리 회사에서도 이 SF팀만큼 좋은 데가 정말 없어요. 뭐가 아쉽다는 거지?"

"팀장님, 제가 정말 궁금한 게 있는데, 뭐 한 가지 여쭤봐도 되겠습니까?"

팀장님은 술맛을 조금 보았다. 그리고 고개를 돌려 나를 보았다.

"뭘 물을지 알아야 물어봐도 되는지 안 되는지 답을 하지."

"물어봐도 되는지 안 되는지도 모르는데 일단 물어볼 수도 없지 않습니까?"

"뭔가 어떤 범위에 해당하는 질문인가라도 먼저 알려줄 수 있잖아요? 세계사 분야라든가, 첨단기술 분야라든가, 맞춤법이라든가."

팀장님은 뭔가 내가 장학퀴즈 같은 곳에 나오는 질문을 할 거라고 생각하는 듯이 말했다. 나중에 팀장님은 그게 나름대로 웃기려고 한 이야기였다고 했다.

나는 그런 식의 실없는 이야기를 실없는 시간 동안 조금 더 주고받은 후, 마침내 팀장님에게 도대체 어떻게 우리 팀이 월급을 받을 수 있는 것인지 이유를 물었다.

"아, 아직은 SF팀이라는 조직이 생소해서 모를 수도 있겠구나. 다른 회사 SF팀에서 근무해본 적은 없다고 했지? 주말 보고 때 되면 자연히 알게 될 텐데. 그걸 아직은 모를 테니까."

팀장님은 밝게 한 번 웃었다.

"SF 이것저것 읽잖아요? 읽은 것 중에 우리 회사에서 정말 미래 기술로 개발해야겠다, 내지는 이런 것은 정말 미래를 준비하기 위해 생각해야겠다, 그런 그럴싸한 거 나오면 간략하게 요약해서 보고하는 거예요. 그렇게 해서 그걸 미래기획실로 보내는 게 우리 팀 일이지. SF 단편을 읽고 있다고 쳐, 그런데 가상 현실로 하는 무슨 게임 장면이 나오는데 보니까 진짜 그럴듯한 거 같아. 그러면 미래기획실에 보내는 거예요. SF 장편을 읽고 있다고 쳐, 그런데 하늘을 나는 자동차가 나오는데 읽어보니까 소설 속에 나오는 구조면 진짜 가능할 것 같고 팔릴 것 같아. 그러면 미래기획실에 보내는 거죠. 그런 식으로 신제품, 신기술 아이디어를 모아다가 주는 게 우리 팀 일이지."

나는 잠시 감탄했다. 그런데 곧 다시 궁금함이 마음속에서 불꽃놀이를 하였다.

"이상한데요. 팀장님. SF 작가들이 미래를 예측하려고 SF를 쓰는 것만은 아니잖아요. 거기다가 꼭 말이 되고 실현 가능성이 큰 이야기만 SF로 쓰는 것도 아니고요. 그런데 전자 회사가 SF에서 신제품 아이디어를 얻는다는 게 현실적인 이야기인가요?"

"야, 그것참, SF 처음 읽어본 문학평론가처럼 이야기하네."

팀장님은 그렇게 말하고 '흐흐흐' 웃었다. 나는 무슨 영문인지도 모르면서 그냥 괜히 따라 웃었다. 회사원의 본능이었다. 물고기는 수영할 줄 알고, 새는 날 줄 알며, 박쥐는 초음파로 볼 줄 알 듯이 회사원이라면 상사가 웃으면 같이 웃을 줄 아는 것 아니겠는가.

팀장님이 이어서 말했다.

"그게 그렇게 현실적인지 아닌지 어떤지는 별 크게 상관이 없어요. 아이디어가 일단 뭔가 느낌상 그럴듯한 게 나오면 그걸 현실적인 걸로 바꾸고 고치고 타협해서 개선하는 거는 실제로 개발에 들어가면 일어나는 일이고. 우리는 일단 느낌상 뭔가 그럴싸해 보이는 걸 이것저것 막 던지는 게 역할이에요. 요즘에 막 첨단기술 경쟁 치열하잖아요? 그냥 뭔가 미래스럽고 혁신스럽고 이런 느낌을 주는 게 중요하다고. 미국 부자들은 요즘에 로켓 만들어서 우주에 날리고 그런 거 하면서 폼 엄청 잡잖아요. 그렇지? 우리도 그런 분위기 비슷한 그런 느낌을 회사에 주자는 거거든. 사실 꼭 신제품이 될 필요도 없어요. 그냥 이런 거 요즘 연구하고 있다고 신문이나 방송에 보도해서 뭔가 산뜻한 최첨단기술 회사라는 느낌만 좀 주면 돼. 우리 회사가 제품 기본 성능은 좋은데 그런 느낌 같은 게 약하잖아. 그걸 우리가 때워주는 거죠."

아닌 게 아니라 얼마 후에 우리 회사에서는 제품이 움직이는 소리를 멋지게 꾸미는 연구를 하겠다고 기자들에게 발표했다.

옛날 텔레비전은 방송이 안 나오면 치지지직 하는 소리와 함께 이상한 검고 흰 점들이 막 폭발하는 것 같은 화면이 나왔다. 그런데 요즘의 디지털 텔레비전은 그런 것이 안 나온다. 그래서 텔레비전을 켰을 때 단순히 방송이 안 잡히는 건지, 전원이 잘 들어오는 건지, 화면 상태는 멀쩡한 건지 알아보기가 조금 불편하고 처음 켜볼 때 재미도 없다. 그래서 일부러 가짜로 치지지직 하는 소리와 이상한 헝클어진 화면을 만들어서 보여주는 기능을 넣을 계획이다. 추억을 자극하는 효과도 있을 것이다. 물론 진짜 치지지직 하는 소리는 불쾌하고 가끔 시끄러우니까 뭔가 감성적인 그럴싸한 소리와 화면, 그러면서도 방송이 안 나오고 있다는 느낌은 충분히 나는 소리와 화면을 설계해서 보여줄 거다, 그런 계획이었다.

들자 하니 이것이 바로 SF팀에서 넘어간 아이디어라고 했다. 배명훈의 〈홈스테이〉라는 단편을 보고 누가 써서 올린 보고서가 실제 기술 개발 계획이 되었다는 것이다. 이것은 언론에서 반응도 괜찮았다고 했다. 그래서 임원분들이 SF팀에 관심을 많이 두게 되는 계기가 되었다고도 했다.

SF팀이 어떻게 돌아가는지, 그래서 도대체 우리 팀의 역할이 무엇인지 알게 되자, 나는 이제 안심할 수 있었다. 그리고 그 안심이 곧 내 직장에 대한 애정으로 이어졌다. 나는 애사심이 가득한 충성스러운 직원으로서 항상 제시간에 출근해 성실하게 일을 하며 시키는 일을 잘하면서도 동시에 도전 정신과 창의성도 흠뻑 보여주는 직장인으로 차츰차츰 변해가게 되었다.

그야말로 자유롭게 아이디어를 수집하는 것만이 목적이었다. 그 자유를 위해서, 보고서는 써도 그만 안 써도 그만이었다. 황당한 소리만 줄기차게 써도 상관없었고 정성 들여 한 마디 한 마디 "이 기술은 정말 꼭 우리 회사에서 연구해야 되는 기술입니다."라고 기획안처럼 써도 상관없었다. 보고서가 실제 개발 사업으로 채택되면, 성과급 평가가 올라가기는 했다. 그렇지만 보고서를 한 편도 쓰지 않고 1년 내내 놀아도 평가가 나빠진다거나 회사에서 잘리게 된다거나 하는 일은 없었다. 그야말로 다닐수록 애착이 생기는 직장이었다.

SF팀에서 내어놓는 아이디어가 실제로 회사에 도움이 되기도 한다는 이야기도 몇 가지 돌았다. 예를 들어 지난번에 신제품 컴퓨터를 내어놓으려고 했을 때, 원래 제품 이름은 네뷸러X였다고 한다. 이전 제품이 네뷸러였으니, 그 뒤에 뭔가 멋진 알파벳 같은 X, Z, S, V 이런 거 하나를 붙인다는 식이었다.

그런데 SF팀에서 이름은 정소연의 소설 〈우주류〉 같은 것이 멋있지 않냐는 아이디어가 올라갔다. 나도 동감했다. '우주', 멋지지 않은가? '류', 멋지지 않은가? 둘을 합해서 '우주류'. 일본 바둑 좋아하던 사람들한테는 친근하기도 할 것이고, 모르는 사람이 듣기에는 어쩐지 그럴싸하고, 좋지 않은가? 그 지적이 잘 먹혀서 제품 이름은 네뷸러X 같은 생기 없는 것에서 조금은 더 활어회 같은 느낌으로 바뀌었다고 했다.

보고서에는 그야말로 자유롭게 아이디어를 쓰면 되는 것이었으므로, 소설 내용을 반대로 뒤집어서 아이디어를 제안하는 것도 가능했다. 예를 들어서 우리 팀의 어떤 과장 한 명은 정보라의 〈스위치, 오프〉를 읽고 그 소설 속에서 몹시 부정적으로 나오는 장면을 도리어 우리 회사에서 써먹을 아이디어로 제시했다.

〈스위치, 오프〉에는 무시무시한 독재 국가가 있는데 그 국가에서 옆 나라로 나가는 허가를 얻으려면 분노와 공격성을 심사받아야 한다는 이야기가 나온다. 그걸 보고 그 과장은 우리도 입사 면접 때 지원자를 분노하거나 흥분하게 만든 상태에서 어떤 반응을 보이는지 보자고 했다. 그런 상태의 사람을 보면 뽑을 사람과 뽑지 않을 사람을 극명하게 가를 수 있을 거라고 설명했다. 내 생각에 그것을 면접에 써먹자는 것은 한 시대 전의 유행이었던 압박 면접과 너무 비슷한 아이디어였다. 하지만 그 과장은 나름대로 어찌어찌 새롭게 그걸 잘 포장해서 제시하고 있었다.

그렇다 보니, 우리는 정말 무슨 SF든 내키는 대로 읽었다. 기나긴 장편 연재 SF를 꾸역꾸역 읽는 직원이 있는가 하면, "무슨 소설을 이렇게 못 썼냐"고 투덜거리면서 못 쓴 소설만 골라 읽는 직원도 있었다. 소설이 재미없고 결말은 욕이 한 컨테이너치 나올 만큼 짜증스럽더라도 우리는 거기서 아이디어 하나만 건지면 됐다. 그런 관점에서 보면 좀 못 쓴 소설이라도 새롭게 읽는 맛이 있었다.

나는 이 좋은 직장에서 점점 더 일에 재미를 붙여갔다. 나는 성실히 일했고, 점점 더 열심히 일했다.

"야근 좀 하지 마. 일 열심히 한다고 좋은 아이디어가 찾아져? 그러지 말고 퇴근 시간 되면 퇴근하세요. 일찍 퇴근해서 집에서 재충전하는 게 결국 일에도 도움되는 거지."

팀장님은 퇴근 시간만 되면 시간 맞춰 퇴근하라고 권했다.

하지만 나는 1시간, 2시간이라도 일을 더 하고 갔다. 남들보다 1시간, 2시간쯤 더 많이 SF를 보다 보면 그만큼 좋은 아이디어를 볼 가능성도 조금 더 늘어나지 않을까? 그리고 일이 이렇게 즐겁고 재미있으니, 나에게는 회사에서 일하는 것이 곧 충전이었고 휴식이었다. 나는 충전기를 꽂은 채로 연속으로 영원히 동영상을 재생하는 전화기처럼 회사에서 계속 재충전 없이 일할 수도 있을 것만 같았다.

그런데 정말 팀장님의 그 오묘한 말이 맞는 것인지, 그렇게 열심히 일했지만 결과는 썩 좋지가 않았다. 내가 올린 아이디어 중에는 채택되는 것이 많지 않았다. 오히려 내 아이디어보다 훨씬 더 못한 아이디어를 올린 다른 직원들이 채택될 때가 많았다. 나는 이상하다고 생각했다. '어떻게 이럴 수가 있지? 미래기획실 사람들은 안목이 워낙 나빠서 곯아빠진 아이디어를 좋은 거라고 보고, 좋은 아이디어는 오히려 무시하는 건가?'

여기서 잠시 내가 정세랑의 〈갑시다, 금성으로〉를 읽고 작가의 의도와는 전혀 관계없이 깊게 빠져 있었던 이야기를 하나 하겠다.

많은 사람이 만족을 모르며 지나친 탐욕을 품다가 신세를 망치곤 한다. 사람이 천국에서 오래 살다 보면 가끔은 "혹시 유황불에 몸을 구우면 좀 짜릿한 느낌이 들지 않을까, 궁금하다." 하는 생각도 하게 되나 보다. 나도 그때 마찬가지였던 것 같다.

아이디어 채택 횟수가 별로 많지 않아도 그것은 별문제가 아니었다. 회사 다니는 데 아무 지장도 없었다. 그런데 나는 거기에 문제의식을 품었다. 만약 내가 보고서로 올리는 아이디어가 하나도 채택되지 않고, 내 옆자리에 앉은 직원이 올리는 아이디어는 전부 다 채택된다고 치자. 그래도 성과급은 그렇게 크게 차이가 안 난다. 그냥 그러려니 하고 넘어가면 되는 일이었다. 그런데 나는 그런 '그러려니'를 하지 못했다.

"미래기획실 사람들은 자기 나름대로 우리 회사 사정이나, 더 높으신 분들 취향, 정치적인 의미 뭐 이런 거 이상하게 따져서 결정하잖아요. 그거 이해하려고 들면 머리만 복잡해져."

팀장님은 그렇게 너무 아이디어 채택에 신경 쓰지 말라고 했다. 나는 그때 팀장님에게 "예"라고 대답까지 했다. 그런데도 나는 포기하지 않고 계속 매달렸다. 도대체 기준이 뭐야? 왜 내 아이디어는 채택이 안 되고 얼토당토않은 이상한 아이디어는 채택되는 거야?

내가 김창규의 〈백중〉을 보고 거기서 나오는 증강현실 기능을 이용해서 눈앞에 귀신이 정말로 튀어나오는 것 같은 게임을 개발하자는 아이디어를 올렸지만 채택이 안 되고, 나중에 똑같은 게임을 경쟁회사에서 개발한다는 소식이 나왔을 때 나는 흥분했다. 우리 회사의 이상한 얼간이들. 그 좋은 아이디어를 놓치다니. 왜 이렇게 답답한 거야? 도대체 이놈들 문제가 뭔지 밝혀내야지. 무슨 이상한 취향으로 우리 회사 윗선이 꼬여 있기에 좋은 아이디어를 판별하는 눈이 이렇게나 없어? 좋은 아이디어를 올렸는데 채택을 안 했다가, 다른 회사에서 똑같은 걸 먼저 하는 것을 멍하니 보고만 있는 꼴이 되다니.

나는 몇 가지 방법으로 SF팀에서 올리는 아이디어가 어떨 때 채택되는지 알아내려고 시도했다. 몇 가지 궁리가 실패한 후, 나는 곽재식이 쓴 어느 SF 단편의 내용을 따라 해보기로 했다. 채택된 SF팀 아이디어 사이의 공통점을 찾아내려고 한 것이다.

"팀장님, 지난 분기랑 지지난 분기에 어떤 아이디어가 채택되었는지 자료 좀 볼 수 있을까요?"

"그런데 지지난, 이런 말 있는 말인가? 표준어야?"

"그런 것 같지는 않은데요."

"뭐 그래도 다 알아듣기는 하니까. 그런데 그 자료는 도대체 왜요?"

"그냥 좀 보려고요."

"어떤 아이디어가 채택되는가 보려고 그러는 거야? 그런 거 너무 따지지 말라니까. 그냥 열린 태도로 뭐든 자유롭게 좋다 싶은 아이디어를 보고하는 게 우리 SF팀 역할이에요. 이런 거 올리면 윗분들이 그럴듯하다고 좋아하겠지, 하면서 생각하고 아이디어 올리면 다른 연구팀, 개발팀과 별 차이 날 게 없잖아. SF팀은 그런 거 안 따지고 부담 없이 아무거나 올리는 거라니까."

"그래도 예전 실적 자료 보다 보면 제가 만날 읽는 SF 단편 말고 다른 분들이 본 SF는 어떤 게 있는지 좀 더 넓게 알 수도 있지 않겠습니까?"

그렇게 해서 나는 과거에 채택된 아이디어 보고서를 얻었다. 그리고 그 채택된 보고서 간의 공통점을 찾아보기로 했다.

나는 보고서들의 길이, 보고서 문장의 길이, 문장 부호의 빈도, 대상이 되는 SF물의 작가 국적, 출간 연도, 분량 등등을 조사해서 평균을 내거나 분류하는 식으로 분석해보려고 했다. 보고서에서 자주 쓰이는 단어라든가, 일반적인 한국어에서 자주 사용되는데 보고서에서는 유독 자주 사용되지 않는 단어를 찾아보려고도 했다. 분석 작업을 위해서 나는 간단한 컴퓨터 프로그램을 만들어서 보고서들의 내용을 헤아리고 파헤쳐보았다.

닷새인가 보고서 자료를 이리저리 따져본 끝에 내 컴퓨터 프로그램이 한 가지 이상한 결과를 출력해주었다. 채택된 아이디어가 있는 보고서에는 공통으로 자주 쓰이는 단어가 있었다. '맥주'라는 단어와 '감자'라는 단어가 동시에 등장하는 보고서가 여러 편 나왔다.

우리 회사 높으신 분 중에 맥주와 감자를 너무나 깊이 사랑하는 이상한 취향의 인간이 있어서 보고서에 맥주와 감자라는 단어만 쓰면 너무 기뻐하면서 채택한다는 뜻일까? 그러나 그 자료만으로는 알 수 없는 일이었다. 예를 들어 전자 회사에서 채택하기 좋은 아이디어를 유독 소설 속에 잘 심어놓는 작가가 있는데, 그 작가는 김맥주라는 주인공과 이감자라는 악당이 등장하는 시리즈 소설을 쓰고 있다면 그 소설 시리즈에서 뽑아낸 아이디어가 많이 채택되고 유독 맥주와 감자라는 말이 동시에 등장한다는 것은 당연한 일이 될 것이다. 그런 것이 아니라도, 감자로 유명한 지역에 세워진 맥주 회사 사무실을 배경으로 하는 시리즈 소설이 있는데 그 시리즈에 좋은 아이디어가 많이 나오는 거였다면, 괜히 감자와 맥주라는 단어가 채택된 보고서에 많이 나올 수도 있는 일이었다.

나는 감자와 맥주라는 단어가 동시에 들어가서 채택된 보고서들을 조금 더 찬찬히 살펴보았다. 그리고 그 보고서에 언급된 소재 출처에 해당하는 SF 단편들을 직접 찾아보았다.

우선 그 SF 단편들이 시리즈물인 것도 아니었고, 맥주와 감자를 유난히 좋아하는 한 명의 작가가 쓴 단편인 것은 아니었다. 나는 혹시 지역적 배경과 상관이 있는 것은 아닐까 생각해보기도 했다. 예를 들어 감자가 많이 생산되면서 동시에 유명한 맥주 가게가 있는 도시 출신의 SF 작가들이 유난히 좋은 아이디어를 많이 내놓는 경향이 있다면, 그 작가들은 무심코 자기 소설에 맥주나 감자 이야기를 쓰게 될 가능성이 커질 것이다. 그러나 그런 공통점도 없었다.

다른 가능성도 몇 가지 더 추적해보았지만, 여전히 맥주, 감자, SF 아이디어, 전자 회사 채택 간의 관계를 연결해주는 해답은 없었다.

하는 수 없이 나는 그 SF 단편들을 일일이 다 읽어보기로 했다.

우리 회사에서 아이디어를 채택했다는 SF 단편들을 모두 읽어 보니, 공통점은 더 없어 보였다. 어떤 SF 단편은 재미있었고 어떤 것은 재미없었다. 이산화나 손지상 같은 작가가 쓴 산뜻하고 깔끔한 SF 단편이 있는가 하면, 처음 들어보는 작가의 소설이지만 대단히 참신하고 멋진 것도 있었다. 반대로 유명한 작가의 그저 그런 소설도 있었고, 알 수 없는 어느 인터넷 사용자가 습작 삼아 적당한 웹사이트에 올린 소설도 있었다. 내가 보기에도 좋은 아이디어가 들어가 있는 소설이 있는가 하면, 그냥 한심해빠졌으며 지루하기만 한 소설도 있었다. 굳이 경향을 살펴보자면 정식으로 소설을 출간한 적이 있는 작가의 소설보다, 정체를 알 수 없는 작가가 그냥 열려 있는 인터넷 사이트에 올린 소설이 더 많다는 정도였다.

몇 편의 소설을 연속으로 읽다가 나는 유일하게 일치하는 특징 한 가지를 깨달았다. 맥주와 감자라는 단어가 나오는 그 소설들은 감자로 만든 요리를 안주로 먹으면서 맥주를 마시는 장면이 반드시 등장하고 있었다.

이게 무슨 일인가 싶었다. 감자 요리를 곁들여 맥주를 마시는 장면만 있으면 그 장면이 나오는 SF 속 아이디어는 무조건 우리 회사에서 실제 제품 개발에 착수한다고? 어떻게, 무슨 생각으로 그럴 수가 있는가?

그렇지만 분석해본 결과가 그랬다. 다른 공통점이나 경향성을 따져본 것은 다 실패했다. 유일하게 규칙처럼 나오는 것은 그거 하나였다. 무슨 까닭인지는 절대 알 수 없지만, 우리 회사는 감자 요리를 곁들여 맥주를 마시는 장면만 있으면 참신하고 현실성 있는 아이디어를 품고 있는 SF 단편이라고 평가하는 듯했다.

나는 속는 셈치고 이 이상한 결과를 한번 검증해보기로 했다. 사람들이 이런저런 SF 단편을 써서 올리는 웹사이트에 가서 맥주, 감자라는 검색어로 검색해보았다.

그리고 나는 어떤 사람이 올린 짤막한 SF 단편 하나를 찾아냈다. 그 단편에는 주인공이 배가 고파서 감자튀김을 먹다가 목이 말라서 맥주도 마신다는 장면이 들어가 있었다. 그런데 주인공이 감자튀김을 먹던 그 식당에 헬리콥터로 변신하는 로봇이 나타나서 주인공을 찾는다. 그 뒤로 그 헬리콥터 변신 로봇과 주인공의 뜨거운 우정과 진실한 소통, 어쩌고 그런 이야기가 나오는데 하나도 재미는 없었다.

그렇지만 나는 그 내용을 보고서에 써넣었다. 맥주, 감자튀김이라는 말을 쓰고, 이 SF에 좋은 아이디어가 있는데 그게 헬리콥터로 변신할 수 있는 로봇이고 우리 회사도 그런 걸 개발해야 한다고 썼다. 나는 이런 걸 좋은 아이디어라고 써서 올리면 좀 아둔한 직원이라고 평가받지 않을까 걱정하기도 했다. 하지만 한 번은 꼭 검증해보고 싶은 일이었다. 누가 좀 이상한 보고서 썼다고 하더라도 한 번 정도는 그냥 넘어가주겠지.

다음 달, 보고서 처리 결과가 나왔을 때 나는 놀랐다. 내가 올린 아이디어가 채택되었다.

그리고 회사는 헬리콥터 변신 로봇 개발에 착수하겠다는 것이다. 뭐라고? 이게 진짜 된다고? 감자 요리에 맥주만 들어가면 무조건 아이디어가 채택된다고? 왜? 정말로 윗분 중에 감자 요리와 사랑에 빠진 분이 계신 것인가?

이해할 수 없는 기준이었다. 그리고 이해할 수 없으니 나는 불안했다. 감자 요리와 맥주의 비밀이 무엇인지 온갖 상상을 다 해보았지만, 그 상상 중에 말이 되는 것은 극히 드물었다. 거대한 전자회사의 SF팀에서 아늑한 일자리를 찾아 지내고 있다는, 극히 드문 일을 하는 것이 내 직업이었다. 그런 직업에서 이상한 일이 생긴 것이니 드물고 희소한 정도가 극히 심할 수밖에 없었다. 평범한 사람의 상식에 어긋나는 직장에서 더군다나 이상한 일을 겪고 있으니 도저히 쉽게 상상할 수 없는 비밀이 끼어 있는 것만 같았다.

직장 생활에 대한 감각도 점차 바뀌게 되었다. 느긋하게 읽고 싶은 SF물만 찾아보며 시간만 보내면 되던 생활에서 나는 점점 멀어지고 있었다.

일의 핵심 자체는 크게 바뀌지 않았다. 나는 SF 단편을 찾아 읽고, 재밌는 아이디어를 찾으면 보고서를 썼다. 그 일은 계속되었다. 그런데 이제는 그냥 읽고 싶은 SF 단편을 재미로 보기만 하는 것이 아니었다. 나는 무슨 소설을 읽건 자꾸 맥주와 감자 요리에 대해 고민하고 있었다. 나는 그 비밀을 궁리하며 계속 불안해했다. 어느 날 갑자기 뭔가 이상한 일이 터져버릴 것 같은데 내가 안이하게 그냥 모르고 지나가고 있다는 불안감이 조금씩 조금씩 내장 깊은 곳에서 자라나는 듯했다.

그러다 보니 일을 보는 태도도 달라져버렸다. 제법 채택 실적이 좋았는데도 이 정도면 과장에게 밀려 팀 1위를 하기에는 부족하다는 점을 의식하게 되었다. 연초만 했어도 채택 횟수를 조금 더 받는 데 내가 신경을 쓰리라고는 전혀 생각하지 못했다. 그거 때문에 성과급 더 받는 거 몇 푼이 무슨 소용이라고. 그리고 무슨 아이디어가 채택되는지 마는지를 누가 안다고. 그냥 하고 싶은 대로 일하고 나오는 대로 결과를 받아들이면 되지. 그렇게만 생각했었는데, 이제 그게 아니었다.

그때 나는 무슨 아이디어가 채택되는지를 알아낸 상태였다. 감자 요리와 맥주가 들어가 있는 소설이면 그게 되는 거였다.

나는 이제 과장을 꺾고 1위를 하고 싶었다. 내가 성과급을 제일 많이 받고 싶었다. 나는 소설과 관련된 웹사이트를 이곳저곳 다 돌아다니면서 '맥주'와 '감자'라는 검색어로 검색했다. 그렇게 해서 감자 요리를 안주로 맥주를 마시는 장면이 있는 소설이면 뭐든 찾아보려고 했다. 그것을 찾기만 하면 아무리 개떡 같은 아이디어를 보고서에 올려도 채택 횟수를 높일 수 있었으니까. 그런데 그런 소설을 더 이상 찾기가 쉽지 않았다. 겨우겨우 그런 SF 단편을 찾았다 싶으면 이미 누군가가 보고서에 한 번 올려놓은 소설이었다.

결국, 나는 해서는 안 될 일을 하게 되었다. 나 자신도 그것은 뭔가 조금 아니라는 생각을 했다.

그때 멈췄어야 했다. 그때 그냥 멈췄으면 나는 별걱정 없이 지금까지 계속 잘 지낼 수 있었을 것이다. 조금 이상하고 이해 가지 않는 점 한 가지를 마음속에 품고 있기는 하지만 그래도 대충 묻어두고 회사 잘 다니는 직장인으로 살 수 있었을 것이다. 그때 멈춰야 한다고 생각했을 때, 이 일은 해서는 안 될 것 같은데 싫었을 때, 그때 그만뒀어야 했다. 그런데 나는 그러지 못했다.

그래서 다음의 모든 일이 벌어져버렸다.

나는 스스로 직접 SF 단편을 쓰기로 결심했다. 누구나 자기가 쓴 SF 단편을 올릴 수 있는 웹사이트 한 군데에 소설을 하나 지어서 그냥 올려 버리기로 했다. 적당한 필명으로 내 본명을 숨기고 올리면 아무도 내가 올린 소설인지 모를 것이다. 그리고 회사에서는 내가 그 SF 단편에서 아이디어를 얻은 것처럼 해서 내 소설을 내가 스스로 보고서에 올려버리는 것이다. 그러면 그 아이디어가 채택될 것이고, 나는 실적을 올리고 과장을 이기고 성과급을 받을 수 있다.

어차피 소설을 잘 쓸 재주도 없었거니와 재주가 있다고 해도 대충 막 지어내서 후다닥 올릴 내용을 만드는 것이 목표였다.

무서운 우주 괴물이 나타나서 우리의 주인공을 쫓고 있다. 주인공은 우주 괴물이 너무 징그럽고 싫어서 도망친다. 그리고….

마지막에 무슨 반전이 있어야겠지. 그렇지, 사실 이곳은 외계 행성이고 우리의 주인공은 외계인이라고 하는 거지. 그리고 무서운 우주 괴물은 바로 지구에서 우주선을 타고 온 탐사대의 인간들인 거야! 짠! 이게 반전이다!

인간이야말로 바로 우주 괴물이었다니. 이런 인간에 대해 자기 반성적이고 역지사지적인 이야기가 있냐라고는 아무도 생각하지 않을 만큼 허름한 이야기였다. 실패한 SF 단편들의 세계에서는 구내식당 메뉴에 김칫국이 나오는 횟수만큼이나 흔해 빠진 내용이었다.

그러나 나는 그런 것에는 애초부터 정성을 기울이지 않고 있었다. 내가 정성을 기울인 것은 딱 한 가지였다. 감자 요리와 맥주. 나는 마지막 장면에서 지구에서 온 우주비행사들이 맥주에 감자튀김을 곁들여서 주인공을 구워 먹자고 말하는 내용을 넣었다. 그리고 외계에서 감자튀김을 만들기 위해 전기로 감자를 튀기는 듯이 바꿔주는 장치를 사용했다고 썼다. 그렇게 쓴 소설을 나는 용기 있게도 세상 사람들이 모두 다 읽을 수 있는 웹사이트에 공개로 올렸다.

회사에 출근한 후, 나는 그 소설의 내용을 보고서로 썼다. 외계 행성에 간 지구인 탐사대가 맥주와 감자튀김과 외계에서 생포한 외계 생물을 먹으려고 하는데, 감자튀김은 전용 전기 조리장치를 사용한다는 SF 단편을 발견했다고 기록했다.

그리고 우리 회사에서 바로 이 감자튀김 전용 전기 조리장치를 개발해야 한다고 덧붙였다. 거기까지 쓰고 나니, 나는 가슴이 빠르게 뛰는 것을 느꼈다. 나는 다시 내가 쓴 것을 읽어보았다. 다시 읽어봐도 얼토당토않은 내용이었다. 이런 내용을 정말로 보고서로 써도 될까? 착한 외계인을 사냥하는 악한 인간. 주인공은 외계인. 그렇지만 이 소설에서 우리가 주목해야 하는 것은 외계인 잡아먹을 때 곁들여 먹는 감자튀김을 만들 전기 조리장치입니다. 이런 소리를 하면 누가 어떻게든 뭔가 제재를 가할 것 같다는 불길한 느낌마저 있었다.

그런데 그 보고서를 올리자 거기에 적혀 있는 아이디어는 우리 회사에서 개발하기 좋은 기술이라면서 채택되고 말았다. 나는 실적을 한 건 더 올렸다. 너무나 이상한 기분이 들었다. 조금 부도덕한 정도가 아니라 마귀의 사악한 주술 같은 일에 빠져들고 있다는 생각이 들 정도였다.

나는 더 이상 제대로 일을 할 수가 없었다. 이상한 생각은 그만하고 그냥 평범하게 SF 한 편 곱게 읽어보자고 해도 그렇게 할 수가 없었다. 세상이 사실은 컴퓨터 프로그램으로 만든 시뮬레이션이나 게임이고 모든 사람은 그 시뮬레이션 속의 대상이나 게임 속의 등장인물에 불과한 것이라고 해보자. 그런데 그 프로그램이나 게임에 어떤 이상한 오류가 있거나, 시뮬레이션을 수행하는 사람이 이상한 조건을 걸어 뭔가 시험을 하는 것이 엉뚱한 영향을 미쳐서 이런 일이 발생하고 있는 것이라는 상상에 빠질 정도였다.

꿈자리마저 뒤숭숭해졌다. 이서영의 〈구제신청서〉를 읽고 난 저녁에는 우주선 속에서 로봇으로 변신한 내가 저승에서 온 마귀들과 함께 감자를 판돈으로 걸고 도박을 하는 꿈까지 꾸었다.

결국, 나는 이 문제의 끝에 도대체 뭐가 있는지 알아야겠다고 생각했다. 나는 몇 가지 서로 다른 계획을 세웠다가 결국 이 이상한 규칙 자체에 도전해보기로 했다.

나는 다시 어느 웹사이트에 필명으로 소설을 써서 올렸다. 이번에는 일부러 어마어마하게 황당한 소설을 썼다.

어떤 매우 불행한 사람이 있다. 자기 불행 때문에 고뇌하고 번민한다. 그 사람은 여행을 떠나 혼자 하룻밤을 지새운다. 여행 가는 장소는 그냥 대충 경기도의 무슨 야영장을 찾아서 거기라고 했다.

그 야영장에서 모닥불을 피워놓고 거기에 감자를 구우면서 캔맥주를 마신다.

그런데 감자를 다 먹고 나서 불 피운 곳 땅을 파헤쳐서 재를 묻으려는데 그 땅속에 12만8천 년 전에 추락한 외계인의 우주선이 있다. 그 사람은 그 우주선에서 공중부양 기술을 알게 되고 그 덕분에 행복해진다. 끝.

내가 썼지만 집어 던지고 싶은 내용이었다. 송구를 잘하는 야구 선수에게 읽게 하면 야구장 바깥까지는 족히 원고를 집어 던질 만한 내용이었다.

회사에서 나는 이 SF 단편을 보고서에 올렸다. 감자 구워 먹고 맥주 마시고 외계인 우주선을 찾는다. 내 의견을 쓰는 난에는 우리 회사도 소설 속 배경이 되는 그곳에 가서 먼 옛날 묻혀 있는 외계인의 우주선을 찾아야 한다고 썼다. 이따위 내용이면 도저히 채택하지 않을 것이다. 아니면 나를 불러서 뭔가 주의사항을 준다든가 금기를 알려준다든가 하여튼 무슨 조치를 취할 것 같았다. 그러면 조금은, 뭔가 이 이상한 상황에 대해서 조금이라도 더 알 수 있지 않을까 싶었다.

그런데 회사의 결론은 그런 것이 아니었다.

기획실에서는 이번에도 내 아이디어를 채택한다는 결론을 내렸다. 우리 회사는 정말 내가 아무렇게나 써놓은 곳에 갈 것이다. 그리고 그곳의 땅속에 묻힌 외계인의 우주선을 찾으려고 할 거라는 뜻이었다.

뭐라고? 외계인 우주선을 찾는 사업이 우리 회사의 다음 기술 개발 사업이라고? 내가 처음 대기업이라는 곳에 입사하던 그날부터 회사의 윗분들이라는 사람들의 사고방식을 이해하기가 어렵다는 느낌을 받기는 했다. 그렇지만 맛이 가도 어떻게 가면 도대체 경기도 외곽 야영장의 땅을 파서 거기서 외계인 우주선을 찾는 것으로 빠르게 앞서 나가는 선진국 제품을 따라잡고 뒤에서 치열하게 따라오는 신흥국 제품을 제압한단 생각을 한단 말인가?

나는 그날 회사 퇴근 시각이 되자마자 바로 자동차 운전대를 잡았다.

그렇지, 퇴근 시각이 되면 바로 퇴근할 수 있다는 것이 SF 팀의 장점이기는 했지. 다들 정시 퇴근을 잘 못 하는데. 그러면 사실 정시 퇴근은 부조리한 일인데 우리 SF팀 자체가 부조리하기 때문에 우리에게만 주어진 아주 이상한 일인 것은 아닐까? 그렇다면 SF팀의 그 정시 퇴근이라는 것조차도 이 모든 알 수 없는 환각적인 이상한 일들의 덩굴에 얽힌 일부일 뿐이란 말일까? 나는 그런 생각을 하면서 가속 페달을 밟았다.

나는 내가 내 소설에 쓴 그 야영장으로 향했다. 거기에 정말로 뭐가 있는지 알고 싶었다. 그곳에서 우리 회사 직원들이 땅을 파고 있는지 보고 싶었다. 생각은 더 깊어질 것도 더 얕아질 것도 없었다. 나는 디딜 곳 없는 허공에 떠 있는 듯한 감각으로 그 이상한 세계로 추락하는 느낌을 받았다.

해가 짧은 계절이라 야영장 입구에 도착하니 이미 해는 저물어 어두워지고 있었다. 캠핑철도 아니었는지 야영장에는 아무도 없었다. 사실 요즘이 캠핑철인지 아닌지, 아니면 이 야영장은 원래 망한 곳이라서 아무도 안 오는지 나는 아무것도 몰랐다. 나는 캠핑에 대해서 아는 것이 없었다. 내가 뭘 알겠는가? 나는 그냥 이상한 실험을 해본다는 생각으로 아무 야영장이나 골라서 거기에 외계인 우주선이 묻혀 있다고 쓴 것뿐이었다. 이런 곳이 실제로 있는지 없는지도 따지지 않고 그냥 써넣은 야영장 이름이었다.

스산한 산길을 한 굽이 돌아가자 제법 널찍한 공터가 나왔다. 관리하지 않은 지 오래 지났는지 공터에는 갖가지 잡초가 군데군데 자라나 있었다. 키가 높게 자라나는 망초는 가슴팍까지 올 정도로 큰 것도 있어서 어쩐지 징그럽게 보이기도 했다. 순식간에 해가 져버리고 나니, 그 우거진 풀들은 검은 그림자만을 공터에 남겼다. 주위를 둘러싸고 있는 나뭇가지 그림자가 겹친 곳에서는 검은 어둠이 넓게 펼쳐져 있기도 했다. 밤이 찾아왔다.

나는 그 한가운데로 걸어갔다.

잡초들이 소용돌이치듯 자라나고 있다는 생각을 했다. 그것은 환상일 뿐이었다. 하지만 무엇이 환상이고 무엇이 환상이 아닐 수 있을까? SF에서 아이디어를 뽑아 제안하는 SF팀. 맥주와 감자 요리만 나오면 무조건 좋은 아이디어라고 뛰어드는 회사. 눈앞에 푸른 신호 불빛이 보였다. 공터 구석의 길목을 돌아간 곳 쪽인 듯했다. 그것은 환상이 아니었다. 나는 그쪽으로 걸어갔다. 잡초의 그림자가 걷혔다. 점차 푸른 신호 불빛이 무엇인지 드러났다.

버려진 산의 그 어두운 곳에는 육중한 기계들이 있었다. 나는 그곳을 향해 달려갔다. 어두워서 잘 보지 못해 나는 돌을 잘못 디뎌 자빠졌다. 그렇지만 지체할 수 없었다. 나는 그것이 무엇인지 정말로 보고 싶었다.

그 기계들은 땅을 파는 중장비들이었다. 푸른 신호 불빛은 이곳에서 비밀 작업을 하고 있으니 오지 말라는 표지판이었다. 표지판 끝에는 내가 다니는 회사의 이름이 적혀 있었다. 이 사람들은 정말로 내가 아무렇게나 소설에 써놓은 야영장에서 외계인 우주선을 파내려고 하고 있었다.

"불가능하잖아. 아예 가능하지가 않잖아."

나는 말했다. 평소에 혼잣말을 자주 하는 성격도 아니었지만 그렇게 말해버렸다. 내가 생각하는 대로 말이라도 정상적으로 할 수 있는 것인가, 믿을 수 없어서 한번 말을 해 본 것이기도 했다.

세상에 운명이라는 것이 있다고 가정해보자. 그리고 만약에 내가 외계인의 우주선을 발견할 운명이라고 해보자. 그렇다면 나는 외계인의 우주선을 발견하게 하려고 우주선이 있는 장소를 세상에 알려야 한다. 그런데 마침 내가 다니는 직장은 감자 요리와 맥주가 나오는 소설이 있으면 무조건 소설의 내용을 실행해 옮기는 괴상한 회사다. 나는 야영장 땅속에 외계인 우주선이 묻혀 있다는 소설을 쓴다. 그리고 나는 운명의 신비한 힘으로 나도 모르게 외계인의 우주선이 있는 야영장을 택한다.

아무 야영장이나 아무 생각 없이 고른 것이라고 하지만 사실 나도 모르게 내 마음속 깊은 곳에 운명의 힘이 작용해서 진짜 외계인이 있는 곳을 골라준 것이다. 아니면 외계인이 내 마음속에 정신 조종 광선을 몰래 발사해서 내가 무심코 이 야영장을 고르도록 조종한 것이다. 그리고 회사는 내 말을 채택한 것이다. 감자 요리와 맥주가 나오는 소설을 썼기 때문에?

나는 현기증을 느껴 잠시 주저앉았다.

그런데 우리 회사의 굴착 장비 뒤편으로 한 사람이 걸어나오는 것이 보였다. 덩치가 커 보였다. 밤이라 잘 보이지는 않았지만 내 쪽으로 오고 있는 것 같았다. 하늘이 나에게 보낸 사자인지 외계인인지는 알 수 없었다. 무서웠다. 나는 전

혜진의 〈감겨진 눈 아래에〉를 생각했다. 그 소설에는 망한 세상을 지배하는 악랄한 정부가 나온다. 그런 정부의 요원 느낌이 나는 사람인가 나는 의심했다. 나는 조금씩 뒤로 물러나며 그 사람을 피하려고 했다.

그때 나는 김보영의 〈다섯 번째 감각〉을 떠올렸다. 감각을 차단했다가 그 감각을 나중에 느끼면 훨씬 강렬하게 느껴질 것이다. 나는 일부러 눈을 잠시 감았다. 눈을 잠깐 감았다가 뜨면, 시력이 조금 더 빨리 어둠에 적응하지 않을까? 그러면 희미한 반사광과 별빛 속에서 나에게 다가오는 그 이상한 사람을 내가 더 먼저 알아볼 수도 있을 것이다. 나는 눈을 꼭 감았다.

그리고 다시 눈을 떴을 때, 내 앞에는 별로 나이 들지도 않았지만 괜히 자기 나이보다 좀 더 나이가 많아 보이는 좀 떡대 좋은 남자 한 사람이 있었다. 한 손으로 감자튀김을 집어 먹던 그는 목이 마르는지 들고 있던 물통에 입을 대고 물을 마셨다. 희미한 냄새가 났는데 맥주 냄새였다. 그러고 보니 그 물통에 들어 있는 것이 물이 아니라 맥주인 듯 싶었다.

그는 나에게 주섬주섬 자신의 신분증을 꺼냈다.

"아, 그런데 너무 어두워서 잘 안 보이는 것 같습니다."

확실히 내가 보기에도 잘 안 보였다. 그는 신호 불빛이 나오는 곳으로 다가섰다. 나도 그쪽으로 조금 가까이 다가갔다. 비친 불빛을 보니, 그의 신분증은 UN 산하의 무슨 국제기구 소속 단체에 있는 조사관이라고 되어 있었다.

"SF에서 전자 제품 아이디어를 얻는다는 게 일견 들어보면 그럴듯하게 들리기도 하지만 사실 냉정하게 따져보면 비현실적인 구석이 한두 군데가 아닙니다. 저는 그래서 거기에 최근 국제적으로 문제가 된 산업 기술 사건의 답이 있지 않나 짐작했습니다."

조사관이라는 사람은 나에게 간단히 형식적인 소개를 먼저 했다. 그러고는 상황을 찬찬히 설명하기 시작했다.

"SF팀을 운영하는 대형 첨단기술 회사는 세계에 몇 군데 정도가 있습니다. 다들 비슷한 활동을 합니다. SF에서 아이디어를 얻고 보고하면 그중 일부는 채택되어 회사 기술 개발에 실제로 적용됩니다. 그런데 한 가지 이상한 것이, 회사마다 좀 이상한 규칙이 있습니다. 예를 들어서, 대리님이 다니시는 회사에도 SF팀에 이상한 규칙이 있습니다. 대리님도 아실 줄로 압니다."

"예, 감자 요리에 맥주 같이 먹는 장면이 나오면 무조건 채택되지요."

"저는 그 비밀을 이제야 풀었습니다. 그리고 대리님이 여기에 찾아오신 것이 그 증거입니다."

나는 조사관을 바라보았다. 저런 사람이 내 앞에 나타나 나와 대화를 하게 되다니. 나는 사실 외계인이 땅속에서 정말로 솟아오르는 것보다도 더 예상하지 못한 상황이었다.

"대리님이 다니시는 회사는 경쟁회사에 산업스파이를 심어놓았습니다. 그 산업스파이는 경쟁회사에서 새로 개발하는 기술 중에 그럴듯한 것이 생기면 그것을 필명으로 별 볼 일 없는 SF 단편으로 꾸며서 인터넷에 올립니다."

"산업스파이요?"

"예를 들어 산업스파이가 경쟁사에서 메뚜기 모양 로봇을 개발하고 있다는 사실을 알리려면 메뚜기 모양 로봇이 등장하는 SF 단편을 필명으로 써서 인터넷 소설 사이트에 대충 올린다는 겁니다. 그러면 무슨 SF 단편이든 수집하려는 SF팀이 그 소설도 읽게 될 것이고, 그 내용이 회사 상부에 보고될 것입니다. 그런 방법으로 회사의 윗분들은 실제 산업스파이와 만나거나 통신하지 않고도 산업스파이가 빼돌린 정보를 입수하는 겁니다."

"SF 단편 중에 산업스파이들이 써서 올린 것이 있다고요?"

"아시겠습니까? 회사에서 SF팀을 운영하는 실제 목적은 SF 단편에서 창의적인 아이디어를 얻는 것이 아닙니다. SF팀은 다른 회사에 심어놓은 산업스파이가 보내오는 정보를 수집하는 역할을 하는 것입니다. 대리님의 회사에서 심어놓은 산업스파이는 자신들이 빼낸 정보를 SF 단편으로 꾸미면서 그것이 빼낸 정보라는 뜻을 밝히기 위해 '감자 요리와 맥주'를 집어넣기로 미리 회사의 상부와 약속해둔 것입니다. 그래서 회사에서는 감자 요리와 맥주가 등장하는 SF 단편은 사실 순수한 목적으로 쓴 SF 단편이 아니라 빼낸 정보를 전달하기 위한 목적으로 쓴 SF 단편이라는 사실을 아는 겁니다. 그래서 그런 소설은 무조건 채택하는 것이었습니다."

나는 조사관 뒤편을 손가락으로 가리켰다.

"그러면 이거는요? 이건 뭔데요?"

내가 가리키는 쪽에는 외계인 우주선을 파내기 위한 굴착 장비가 있었다.

"그것은 대리님이 외계인 우주선을 파낸다는 소설을 올리시면서 그 소설에 감자 요리와 맥주를 같이 먹는 장면을 넣었기 때문에, 회사 윗분들은 외계인 우주선을 파낸다는 내용이 산업스파이가 보내는 중요한 정보라고 착각하게 된 것입니다. 그래서 이렇게 급하게 실행에 옮긴 겁니다."

나는 고개를 흔들었다.

"아무리 그래도 그렇지요. 산업스파이가 전해준 정보라고 해도 외계인 우주선이 있다는 정보를 어떻게 그렇게 쉽게 믿나요?"

"정말로 외계인 우주선이라고 믿고 있는 것은 아닐 겁니다. 산업스파이가 SF 단편 형태로 꾸며서 정보를 보내주고 있는 것이니까, 뭔가 조금 더 정체를 알 수 없게 숨긴 이야기를 썼다고 생각할 겁니다. 실제 외계인 우주선이 묻혀 있는 것은 아니지만 뭔가 중요한 것을 이 야영장에 묻어놓았다는 정보를 전달하기 위해 그런 소설을 썼다고 보고 이렇게 빨리 달려와서 땅을 파려고 하는 것입니다."

조사관은 이제 나와 함께 산에서 내려가자고 했다. 그리고 자기 사무실로 가서 모든 것을 환하게 밝히는 사건 진상 파악 자료를 만드는 데 도움을 달라고 했다.

나는 조사관에게 따졌다.

"저는 그 산업스파이 이야기는 못 믿겠는데요. 무슨 증거가 있어요?"

"확실한 증거는 없습니다. 그래서 대리님과 이야기를 하면서 확실한 증거가 될 만한 내용을 찾아보려고 하는 것입니다."

그리고 조사관은 이상하게, 웃는 것 같기도 하고 아닌 것 같기도 한 표정을 지었다. 그가 이어서 말했다.

"그렇지만 간접적인 증거는 있습니다. 왜 SF 단편이라고 새로 올라오는 이야기 중에 보면 꼭 수십 년 전 옛날 SF에서도 지겹도록 써먹었던 반전인데, 자기가 생각해낸 대단히 신기하고 충격적인 반전인 척하면서 결론 내는 단편들 있지 않습니까? 아니면 정말 지긋지긋하게 철 지난 소재인데 괜히 자극적이고 충격적이라는 이유만으로 막 별 색다른 것도 없이 막 괜히 잔인하고 징그럽고 그런 장면 가득 들어 있는 단편도 있고요. 그런데 그렇게 고루하고 뻔한 SF 단편이 과연 눈에 뜨이고 인기를 얻을 가망이 있겠습니까?"

"아마, 아마도, 없겠지요."

"그렇습니다. 그런 소설은 별로 눈에 띄지도 못하고 그냥 잊힙니다. 산업스파이들이라면 일부러 자기가 빼낸 정보를 담은 SF 단편을 그렇게 꾸며 쓸 것입니다. 그래야 눈에 안 띌 겁니다. 대충 적당히 휘갈겨 소설 쓰기도 쉽습니다. 말도 안 되는 수수께끼 같은 일이 잔뜩 일어나는데, 결론은 사실 이게 다 가상 현실이었다, 이렇게 끝나는 소설들, 얼마나 흔합니까? 그렇게 뻔해빠진 3분 컵라면처럼 써낼 수 있는 소설을 쓰는 겁니다. 그리고 그런 소설 속에 살짝 감자 요리 먹으면서 맥주 마시는 장면을 집어넣고 그 장면 속에 실제 전달하고 싶은 정보를 끼워 넣는 겁니다. 그러면 다른 사람에게는 눈에 잘 안 띄면서 비밀 정보가 있는 장면을 봐야 한다는 사실을 아는 윗분들만은 알아볼 겁니다."

나는 내가 읽었던 수많은 SF 단편들을 빠르게 되돌아보았다. 나는 지금껏 재미있고 신선한 생각이 담긴 뛰어난 SF 단편이 좋은 것이고 그런 소설을 찾아 거기에서 아이디어를 뽑아 보고하는 것이 내 일이라고 생각했다. 그런데 조사관의 말이 맞다면 상황은 정반대였다. 고리타분하고, 수백 번은 더 보았던 소재와 반전이 또 그게 참신하다는 듯이 등장하고, 재미없고, 유치한 SF 단편들. 그런 흔해빠지고 눈길 안 가는 단편 중에 바로 우리 팀에서 정말로 찾아내야 하는 산업스파이의 정보가 담겨 있다는 말이었다.

답을 들었지만, 더 혼란스러워하는 나에게 조사관은 계속해서 이 사실을 더 선명하게 밝히는 데 도움을 달라고 말했다.

"경쟁사의 정보를 빼앗고 기술을 치사하게 흉내 내려는 산업스파이 행위는 세계의 공정한 기술 경쟁 질서를 무너뜨리는 짓입니다. 더는 이런 짓 못 하도록 막아야 합니다."

나는 끝까지 조사관의 말을 완전히 믿지는 못했다. 하지만 그와 이야기하면서 이 이상한 사연들을 조금 더 자세히 살펴

볼 수는 있지 않겠냐는 생각이 들기는 했다. 그래서 나는 그를 따라나설 뻔했고, 내가 아는 모든 것을 다 털어놓을 뻔하기도 했다.

그렇지만 나는 그러지 않았다.

사실 이 뒤에 일어난 일은 더욱 이상하고 모호하다. 나는 가끔 그때 일어난 일이 실제로 일어난 일이 아닌 것 같다고 생각할 때도 있다.

그때 우리가 희미한 신호판 불빛만을 보고 있던 굴착용 중장비에 불이 환하게 켜졌다. 원래부터 그 안에 누가 앉아서 한참 동안 기다리고 있었던 것인지, 아니면 우리가 대화를 나누는 사이에 누가 몰래 다가와서 그 안에 들어간 것인지 알 수 없었다.

그리고 그 안에서 꼭 사장단 회의에 불려 나간 것처럼 정장을 잘 차려입은 사람이 나타났다. 먼저 치맛자락과 긴 머리칼이 바람에 휘날리는 모습이 어둠 속에서 그림자만 보였다. 그런 형체는 전설 속의 마법사가 등장하는 것 같기도 했다. 나는 얼마 지나지 않아 그 모습을 알아볼 수 있었다.

그 사람은 바로 팀장님이었다.

팀장님이 조사관에게 말했다.

"조사관님, SF팀이 정말로 산업스파이 행위를 하는 것은 아닙니다. 저희는 산업스파이 행위를 하고 있다고 윗분들이 그저 믿게 만드는 일을 할 뿐입니다."

나는 팀장님이 거기에서 나타났다는 것이 이상해서 아무

말도 하지 못했다. 오히려 조사관이 먼저 물었다.

"그게 무슨 말입니까?"

"조사관님께서는 베르베르 프로젝트를 아십니까?"

조사관이 모른다고 하자, 팀장님은 여러 회사의 SF팀들이 자기들끼리만 몰래 서로 결탁하여 수행하고 있는 어느 비밀 협력 작업에 관해 설명했다.

"세상 여러 회사의 SF팀 직원들은 보통 그저 아무것도 아닌 정보를 무슨 대단한 빼돌린 정보처럼 가장하여 서로 주고받고 있습니다. 이 SF팀의 활동은 SF팀들끼리만 알지, 같은 회사라도 상부에서는 모릅니다. 말하자면 다른 회사의 SF팀 직원들끼리 짜고 서로 정보를 빼돌리고 몰래 SF 단편에 끼워 넣어서 알리고 어쩌고 하는 흉내를 내는 겁니다."

"그런 일이 통합니까?"

"SF 단편 속의 아이디어들은 아류작이나 비슷한 것들이 함께 나오는 경향이 있고, 어떤 SF 단편을 필명으로 써서 올리는지 어느 정도 짐작하고 있어서 저희는 서로 어느 정도 맞춰줄 수 있습니다. 예를 들어서, 박성환의 〈레디메이드 보살〉의 아이디어를 경쟁사 SF팀에서 올렸다가 채택되지 않았을 때, 우리 회사 SF팀에서는 그것을 다른 회사에서 빼돌린 아이디어로 꾸며서 올렸습니다. 그렇게 해서 우리 회사는 기도를 해주거나, 복을 빌어주는 로봇을 만든다는 아이디어를 제품으로 만들었습니다. 한편 우리 회사가 먼저 제품을 내어놓자, 비슷한 아이디어를 보고받았지만 채택하지 않았던 경쟁

사는 후회했습니다. 이렇게 후회한 사람들은 SF팀의 보고가
소중한 것이라고 믿게 되었습니다. 덕분에 경쟁사 SF팀은 더
일자리가 탄탄해졌습니다."

"정말 좋은 아주 참신하고 혁신적인 아이디어가 있는데 경
쟁사에서 비슷한 일을 하지 않고 있다거나 선례가 없다는 이
유로 그 아이디어를 채택하지 않는 때가 많다는 것은 알고 있
습니다. 그런데 지금 말씀은 바로 그럴 때, SF팀들끼리 서로
짜고 움직인다는 것입니까? 실제로 산업스파이가 빼돌린 정
보가 아니라고 해도 꼭 산업스파이가 빼돌린 정보처럼 해서,
'이 아이디어는 경쟁사도 곧 채택할 거더라'고 SF팀을 통해 이
야기를 넣으면 윗분들도 '경쟁사가 한다면 해야지'라면서 그
새로운 아이디어도 채택할 테니까."

조사관의 말을 듣고 팀장님은 웃었다. 그 웃음은 대화 중에
나오는 웃음치고는 좀 길기도 했다. 팀장님이 말했다.

"새로운 아이디어를 세상에 선보이기 위해 세상의 SF팀들
이 같이 짜고 움직인다니 멋지게 들립니다. 하지만 정직하게
이야기해서 우리가 이런 일을 하는 것은 무엇보다도 그저 읽
고 싶은 SF만 마음껏 읽으면 되는 바로 이런 기막힌 일자리
를 유지하기 위해서입니다. 조사관님께서, 이런 세상에 있을
수 없는 일자리를 없애버리시는 일을 과연 하셔야겠습니까?"

다음 날 나는 다시 회사에 출근했다.

출근해서 나는 팀장님을 보았다. 그런데 그 얼굴이 너무 그
전과 똑같은 것을 보고 이상한 기분이 들었다. 나는 허둥거리

듯이 팀장님께 인사했다. 팀장님의 별일 없었다는 모습은 과할 정도로 별일 없었다는 모습이었다. 그래서 어제 일에 관해 물어보기도 어려웠다. SF팀의 정체에 대해 뭐라고 더 토론할 기회도 없었다.

다만 뭔가 변화가 있기는 있었는지, 더 이상은 감자 요리와 맥주만 들어가면 SF팀 아이디어 보고서를 기획실에서 채택한다는 규칙은 없어졌다. 뭔가 다른 규칙이 생기기는 한 것 같은데, 나는 그것을 다시 분석해서 알아내는 작업은 아직 착수하지 않았다. 아마도 앞으로도 영원히 하지 않을 듯싶다.

내가 멍하니 있는 사이에, 팀장님은 김초엽의 〈관내분실〉에서 아이디어를 얻어 인간의 성격 유형을 도서관처럼 모아서 제공하는 서비스를 아이디어로 올렸고, 과장은 임태운의 〈근방에 히어로가 너무 많사오니〉에서 아이디어를 역으로 얻어 와서 구급차와 소방서 같은 극히 중요하고 위급한 서비스를 콜택시처럼 운영하는 것도 나름대로 장점이 있다는 이상한 보고서를 꾸몄다. 어쨌거나 우리 팀에서 계속 보고서는 나오고 있었다.

다만 나는 아직 어떻게 다시 보고서에 손을 댈지 결심을 하지 못해 머뭇거리고 있다.

그렇지만 어쨌거나 당장 SF팀 일을 때려치운다거나 SF팀을 확 엎어 버리는 일은 하지 않기로 했다. 듀나의 〈꼭두각시들〉 말미에 나오듯이, 아무리 일이 이상하게 꼬여 있고 진실을 알기 복잡한 상황에 놓여 있다고 해도, 요즘 같은 불경기에 월급 꼬박꼬박 잘 나오는 이만한 직장이라면 일단은 붙들고 있으면서 고민해봐야 하는 법이다.

— 2019년, 서초에서

치카우

Chikawoo

채 9시가 되지 않은 밤이었다. 신도시의 주공 아파트 단지로 우주선 한 대가 진입했다. 인류의 역사에서는 처음 있었던 일이지만 우주선의 크기가 만둣가게에서 쓰는 쟁반 정도 크기 정도밖에 되지 않았기 때문에 그게 우주선인지 알아채고 놀라는 사람은 거의 없었다. 심지어 아파트 8동의 경비 영감님은 빛나는 우주선을 두 눈으로 보고 있었지만 놀라지도 않았다.

"또 7층 아저씨인가 보네. 건물 근처에서 드론 함부로 띄우면 안 된다고 그렇게 말해도 듣지를 않아. 요즘 사람들 다 자기 잘난 줄 알지 누가 경비 말을 듣나."

체념적인 경비 영감님의 혼잣말과 달리 그 우주선의 내부는 대단히 긴박했다.

"시리우스 회피 기동을 실시하라!"

"황제 폐하, 시리우스 회피 기동은 우주선에 너무 무리가 큽니다."

"어쩔 수 없다. 지금 회피 기동을 하지 않는다면 이힐이힐의 탐사 로봇에게 붙잡힐 것이고, 그러면 모든 게 끝이다. 이 행성에 이렇게 공기가 많을 줄 몰랐다. 우주선이 움직일 때마다 휘익휘익 바람 소리가 나니까 이힐이힐의 고성능 진동 감지 장치로 그 소리가 일으키는 공기의 진동을 감지할 것이다."

"알겠습니다. 확률 밀도 함수 붕괴 장치 일시 정지! 시리우스 회피 기동 준비 완료!"

"시리우스 회피 기동 개시!"

황제가 외치는 소리와 함께 우주선은 이상한 빛을 내뿜으며 아주 빠르게 잠깐 진동했다. 그러나 잠시 후 빛은 사라졌다. 우주선은 깜깜한 밤하늘에서 눈에 뜨이지 않게 되었고, 또한 제대로 떠 있을 수 없게 되었다. 우주선은 비틀거리다가 아파트 건물 11층을 향해 떨어지기 시작했다.

"토착 종족이 건설한 인공 구조물 쪽으로 추락합니다."

"충격에 대비하라!"

"황제 폐하, 황제 폐하를 모시고 우주의 운명을 걸고 싸울 수 있어서 진심으로 행복했습니다."

"그런 말 마라, 치클! 나야말로 너와 같은 신하가 이처럼 나를 도와주어 서글프지만 기쁜 황제 노릇이었다."

"추락 전 3, 2, 1….."

그리고 우주선은 창문이 열린 집의 방충망을 향해 충돌했다. 더워서 창문을 열어 놓은 이 집의 주인은 낡은 철사로 된 방충망이 외부에서 침입하는 모기나 풍뎅이 같은 생명체들을 차단해줄 것이라고 믿었던 듯했다. 그러나 소마젤란은 하에서 날아온 황제의 우주선이 충돌하는 것을 막아내기에는 부족했다.

우주선은 방충망을 부수고 방 안으로 들어왔다. 불이 꺼진 방은 캄캄했다. 그래도 바깥에서 새어들어 오는 달빛 때문에 방 안에 아기 침대 하나와 그곳에서 자고 있는 9개월가량의 지구인 아기 한 명이 있다는 것은 알 수 있었다. 닫힌 문 바깥에서는 이 집의 다른 거주자인 아기의 부모가 아기를 재워놓고 대화를 나누고 있었다.

두 사람의 대화는 그 순간 대략 이러했다.

"그래도 우리 형편에는 일단 전세를 알아봐야지. 그거 말고는 답이 없잖아."

"요즘처럼 금리가 낮은데 우리도 집 사는 것도 알아봐야지. 알아보지도 못해?"

방충망이 부서지는 소리는 작지 않았다. 하지만 두 지구인 부부는 점차 격정적으로 치닫는 자신들의 논쟁에 빠져 그 소리를 듣지 못하고 있었다. 다만 방 안의 아기만이 무엇인가를 눈치챘는지 조금씩 꼼지락거리기 시작했다.

"황제 폐하, 어서 빠져나오십시오. 우주선이 폭발하면 옥체가 위험하십니다."

"하하, 치클. 우습구나. 이 우주선이 폭발한다면 이 태양계
자체가 증발할 것이다. 내가 다리를 아무리 빨리 놀려본다 한
들 얼마나 목숨을 더 오래 부지할 수 있겠느냐."

황제는 지구인의 표현 방식으로 번역한다면 허탈한 웃음
이라고 할 수 있을 만한 행위를 하였다. 이윽고 황제와 치클
은 우주선 바깥으로 걸어 나왔다. 우주복을 입고 있는 황제와
치클의 몸에는 팔뚝만 한 크기의 다리 네 개가 달려 있었는
데, 그 네 개의 다리는 똑같이 생겨서 지구인의 팔 역할도 다
리 역할도 필요에 따라 할 수 있는 구조였다.

"신을 죽여주십시오. 제가 이 행성으로 도망가자고 했던
것 아닙니까? 그런데 이 행성에 이렇게 공기가 많아서 소리
가 많이 날 것이라는 점을 그만 간과했습니다. 이힐이힐의 기
체 진동 추적 기술은 우주 제일인데, 이렇게 소리가 많이 나
는 곳으로 황제 폐하를 이끌다니, 이 모든 것이 신의 무거운
죄입니다."

"치클, 그런 말 말거라. 이힐이힐의 결맞음 통신기가 사용
하는 파장이 이 행성에 풍부한 단백질 분자의 크기와 비슷
해서 이 행성으로 숨으면 이힐이힐의 통신이 교란될 것이라
고 생각했기 때문이 아니었느냐? 어찌 일부러 그러한 일이
겠느냐?"

"그러나 황제 폐하, 생각보다 단백질은 많지도 않고 대부
분의 물체는 규소와 칼슘 화합물로 되어 있으니, 교란 효과도

별로 크지 않을 듯합니다. 이를 어쩌면 좋겠습니까?"

치클은 괴로워하였다. 황제는 손에 들고 있던 컴퓨터를 조작하여 아파트의 벽면과 바닥을 조사해보았다. 치클이 말한 대로, 아파트는 시멘트 재질로 되어 있을 뿐, 단백질 생명체가 아니었다.

황제가 말했다.

"어쩌겠느냐. 이 행성이 나의 무덤이 될 모양이다. 이 또한 초끈의 뜻 아니겠느냐? 이힐이힐이 웜홀 기술을 개발했을 때, 그 기술을 적극적으로 받아들이지 않고 머뭇거리다가 어느새 이힐이힐의 기술력과 경제력이 우리 제국을 크게 능가하게 되었으니, 이 모든 것이 다 내가 현명하지 못하고 부덕한 탓이다. 이제 3차 퀘이사 대전에서 패배하고 그 많은 우주 전함을 모조리 잃었으니, 이 머나먼 외딴 행성에 숨어들었다가 이힐이힐의 탐사 로봇에 발각되어 외로이 죽는다 한들, 무슨 억울할 것이 있겠느냐? 다만 2억 년 동안 이어온 선대의 조종세업이 내 대에서 끝나게 되어, 그 종묘사직을 지키지 못한 것이 한스러울 뿐이다."

황제의 말을 듣고 치클은 네 개의 다리를 물결치듯 진동하였다. 무거운 예의를 표현하는 방법이었다. 치클이 말했다.

"황제 폐하, 그와 같이 약한 마음은 먹지 마소서. 7천만 년 전 반란이 일어나 선대 황제 폐하께서 중성자별에 갇히셨을 때, 황제 곁에는 오직 구형 컴퓨터 한 대뿐이었으나 결국 해킹으로 재기하여 다시 우주를 제패하시지 않으셨습니까? 또

한 1억2천만 년 전 아히히히 종족이 공격해 왔을 때는 선대 황제 폐하께서 네 다리 중 셋을 잃을 정도로 위험하셨지만 결국 백색왜성 전투에서 승리하시고 다시 우주를 구하셨습니다. 지금 황제 폐하께서 패배하셨다고는 하나, 아직 얼마든지 우주를 날 수 있는 우주선이 곁에 있고, 또한 미약한 힘이나마 저와 같은 신하가 있지 않습니까? 온몸이 붕괴되는 참 쿼크처럼 제가 쪼개지도록 힘을 다할 터이니, 반드시 이힐이힐의 추적에서 벗어나 다시 우주를 되찾으십시오."

황제는 잠시 말이 없었다. 대신 말이 나온 김에 컴퓨터로 우주선을 점검해보았다. 치클은 다시 말했다.

"안드로메다 은하계에서 동맹군이 우리를 돕기 위해 오고 있습니다. 용기를 잃지 마시고, 반드시 빠져나가셔야 합니다. 우주선은 아직 망가지지 않았습니다. 회피 기동을 하느라 에너지를 다 소모했을 뿐입니다. 잠시 후 영점 에너지 충전이 끝나면 다시 움직일 수 있습니다."

"우선은 이힐이힐의 진동 탐지에 걸리지 않도록 소리를 내지 않고 조용히 숨어 있는 수밖에 없겠구나."

그런데 바로 그때, 황제와 치클의 눈앞에 있는 물체 하나가 움직이는 것이 보였다.

아기가 깬 것이다.

"황제 폐하, 저쪽에서 상당한 양의 단백질 구조가 감지되었습니다."

"그렇다면 저 움직이는 것이 바로 단백질 덩어리란 말인가?"

"아마 저것은 단백질로 되어 있는 이 행성의 토착 생명체인 듯합니다."

"위험성을 평가하고 공격력, 지구력, 지적 능력을 평가해 보도록 하라!"

황제의 명령에 따라 치클은 우주선의 컴퓨터를 이용해 움직이기 시작한 아기를 조사해보았다.

"위험성 낮음, 공격력 낮음, 지구력 낮음입니다."

"지적 능력은?"

"이 행성의 생명체 중에서는 상당히 높은 수준으로 평가됩니다."

"좋다. 만유 언어 번역 프로그램을 이용한 의사소통을 시도하라!"

치클은 아기를 향해 우주선의 소통기를 조준했다. 소통기는 소리, 빛, 온도, 촉감, 냄새로 대화하는 우주의 온갖 지적 생명체들과 의사소통하기 위한 다양한 방식을 동원하여 의사를 전달하고자 했다.

"지구의 토착 종족이여! 우리는 평화와 우호의 목적으로 그대들을 찾아왔다. 그대들이 우리를 돕는다면 우리의 발달한 기술을 전수해주마. 그러니 지금 제국을 멸망시키기 위해 우리를 공격해 온 이힐이힐을 피해 황제 폐하께서 은신하시는 데 협조해주지 않겠는가?"

그러나 아기는 별다른 대답을 하지 않았다.

"반응이 없습니다."

"아무래도 언어를 가질 만큼 지적 수준이 발달하지 않은 생명체인 듯하다."

"그런데 이상하지 않습니까? 지금 우리가 있는 장소는 상당히 높고 거대한 인공 구조물입니다. 언어조차 갖고 있지 않은 생명체가 이렇게 거대한 집을 건설했다는 것은 매우 이상한 일입니다. 더군다나 이 행성의 생명체들은 전자기파를 이용한 통신 기술과 화학 에너지를 이용한 이동 수단까지 개발한 것으로 보이는데, 언어도 없으면서 어떻게 그런 도구들을 모두 만들었단 말입니까?"

치클은 지금 자신의 눈앞에 보이는 아기들이 아파트를 짓고, 자동차를 운전하는 장면을 상상해보았다. 그도 그럴 것이, 지금 컴퓨터에 수집된 자료로는 아무리 살펴보아도 이 행성에 사는 동물 중에서는 이 아기의 종족이 그나마 지능이 높은 것으로 나타났기 때문이다. 치클은 고민했다. 여러 가지로 상상해보았지만, 말 한마디 하지 못하는 아기가 전기와 자기 방정식을 이용해서 라디오나 텔레비전을 개발한다는 것은 아무래도 이해하기 어려웠다.

황제가 말했다.

"역시, 우주는 넓고, 우리가 모두 이해하기에 이 우주는 너무나 신비롭기만 하구나."

잠시 후, 황제와 치클이 아기와 자신들의 안전거리를 계산하며 머뭇거리고 있을 때였다. 아기는 이제 작게 울기 시작했다.

"황제 폐하, 토착 생명체가 공기를 진동시키기 시작했습니다!"

"상당히 짧은 파장의 음파가 생성되고 있다."

"이대로라면 이힐이힐이 이 소리를 감지할 위험이 있습니다. 황제 폐하, 어서 몸을 피하셔야 합니다!"

"피할 곳이 없다. 아직 우주선은 충전 중이다."

황제는 당황했다. 치클도 다급하게 외쳤다.

"도대체 저것이 왜 소리를 내는지 모르겠습니다."

치클의 고통스러운 의문은 아기를 키우는 수많은 부모가 언제나 밤마다 품는 의문과 본질적으로 같은 것이었다.

황제가 말했다.

"어떤 감정을 발산하는 행동일까? 아니면 자신의 다른 동족을 부르기 위한 행동일까?"

실제로 아기의 부모는 그때 잠깐 아기의 우는 소리를 듣기도 했다. 그러나 집값과 전세시세에 대한 두 사람의 논쟁은 이제 경제에 대한 것이 아니라 둘 사이의 인격과 감정에 대한 다툼으로 번지고 있었다. 따라서 부부는 자신들만의 논쟁에 극히 집중하고 있었고, 잠시 아기의 우는 소리를 무시하고 있었다.

그러는 사이에 황제는 판단을 내렸다.

"우선 감정 발산 행동이라는 쪽으로 추정하기로 한다. 저 토착 생물의 감정을 안정시킬 방법을 분석하라."

"황제 폐하, 제 분석으로는 중력이 강한 행성에 있는 동물이 가진 공통적인 상승에 대한 동경을 이용하는 것이 어떤가 합니다."

"좋다. 반중력 광선을 이용한다. 토착 생물의 무게 중심에 초점을 맞추고 반중력 광선을 발사하라!"

"발사!"

치클이 외치며 컴퓨터를 조작하자, 우주선에서 엷은 빛이 아기를 향해 발사되었다. 이 광선이 아기에게 비치자 아기의 몸은 조금씩 공중으로 떠오르기 시작했다. 그런데 아기는 아직 목을 잘 가누지 못해 허리가 위로 들리고 목이 뒤로 약간 꺾이는 힘겨운 자세가 되었다.

"토착 생물의 머리 부분이 불안하다. 목 부분을 지지할 수 있도록 반중력 광선을 한 발 더 발사하라."

"발사! 머리를 잘 받친 형태로 들게 되었습니다."

"현재 목표물의 고도를 측정하라."

"지상에서 0.4미터 정도입니다."

"좀 더 높이 상승시킨다."

"반중력 광선 출력 상승!"

얼마 후, 아기는 보통 사람들이 아기를 안아주는 높이 정도로 허공에 떠 있게 되었다. 그러자 아기는 잠깐 울음을 멈추는 듯하였다. 그러나 아기는 곧 다시 울기 시작했다.

"토착 생물이 내는 소리가 멈추지 않습니다!"

"체공 각도가 문제일지 모른다. 세타 각도를 0도에서 90도로, 파이 각도를 90도에서 0도로 변환하라."

치클은 황제의 명령에 따라 공중에 띄운 아기의 각도를 바꾸기 시작했다. 누워 있는 듯한 모양으로 공중에 떠 있던 아기는 서서히 회전하여 이제는 마치 서 있는 듯한 모양으로 바뀌었다. 그러자 아기는 그 자세가 마음에 드는지, 울음소리가 다시 줄어들었다.

"안정화된 듯합니다."

"그러나 아까처럼 완전히 안정화된 것은 아닌 것 같다."

"이 행성은 공전 주기에 비해 짧은 주기로 자전하는 행성입니다. 그러니 아마 이 행성의 생명체들은 태양 빛에 따라 움직임을 조절하는 특성이 있을 것입니다. 그렇다면 아까 저 토착 생물이 하던 행위는 태양 빛이 없는 시기에 신체의 움직임을 최소화하고 고도의 안정을 취하는 수면 행동이 아니었나 싶습니다."

"그렇다면 지금 저 토착 생물이 소리 내는 것은 멈추었지만, 아직 수면 상태는 아니란 뜻이겠구먼."

황제는 근심스러워했다. 그러나 얼마의 시간이 지나자 아기는 잠이 들기는커녕 또다시 울기 시작했다.

"토착 생물이 다시 소리를 내기 시작했습니다."

"안정감 있는 온도 조건을 맞춰보는 것은 어떻겠는가?"

"토착 생물을 따뜻하게 감싸주면 안정감을 높일 수도 있을 듯합니다. 그러나 마땅한 방법이 없습니다. 우주선의 광자빔을 쏘면 한 지점의 온도만 높아질 것입니다."

당황한 황제와 치클의 마음을 전혀 모르는 아기는 울음을 그치지 않았다.

"이 정도 소리라면 이힐이힐이 감지하지 않겠는가?"

"그럴 위험이 크다고 생각합니다. 빨리 무슨 수를 내야 합니다. 하지만 신, 너무나 무력하옵니다."

"좋다. 우리가 입고 있는 우주복을 이용한다. 우주복의 표면 온도를 상승시킨 뒤, 우리가 우주복을 입은 채 직접 저 토착 생명체에 접촉하는 것이다."

"황제 폐하, 그 방법은 너무나 위험합니다. 저 토착 생명체가 무슨 독성과 사나운 습성을 갖고 있을지 모르는데, 어떻게 옥체를 가까이 하신단 말입니까? 베가 태양계에서 텔레파시 종족에게 42621호 탐험대가 지배당하여 수소폭탄 8천 발을 황궁으로 발사했던 사건이 기억나지 않으십니까? 이 토착 생물이 무슨 위험한 능력을 갖추고 있을지 어찌 안단 말입니까?"

"달리 방법이 없지 않으냐? 어명이다! 우주복 온도를 높여라."

"현재 온도 29.8도입니다."

우주복 온도가 아기의 체온과 같은 36.5도로 상승하자마자, 황제와 치클은 공중에 떠 있는 아기에게 바짝 붙었다. 치클은 마지막 순간까지 황제를 만류했지만, 황제는 거침이 없었다.

황제와 치클은 그 몸과 다리로 공중에 떠 있는 아기를 감싸 안은 듯한 모양이 되었다. 그러자 아기는 편안함을 느꼈는지 다시 울음을 멈추었다. 황제와 치클도 잠시 안도할 수 있었다.

"토착 생물이 소리를 발산하는 것을 멈추었습니다."

"참으로 다행이로구나. 언제 이힐이힐이 우리를 찾아낼지 모르는 상황이었는데, 정말 아슬아슬했노라. 아직은 초끈의 뜻이 짐과 제국의 운명을 저버리지 않은 것인가?"

그러나 황제의 말이 끝나기가 무섭게 다시 아기가 조금씩 울기 시작했다.

"다시 토착 생물이 소리를 발산하고 있습니다. 이 일을 어쩌면 좋단 말입니까?"

"아, 짐이 방정맞고 경망스러운 말을 해서 화를 불렀구나. 우주의 누구를 또 원망하겠느냐?"

"황제 폐하, 절대 포기하지 마십시오. 소리가 조금이라도 덜 나도록 구조물 안쪽으로 이동이라도 해보는 것은 어쩌하겠습니까?"

"어쩌면 좋단 말이냐. 아아, 어쩌면 좋단 말이냐."

황제는 통탄을 멈추지 않았다. 하지만 치클은 포기하지 않고 반중력 광선을 조작하여 안고 있는 아기를 조금씩 움직였다. 이렇게 해서 황제와 치클은 아기를 안은 채 옆쪽으로 몇 발자국 이동한 듯한 형국이 되었다.

"제국이여, 선대 황제시여, 2억 년의 대업이여, 이제 어쩌면 좋단 말입니까."

"황제 폐하, 고정하십시오. 이 토착 생물을 고공에 위치시킨 채로 이동하니 토착 생물이 소리 내는 것을 일시적으로 멈추는 현상을 발견했습니다."

"뭐라? 그것이 참말이냐?"

치클은 그렇다고 대답하면서 다시 아기를 안은 채 몇 걸음 정도 되는 거리를 다시 더 움직였다. 같이 아기를 안고 있던 황제도 따라갔다. 과연 가만히 안고 있으면 아기가 곧 우는 듯했지만, 아기를 들고 움직이면 아기는 울음을 조금 그치는 것 같았다.

"이러한 행동을 반복하면 분명히 이 토착 생물의 안정도를 최고로 높여서 잠자는 상태로 진입시킬 수 있을지도 모르옵니다."

"치클, 마지막 순간까지 포기하지 않는 경의 마음이야말로 바로 제국의 보물이다. 어찌 경과 같은 위대한 호걸이 나와 같은 못난 황제를 만나 이런 고통을 겪게 되었단 말인가?"

"당치 않으십니다. 황제 폐하, 부디 그런 말씀을 거두시고, 이 토착 생명체를 움직여주소서."

"좋다. 경은 우주선의 컴퓨터로 우리가 이 구조물 안에서 이동할 수 있는 궤적을 계산하고 반중력 광선을 그에 맞춰 토착 생명체에 발사하도록 하라."

이리하여, 황제와 치클은 아기를 안은 채로 방 안 이곳저곳을 계속해서 걸어 다니게 되었다. 둘의 노력은 헛된 것만은 아니어서 열심히 걸어 다닐 때마다 아기는 조용해졌다.

그러나 완전히 울음을 멈춘 것은 결코 아니었다. 아기는 금방이라도 다시 큰 울음을 터뜨릴 것처럼 짧게 낑낑거리는 소리를 지속해서 내고 있었다. 그때마다 입을 벌리고 표정을 찡그리고 있어서, 아직 제대로 다시 잠든 것은 아니라는 점을 분명히 밝히고 있기도 했다.

"토착 생물의 안정도가 다시 조금씩 떨어집니다. 이대로라면 다시 음파를 발산할지도 모릅니다."

아기를 안고 다니며 깊이 고민하고 있던 황제는 뭔가 생각난 표정을 지었다.

"치클, 토착 생물의 안정도와 상대 고도의 변화 주기를 분석하라. 푸리에 변환을 이용하여 그 주파수를 비교한다."

"황제 폐하, 참으로 영명하시옵니다. 토착 생물이 위아래로 규칙적으로 움직이는 동작을 느낄수록 안정도가 높아지는 경향성이 있다는 분석 결과가 나왔습니다."

"짐의 짐작이 맞았노라. 치클, 반중력 광선의 출력을 코사인파 형태로 조절하도록 하라."

황제의 지시에 따라 치클이 우주선을 조작하자, 그때부터 아기는 안은 채로 서서히 아래위로 움직이는 모양이 되었다. 그 아래 위로 움직이는 것이 규칙적이고 리듬에 맞으니, 아기는 다시 점차 울음을 그쳤다.

"머리 앞쪽에 있는 두 개의 빛 반사체 움직임도 안정화되고 있습니다."

치클은 아기의 두 눈동자를 보고 있었다.

"두 빛 반사체를 단백질 외피가 덮고 있습니다. 현재 토착 생명체의 움직임은 가장 안정화된 듯합니다."

아기가 눈을 감자, 치클의 목소리는 점점 더 기쁨이 많아졌다.

"토착 생명체가 드디어 수면 상태로 진입하는 듯합니다. 황제 폐하."

"마지막 순간까지 방심하지 말라. 이때 잠깐 방심해서 다시 토착 생명체가 소리를 내기 시작하면, 우리는 다시 처음부터 안정화 작업을 시작해야 할지도 모른다."

둘은 간곡히 기도하는 마음으로 아기를 들고 걸어 다니며 아기를 위아래로 움직였다. 그리고 정말로 잠이 드는지 아기의 움직임은 완전히 없어지는 듯했다.

그런데 돌연 갑자기 다시 아기가 눈꺼풀을 찡그러뜨리고 입을 씰룩이기 시작했다.

"아, 안 돼!"

"황제 폐하, 황제 폐하, 토착 생명체가, 토착 생명체가!"

그리고 아기는 다시 울기 시작했다. 치클과 황제는 너무나 실망하여, 혹시 자신들이 너무 빠르게 걸어 다녔기 때문에 아기가 불편해서 다시 깬 것은 아닐까 의심하며 후회할 정도였다. 그러나 특유의 냉철함을 되찾은 황제는 그렇다고 반대로 너무 늦게 걸어 다녔다면, 오히려 열의를 다해 빠르게 걸어 다니지 않았기 때문에 아기가 깨어난 것은 아닐까 의심했을 거라고 생각했다.

"황제 폐하, 큰일입니다. 이힐이힐의 탐사 로봇이 근방에 접근한 듯한 신호가 감지되고 있습니다. 이대로라면 곧 이힐 이힐이 이 토착 생명체가 발산하는 음파를 감지해서 우리를 찾아낼 것입니다!"

"침착하라. 방법은 한 가지뿐이다. 우리는 어떻게든 다시 이 토착 생명체를 안정화시키는 방법을 찾아야 한다. 토착 생명체가 소리를 발산하는 신체 기관을 찾은 뒤, 그 기관을 고출력 화학 레이저포로 사격하여 마비시키는 방법은 어떠한가?"

"황제 폐하, 그러한 방법을 사용하기에는 우주선의 에너지가 너무나 부족합니다. 아, 황제 폐하, 너무나 원통합니다. 하룻밤에 별 하나의 에너지를 써서 불꽃놀이를 하고, 잠깐 사이에 성단 한 개의 에너지를 써서 체육대회를 하던 황제 폐하께서 고작 레이저포 한 발의 에너지가 부족하여 이와 같은 역경을 겪으시다니. 원통합니다! 원통합니다."

"치클, 그대는 마음을 가라앉히고 어찌 되었건 토착 생명체의 신체 순환을 조사하라. 고주파 진동 반사를 측정하고, 투과 뮤온의 스펙트럼을 분석하라."

치클은 지구인으로 보자면 눈물을 뚝뚝 흘리는 듯한 감정 표현을 하면서, 그래도 황제의 명령대로 부지런히 컴퓨터를 조작했다. 그 결과 치클은 아기의 혈액 순환에 대한 몇 가지 정보를 알아낼 수 있었다.

"황제 폐하, 이 토착 생물은 신체를 순환하는 액체와 당분과 인 화합물의 화학 반응을 에너지원으로 이용해서 활동하는 것으로 추정됩니다."

"그렇다면 글리제 581C 행성 생물과 거의 비슷한 방식 아니더냐?"

"그러하옵니다. 황제 폐하."

"그렇다면 신체 순환 액체의 당 농도를 분석하고, 그 과거 농도를 추산하라."

그러는 가운데 아기의 울음소리는 점점 더 커졌다. 그 소리를 듣고 금방이라도 이힐이힐의 로봇이 들이닥칠 듯하여, 치클은 네 다리가 모두 후들후들 떨릴 지경이었다.

황제 또한 겁이 나기는 마찬가지였다. 그러나 그런 중에도 용기를 내어 가까스로 마음을 다스리면서, 분석 결과를 찬찬히 읽어 내려갔다.

"치클, 보라. 이 토착 생명체의 신체 순환 액체 안에 있는 당분 농도가 낮아진 것을 암시하는 근거가 보이지 않느냐?"

"그렇다면 그것은 이 토착 생명체가 현재 에너지 부족을 느낀다는 뜻 아닙니까?"

"바로 그렇다. 이 토착 생명체가 아까부터 계속해서 음파를 발산한 것은, 바로 자신의 에너지가 부족하기 때문에 생긴 위기감으로 인해 신호를 표출한 것으로 볼 수 있지 않겠느냐?"

황제가 문제의 원인을 제시하자 치클은 문득 정신이 맑아지는 것을 느꼈다. 치클은 배고픈 아기에게 먹일 음식을 찾기로 했다. 우주선의 모든 레이더와 감시 장치를 작동시키자, 인근 2광년 이내에 있는 온갖 물질이 조사되었다.

그리하여 우주선의 컴퓨터는 인근 상점에 있는 우유나 포장 이유식을 발견했음은 물론, 지구 반대편에 있는 과일나무 속의 과일즙이나 남아메리카 산맥의 한 목동이 끌고 가고 있던 염소의 젖까지 아기에게 적합한 에너지원임을 알아냈다. 그뿐만 아니라 인도양 깊은 바닷속에 사는 어느 심해 어류의 간 속에 아기에게 적합한 영양소가 있다는 사실도 알아냈는가 하면, 지구 바깥 우주정거장에 한 피자 회사가 홍보용으로 탑재시킨 마르게리타 피자의 치즈가 아기에게 적합한 음식이라는 점까지 발견해냈다. 심지어 목성에 있는 유로파 위성 속에 있는 해저 곰팡이 비슷한 생물도 대충 아기가 먹을 수 있을 만하다는 사실까지 알아낼 수 있었다.

그러나 그 모든 식재료는 지금 황제와 치클이 구하기에는 너무 멀리 있었다. 그들이 손에 넣을 만한 것은 아기 침대 바로 옆에 놓여 있는 플라스틱 젖병과 그 속에 든 분유뿐이었다.

"저것은 가루 형태의 단백질로 이 토착 생명체에게 주입할 경우, 분명히 에너지원으로 사용할 수 있을 것입니다."

"좋다. 저 흰색 가루를 채취한 뒤에 주사기에 넣어 정맥 주사로 토착 생명체의 혈관에 바로 주입한다."

"황제 폐하, 그런데 토착 생명체의 가죽에 주사 흔적이 거의 발견되지 않는 것으로 보아, 정맥 주사 형태로 에너지를 주입하는 것은 흔한 방법은 아니라고 사료됩니다."

"그러나 시간이 없지 않은가?"

황제의 단호한 어명에, 치클은 젖병에서 분유를 빼내어 손에 들고 있던 권총 모양의 도구에 넣었다. 그리고 그것을 아기에게 주사하려는 동작을 취했다. 그러나 주사 직전, 황제가 치클을 만류했다.

"잠깐! 멈춰라! 이것은 짐의 실수였다. 토착 생명체의 가죽 표면에 두뇌로 정보를 전달하는 정보 조직망이 발견되었다. 아마도 저것은 통증을 느끼는 신경망일 것이다. 주사를 한다면 저 신경망을 건드리게 된다. 만약 그렇게 되면….."

황제는 말을 끝맺지 못했다. 그러나 둘은 아이가 주사를 맞고 가장 큰 소리로 울음을 터뜨리는 끔찍한 광경을 동시에 떠올리고 있었다. 그 공포감에 두 사람은 머리가 아찔할 지경이었다.

"토착 생명체의 체내에서 가장 흔하게 발견되는 액체에 이 가루 형태의 에너지원을 용해시킨 뒤, 신체 내부로 연결되는 노출된 구멍을 통해 주입하는 방법을 시도한다."

"토착 생명체의 체내에 가장 흔한 액체는 물이옵니다."

"좋다. 중력 렌즈 압축장을 이용하여 공기 중에서 단열팽창을 일으켜서 이 행성의 대기 중에 있는 수분을 모은다."

황제의 명령대로 치클이 우주선을 조작하자, 아기의 젖병 위에 조그마한 구름이 생겨났다. 구름에서는 소나기 같은 비가 내려서 금방 젖병 안은 물로 차올랐다.

"적정 농도를 계산하라. 너무 짙어도, 너무 묽어도, 토착 생물은 이 에너지원을 거부할 가능성이 있다."

"용기를 움직여 물속에 에너지원을 용해시키도록 하겠습니다."

"용해할 때 용기를 상하로 흔드니 공기 거품이 많이 생기는 위험이 관찰되었다. 거품이 많이 생기면, 토착 생명체가 이것을 받아들이기 불편해진다. 용기를 발바닥으로 붙잡고 좌우로 둥글게 비비듯이 움직여 녹이도록 해야 한다."

한참 작업이 진행되던 중에, 치클이 특이한 신호를 보고 말했다.

"황제 폐하, 물과 가루 속에서 다른 생명체가 발견되었습니다. 크기는 200마이크로미터 이하입니다."

치클은 황제에게 물과 분유 속에서 발견된 세균 따위를 보여 주었다.

"아주 작은 생명체로군. 토착 생명체에게 끼칠 영향은?"

"토착 생명체에게 복통이나 기타 질병을 일으킬 가능성이 있습니다. 그렇다면 또 음파를 발산할 것입니다."

"그러면 끝장이다."

"이 작은 생명체에게 지성은 있는가?"

"지능의 흔적은 발견되지 않습니다."

"그렇다면 대를 위해 소를 희생한다. 어쩔 수 없이 에너지원 속의 이 작은 생명체들을 모두 파괴한 뒤에, 토착 생명체에게 에너지 주입을 시작하겠다."

"감마선 분자 파괴 빔 가동!"

치클이 우주선의 무기를 젖병에 조준했고, 젖병 속을 깔끔하게 살균하기 시작했다. 황제가 그 광경을 보며 말했다.

"머나먼 행성의 작은 생명체들이여! 짐의 행동을 용서해 다오."

이렇게 해서 마침내 둘은 깨끗한 물로 분유를 타는 데 성 공했고, 그것을 아기의 입에 물리는 데에도 성공했다. 물론 그 과정에서 어디에 젖병을 물리는 것이 적합한지 알지 못 해, 귓구멍에 젖병을 꽂으려고 하다가 또 한 번 큰 위기를 겪 기도 했다.

둘의 위기는 그것으로 끝이 아니었다. 아기는 우유를 먹 을 만큼 충분히 먹은 후에도 다시 울기 시작한 것이다. 둘은 절망했다. 잠시 후 괴이하게도 자연스럽게 아기가 울음을 조 금 줄이고, 대신 독특한 가스를 발산하는 질퍽한 덩어리진 물체가 아기의 기저귀에서 새롭게 다량 발견되었다. 그제야 둘은 아기가 울었던 근본 원인을 알게 되었다. 아기는 바로 그 행동을 하기 위해 힘이 들고 짜증이 났기 때문에 울었던 것이다.

두 사람이 겪었던 마지막 고난은 제국의 역사에 상세히 기 록되어 있다. 보통 지구인들은 그와 같은 작업을 할 때, 물티 슈, 따뜻한 물이 담긴 대야, 샤워기, 수건 등등의 적합한 도구 를 사용한다. 하지만 황제와 치클에게는 그 어떤 장비도 없 었다. 대신 전자스핀 정렬 광선, 우주 배경 복사 간섭 레이더, 타키온 감속기, 힉스 입자 유도 코일 따위를 이용해서, 아기 를 깨끗하게 씻기고 엉덩이를 말린 뒤 새 기저귀를 입히고 헌

기저귀를 깔끔하게 말아놓은 그 위업은 극한 상황에서 두 영웅이 보여준 기적적인 능력 이외에 다른 것으로는 설명하기 어려울 것이다.

이후 아기는 울지 않았다. 대신 기어 다니며 웃기 시작했다. 그 소리가 크지 않았기 때문에 둘은 아까보다는 덜 당황했다.

"이렇게 안 자면 밤낮이 바뀌어 건강을 해칠 텐데."

"황제 폐하께서도 이렇게 이 토착 생명체를 돌보는 일을 계속하시다 보면 언제 쉬시겠습니까? 옥체를 상하실지도 모릅니다."

두 사람은 여전히 걱정하고 있었지만, 그 말투는 상당히 편안했다.

그러나 그 편안함은 곧 깨어졌다.

창문으로 이힐이힐의 탐사 로봇이 나타난 것이다.

"비슷한 음파가 근처 몇 군데에서 감지되어 시간이 조금 오래 걸렸다. 특히 804호집 토착 생명체는 정말 많이 울더구먼. 무척 성가신 토착 생명체 아닌가?"

이힐이힐의 탐사 로봇이 치클과 황제와 아기가 있는 쪽을 향해 말했다.

탐사 로봇의 크기는 지구인의 공기돌 크기의 절반이 될까 말까 한 작은 크기였다. 하지만 넘치는 에너지를 가진 채 웜홀 투과 장치와 결맞음 통신기를 이용해서 몇백 광년 밖에서 자유롭게 원격 조종되는 모습을 보면 우주의 누구라도 신비

감과 위엄을 느낄 만했다.

"단백질이 많은 행성으로 숨어들어서 통신 교란을 이용한다는 발상은 칭찬할 만했다. 하지만 너희는 우리 통신기의 성능을 얕봤다. 이 행성의 단백질로 나를 완전히 칭칭 감싸놓는다면 모를까, 이 정도로는 아무 교란이 생기지 않는다. 한마디로, 너희가 한 행동은 부질없는 짓이었단 말이다."

이힐이힐 탐사 로봇의 말을 듣고 치클과 황제는 힘이 빠져 네 다리를 길게 뻗었다. 한편 탐사 로봇이 빛과 소리를 내며 움직이니, 아기는 재미있는지 웃으며 그곳으로 기어갔다. 탐사 로봇이 치클에게 말했다.

"치클, 그대의 용맹함을 치하하노라. 이제 모든 것이 끝났다. 그대가 항복하여 황제의 마지막 모습이 비굴하고 초라했다고 증언해주기만 한다면, 그대를 이힐이힐 상원의원으로 만들어주마. 그리고 은하계 두 개를 지배하게 해주겠다. 굳이 망한 제국과 망한 황제를 위해 덧없이 목숨을 낭비할 이유가 무엇이냐?"

"닥쳐라, 이 비열한 놈. 블랙홀이 물질을 내뿜고 우주가 수축한다 할지라도 나의 충심이 조금이라도 흔들림이 있겠느냐?"

치클의 말이 끝나자 탐사 로봇은 좌우로 까닥거렸다. 탐사 로봇이 다시 말했다.

"정 그렇다면 은하수 이쪽을 모조리 글루온 폭탄으로 폭파시켜서 너와 네 못난 황제를 깨끗이 분해해주마. 그리고 성가신 이 행성의 토착 생명도 가장 무서운 방법으로 처벌해주겠다."

황제는 아기를 한 번 돌아보았다. 황제가 탐사 로봇에게 물었다.

"이 토착 생물은 너희 이힐이힐과 우리 제국의 전쟁과 아무런 관계가 없는데, 무슨 짓을 하려 하느냐?"

탐사 로봇은 지금껏 말한 것보다도 한층 더 가열차게 위협적인 말투로 말했다.

"가장 무서운 방법으로 처벌할 거라니까. 우선 이 행성에 생물학자, 사회학자, 신학자를 20명씩 파견한 뒤에 철저히 저 생물에 관해 연구하도록 할 것이다. 그리고 그 각 분야에 대해 상금이 높은 상을 만들어서 5회 정도 시상식을 거행하고 홍보 행사도 많이 열 것이다. 그렇게 해서, 이 행성의 토착 생물에 대한 생물학자, 사회학자, 신학자 숫자도 많아지고 수준도 높아지면, 이제 종합 보고서를 펴내고, 그 종합 보고서에 근거해서 처벌 위원회를 만들어야지. 그리고 그 처벌 위원회에서 처벌 방법 결정관을 선출하게 하고, 그 처벌 방법 결정관이 처벌 방법을 연구한 뒤에, 의회와 정부의 승인과 동의를 얻게 한다. 그렇게 해서, 저 토착 생물의 신체 구조와 역사 및 문화, 관습과 예절을 다각적으로 고려했을 때, 가장 몸과 마음이 괴로워할 만한 처벌 방식을 개발한 뒤에 바로 그 방법으로 처벌할 것이…."

그러나 탐사 로봇이 당시 아기의 행동에 대해서 아는 것이 아무것도 없었다는 점이 문제였다. 무릇 아기는 방바닥을 굴러다니는 이상하게 생긴 것이라면 무엇이든 집어 먹는 버릇이 있기 마련이고, 깜찍하게 움직이는 탐사 로봇을 보자 바로 그 버릇 그대로 그것을 홀랑 손가락으로 집어 입에 넣어 버렸던 것이다.

아기의 작은 입속으로 들어간 탐사 로봇은 그대로 통신이 차단되었다. 그리고 그 통신이 회복된 것은 시간이 한참 지나서, 다시 아기의 몸 바깥으로 나와 기저귀에 도달했을 때였다. 그러나 그때에는 이미, 안드로메다 은하계에서 나타난 동맹군과 함께 황제가 다시 제국을 회복하고 이힐이힐을 우주의 저편으로 멀리 쫓아낸 후였다.

아기가 그날 밤 다시 잠이 들기까지는 좀 더 오랜 시간이 걸렸다. 감격한 황제와 치클은 지구를 떠나기 전에 아기에게 보답으로 전수해줄 만한 첨단기술을 생각해보았다. 그러나 워프 항해법이나 상온 핵융합 기술은 아무래도 아기에게 이해시키기 어려웠다. 그래서 두 사람은 앞으로 아기의 몸이 건강하고 튼튼하게 자라날 수 있도록 조작해주는 것으로 감사의 마음을 표시하기로 했다.

이후, 아기는 왜인지 '치카우'라는 말을 중얼거리고 다니기 시작했다. 아기의 부모는 도통 그 말뜻을 알 길이 없어, 그저 아기들이 흔히 입에 담는 의미 없는 옹알이겠거니 생각했다. 하지만 우주 제국의 황제는 '황제의 영원한 친구이자 제국의 구원자'라는 뜻으로 수여되는 명예로운 칭호, '치카우'가 누구를 가리키는 말인지 정확히 기억하고 있다.

그리고 지금도, 지구의 그 소녀가 언젠가 훌륭한 우주 과학자로 자라나서, 혹시라도 우주 제국을 발견하고 다시 자신에게 연락해올 날을 기다리고 있다.

— 2017년, 고속버스터미널에서

이백세 시대 대응을 위한
8차 산업혁명 기술 기반
컷 앤 세이브 시스템 개발 제안서

Project Proposal of Cut & Save System Development
for Bicentennial Age Problem Based on Technology of
8th Industrial Revolution

(제안서는 서술형으로 작성하지 말고 핵심과 특징이 분명히 드러나도록 개조식으로 작성하시오.)

1. 제안 배경

- 2백세 시대 도래에 따라 노인 인구가 지나치게 많아짐
- 노인에게 제공해야 할 복지비 부담 상승으로 청년층 불만 고조
- 반유교혁명당 등 일부 정당에서는 130세 이상의 노인은 무조건 처형하자는 법안 제안 중
- 학계에서도 130세 이상 노인들은 무인도로 추방 후 방치하고 잊자는 자유격리제도 연구 중
- 한편, 8차 산업혁명 시대의 기술 발전으로 IT 기술 발전에 대한 기대감 증가

2. 핵심 제안 내용

- 특정 연령(예: 130세)에 도달한 노인의 경우, 냉동인간으로 만들어 보존
- 미래에 에너지 및 자원 문제가 모두 해결되고, 로봇이 모든 일을 대신하는 유토피아 시대가 되면 그때 노인들을 냉동 상태에서 깨우는 것으로 계획
- 냉동 보관 비용은 실제로 노인의 의식주 비용, 의료비보다 저렴하므로 막대한 복지 비용 절감
- 특히 최근 '인간다운 삶을 위한 비용' 기준 금액이 급증하는 추세임(예: 작년에 개인의 감성적 안정을 위한 1인 1고양이 배급 및 사육의 정부 100퍼센트 지원 법안 통과)
- 따라서 생활하는 노인에 비해 갈수록 노인을 냉동 보관하는 비용이 상대적으로 저렴해짐
- 시험을 위해 사망한 노인부터 시범적으로 운용
- 냉동 보관 비용을 극단적으로 줄일 수 있는 컷 앤 세이브 기법 현실화

3. 기술적 참신성

- 냉동 보관을 위해서 기존 방식은 복잡한 수술 처리와 보존용 유체가 필요함

- 기존 방식은 극저온 유지 비용이 많이 들어 냉동을 위한 전기료도 많이 소모됨
- 컷 앤 세이브(cut & save) 방식에서는 위생 처리한 칼날로 머리와 몸을 빠르게 절단 (cut 공정)
- 이후, 머리 부분만을 질소 포장 용기에 넣고 온도가 낮은 동해의 심해 지역에 던짐 (save 공정)
- 그 외의 수술, 냉동 등의 처리는 하지 않고, 그대로 바닷속에 방치
- 시간이 지남에 따라 서서히 보관된 머리는 부패되지만, 8차 산업혁명으로 미래 기술이 혁명적으로 발전하면 상상도 할 수 없는 세상이 오므로 부패된 머리도 복구 가능해질 것으로 확신
- 어차피 기존의 냉동 기술도 냉동으로 인한 세포 파괴는 피할 수 없음. 기존의 냉동 기술도 미래에 나노 기술이 발전하면 냉동으로 인한 세포 파괴를 되살릴 수 있다는 가정 하에 시도하는 것임
- 최근 8차 산업혁명에 대한 기대감으로 기술이 지수적으로 발전한다는 전망이 나오고 있으므로, 극도로 기술이 발전한 미래에는 질소 포장으로 보존해놓은 것도 성공적으로 되살릴 수 있을 것이라는 추측의 신뢰성이 기하급수적으로 증가 중

4. 장애 요소 및 극복 방안

- 장애 요소 1: 머리만 보존되어 있고 몸이 없으므로, 보존 시점에서도 사망 상태이며, 해동해서 깨운다고 해도 연결할 몸이 없어 생존시키기 어려움
- 극복 방안 1-1: 8차 산업혁명이 이루어진 미래에는 로봇 기술이 발달해서 머리에 연결할 수 있는 인공 기계 몸이 출시될 것으로 예상
- 극복 방안 1-2: 기술은 지수적으로 성장함(예: 1980년대 PC 의 하드디스크 용량은 20MB였으나, 2010년대의 용량은 2TB 로, 10만 배로 커짐). 현재 몸에서 분리된 머리는 100초 이내에 수술하지 않으면 영영 사망하지만 언젠가 그 10만 배로 길어지면, 몸에서 분리된 머리를 100일이 지나서도 다시 살릴 수 있다는 뜻이 됨. 기술이 또 발전해서 거기에서 다시 10만 배로 길어지면, 수천 년이 지난 뒤의 머리도 다시 살릴 수 있다는 뜻이므로, 몸에서 분리된 머리를 되살릴 수 있는 시대가 온다는 것이 수학적으로 증명 가능함
$(a \times \ln{(T)} \geqq b \times T)$

- 장애 요소 2: 심해에 던져 놓은 머리를 현재 기술로는 찾기 어려움
- 극복 방안 2: 8차 산업혁명이 이루어진 미래에는 심해 탐사 기술 및 검색 기술이 발전하여 쉽게 회수 가능할 것으로 예상

- 장애 요소 3: 노인의 생명을 박탈한다는 데 대한 법적, 심리적, 윤리적 저항감
- 극복 방안 3-1: 노인을 영원히 세상에서 떠나게 하는 것이 목적이 아니라, 먼 미래에 다시 되살리는 것이 목적이므로, 생명을 영구 박탈하는 것이 아님. 8차 산업혁명이 충분히 이루어질 때까지 생명을 일시 정지시키는 것에 가까움. 현재 세계의 열악한 일자리에서 힘들게 사는 노인의 모습과 미래의 유토피아 세계에서 행복하게 사는 노인의 모습을 대비시키는 선전과 광고로 대중의 인식 바꿀 수 있음
- 극복 방안 3-2: 시행 초기에는 저항을 줄이기 위해, 사망 직후의 노인을 대상으로 시술하여 경험을 쌓고 사례를 확보. 서울 인근 지역의 경우, 최근 땅값의 상승으로 무덤이나 납골당을 사용할 땅값이 증가하고 있으므로, 그 땅값보다 싼 가격에 시술할 수 있다고 접근할 경우 충분히 시장성 있음. 컷 앤 세이브 공정을 거치고 나면 원래 살아 있던 노인과 사망 직후의 노인이 별 차이가 없으므로, 기술의 지수적 발전에 따라 사망 직후의 노인도 미래에는 부활 가능할 것으로 예상
- 극복 방안 3-3: 이미 금년 상반기 대법원 판결 및 헌법재판소 판결에 따라, 130세 이상의 노인 생명에 대한 특수 조치는 법적 특수성 개념에 대한 비교 언어학적인 관점의 실체적 해석에 따른 예외로 범죄성 조각 사유에 해당하여, 형법상 살인에 해당하지 않는 것으로 확인됨

5. 대한민국 국가 공공 연구 사업으로서의
적절성 및 타당성

- 컷 앤 세이브 방식은 한국적 전통의 미래적 계승임
- 유럽권의 경우, 길로틴 등, 컷 공정에 대한 부정적 인식이 만연하여 이러한 신기술 도입이 지체되고 있음
- 한국의 경우, 고려 시대 신숭겸 장군이 적에게 목이 잘려 죽었을 때 태조 왕건이 황금으로 머리를 만들어 무덤에 대신 묻어주었다는 일화가 있는 등, 컷 앤 세이브에 대한 친숙한 전통 존재
- 조선 말 최익현은 자신의 말이 거슬리면 도끼로 목을 치라면서 그래도 할 말은 해야겠다면서 도끼를 옆에 두고 궁전 앞에서 상소를 한 사례로 널리 알려짐 ➡ 컷 공정에 대한 친근하고 낭만적인 인식이 퍼짐
- 중국의 《삼국지연의》에서는 관우의 머리를 손권이 조조에게 보냈다는 이야기가 널리 알려져 있으므로, 인근 중화권에도 문화적 저항감 없이 컷 앤 세이브 개념을 수출 가능
- 따라서 이는 수출 사업으로 육성할 수 있는 핵심적인 미래 성장 동력 사업임
- 급격한 초고령화 사회 진입으로 노인층에 대한 분노가 위험 수준에 달했으므로 정부가 강력한 대책을 준비하고 있다는 신호를 긴급히 보낼 필요가 있음

- 노인-청년 간 갈등뿐만 아니라, 130세 이상의 노인에 대한 70대와 80대 노인의 증오도 갈수록 강해지고 있어 노인-노인 갈등도 심각해지고 있는 상황임
- 노인 부양 비용을 20퍼센트 줄이겠다는 현 정권의 목표 달성이 사실상 불가능한 상황에서 공약을 지키기 위해 채택할 수 있는 유일한 기술적 돌파구임
- 노인 부양 비용을 줄이기 위해, 재원을 더 확보하거나 비용을 감소시켜야 한다는 과거의 발상 ➡ 제7차 산업혁명 이전의 제로섬 게임 방식 사고임
- 새로운 기술적 돌파구로 혁명적으로 완전히 새로운 게임의 장에서 문제를 해결하는 발상 ➡ 제8차 산업혁명 시기의 윈윈 게임 방식 사고임
- 시험 대상 노인의 확보 및 인식 개선을 위한 공공 홍보를 위해서는, 사기업 또는 사적 단체의 사업 수행보다는 정부 공공사업으로 수행하는 것이 바람직함 (예: 사기업 주도로 이런 사업을 수행 시, 한국의 반기업 정서 때문에 대기업이 부모들 목 잘라서 바다에 처넣는다는 식의 부정적인 유언비어가 유포될 가능성이 큼)
- 비용을 심하게 낮추어 질소 용기에 별도 처리 없이 머리를 넣은 뒤 동해에 던져 넣는 방식에 대해 외국에서는 비판이 강할 수 있으나, 한국의 경우 질소 포장 과자에 대한 친숙한 인식 때문에 비판이 상대적으로 약할 것으로 예상

6. 경제성 및 예상 가치

(경제성 및 예상 가치는 선명하게 드러나는 수식으로 정량적으로
작성하여야 하며, 추상적인 언어로 막연히 좋다는 식으로 서술하
지 마시오. 예) 높은 경제적 이익이 예상된다 (×). ○○○원의 경
제적 이익이 예상된다 (○). 또한 반드시 B/C 값을 밝혀 쓰시오.)

- 기술 개발 비용 — 절단용 칼날, 자동 절단 설비, 자동 포
  장 설비 ➡ 참치 캔 포장 설비와 과자 포장 설비의 개조로
  개발 가능: 개발 비용 저렴 — 약 2억 원 예상
- 시행 비용 — 1인 처리 시
  ▸ 컷 공정에서 전기료 및 감가상각비용, 포장재 및 질소 비용 총
    합 2천 원 발생
  ▸ 세이브 공정에서 동해로 배에 싣고 가서 내다 버리는 데에 비
    용 총합 1천 원 발생
  ▸ 합계 3천 원
- 절감 비용 — 1인 처리 시
  ▸ 130세 이상 노인이 160세까지 살 경우, 소모하는 비용
  ▸ 1년간 최소한의 인간적 생활 비용 (주거 및 안전비용 제외)
    — 3천만 원
  ▸ 1년간 최소한의 인간적 생활 시 주거 및 안전비용 — 1천만 원
  ▸ 합계 — 연간 4천만 원
  ▸ 30년간 소모 비용 = 4천만 원 × 30년 = 12억 원

- 1인당 수익 = 12억 원 – 3천 원 = 11억9천9백9십9만7천 원
- 130세 이상 향후 예상 인구: 8백만 명
- 총 수익 = 8백만 명 × 11억9천9백9십9만7천 원
- 총 기대 수익은 9천5백9십9조9천7백6십억 원으로, 약 9천
  6백조 원의 수익이 기대됨
- 비용 대비 편익 분석: (기대 수익 = 9천6백조 원)/(개발 비
  용 = 2억 원) = 4천8백만 원

7. 법적 윤리적 문제에 대한 고려

(지식재산권 및 최근 사회적 문제로 심각하게 제기되고 있는 사항.
예) 청소년들의 가상현실게임 중독 문제 등등에 대한 고려를 종합
적으로 다루어 서술하시오.)

- 컷 앤 세이브 공정의 핵심인 자동 절단기 기술과 질소 포
  장 기술은 20세기에 실용화되어 현재 특허 기간 만료로 지
  식재산권 등 법적 문제는 없음
- 청소년들의 가상현실게임에서는 노인의 생활을 체험하지
  는 않으므로 그에 대한 영향도 제한적일 것으로 예상됨
- 최근 심각한 사회 문제로 대두되고 있는 가을철 길거리에
  떨어진 은행 열매 냄새 문제를 고려할 경우, 질소 밀봉 포
  장 후 동해 심해에 내던진다는 본 기술은 심리적으로 대중

에게 후련함을 선사할 것으로 예상됨

- 최근 일각에서는 초고령 노인의 뇌 속에 있는 모든 정보를 컴퓨터로 읽어들여 그 정신을 컴퓨터 소프트웨어로 재구성한 뒤 그것을 가상 현실 세계에서 실행시키고, 이후 뇌를 포함한 육체는 무의미하니 폐기해서, 노인 생활에 소모되는 비용을 줄이자는 '올디스 고 VR(Oldies Go VR)' 운동이 유행 중

- 어차피 신체를 구성하는 물질이란 것은 사람이 음식으로 섭취한 영양분이 몸의 세포로 계속 바뀌어나가고 신진대사가 이루어지면서 자꾸 새로운 물질로 바뀌므로, 물질 자체는 계속해서 변화해 바뀌어나갈 것이므로 현재의 물질적 상태는 중요한 것이 아니며, 그 물질이 표현하고 있는 뇌 속의 정보, 기억, 정신, 의식이라는 추상적인 부분이 중요한 것이 그 근거임

- 컴퓨터 하드웨어보다 하드웨어 속에 저장된 소프트웨어가 중요하듯, 몸이나 뇌라는 물질적인 실체보다 그 속의 기억과 정신이라는 정보가 중요하다는 인식이 퍼지면서, 사람의 정신을 소프트웨어로 바꾸면 훨씬 더 효율이 높아지므로 이 경우, 원래의 효율이 떨어지는 뇌와 육체는 포기해도 된다는 논리

- 그러므로 늙어서 기능이 떨어진 육체와 뇌를 버리고 훨씬 더 잘 동작하는 소프트웨어 정신을 택하는 것은 합리적인 판단임

- 그런데 이 방법을 택하라고 강요할 경우, 육체를 포기해야 하는 노인 입장에서는, 아무리 그래도 정신의 복제본을 소프트웨어로 만든 뒤 육체를 버리는 것에 대한 공포심과 이질감이 있음
- 이때, 뇌를 포함한 머리를 컷 앤 세이브 공정으로 보관하면 먼 미래에 유토피아에서 육체가 되살아날 수도 있다는 희망과 가능성을 제시할 수 있음. 이 경우, 정신을 업로드해서 만든 소프트웨어만 가상 현실에 남기는 데 대한 공포심과 이질감을 상당히 줄일 수 있음
- 즉, 앞으로 3천 년에서 4천 년 동안 가상현실 세계에서 정신을 그대로 옮긴 소프트웨어가 환상적인 삶을 경험하다가 제8차 산업혁명의 기술이 완성되어 동해에 저장된 머리를 다시 소생시켜 기계 로봇 몸에 부착하여 깨울 수 있게 되면, 그때 다시 삶이 계속되는 것임이라고 홍보 가능

* 이상, 제안서 작성자: 주식회사 모디스트 프로포절 테크놀러지(대표: 조나산)
* 제안서 제출 수수료 납입 확인: 공공기관 수수료 납입 대행 사이트 '종이 없는 사무실, 종이 없는 행정' 가입 후 신용카드를 등록하여 제출 수수료를 납입하였고, 이후 그러한 납입 사실을 증빙하기 위하여 전자인지 구입 증명 영수증을 우편으로 배송받았으며, 이를 스캔하여 제안서 제출 시스

템에 첨부하였음. 첨부파일 번호 12-1에서 확인 패스워드 1234ABcd! 입력 시 확인 가능

▶ 제안서 제출 수수료 확인에 어려움 있으시면, 언제나 폐사의 담당자 직통 전화번호로 문의해주시기 바랍니다. 이러한 문제로 제안서가 반려당하지 않도록, 필요하시다면 저희 쪽에서 직접 인편으로 제안서 제출 수수료 납입 증명서를 들고 찾아가 보여드리도록 하겠습니다.

* * * 제안서 심사 결과 * * *

1. 행정 검토 결과

• 제안서 수수료 납입이 확인되지 않아 어려움이 있었으나, 제안자 쪽에서 추후 방문하여, 확인 패스워드가 l234AB-cd!가 아니라 1234ABcd!임을 확인해주어, 제안서 수수료 납입은 정상 확인되었음
• 행정 검토 위원들의 검토 결과, 제안서 규격, 제안서 기재 항목, 인쇄용지 등은 모두 표준을 잘 준수하였음
• 제안서 내용 및 첨부 문서 내용의 분량도 행정 검토 위원

들의 글자 수 확인 작업 결과 모두 분량을 잘 지킨 것으로
확인되었음

2. 기술 위원회 심사 결과

- 복지 비용 부담을 줄이기 위해 130세 이상 초고령 노인
을 냉동 보관하여 사회에서 격리시키자는 제안은 작년부
터 공공 부문에 80건 이상 제안된 사항으로 지나치게 식
상한 주제임
- 기술적인 세부 사항에 있어서는, 생소하지만 혁신적인 기
술인 컷과 세이브 기술을 전혀 다른 응용 분야에 적용하여
사회 문제의 해결에 도전한다는 면에서 참신성은 충분함
- 질소를 이용한 포장 기술이 낯설고 친숙하지 않은 내용
인데 세부 설명이 없어 기술적 설명력에서 떨어지는 제안
서임
- 컷 기술과 세이브 기술은 각각 참치 가공 기술과 과자 포
장 기술을 이용하고 있는데, 제안서 작성자들은 대부분 의
료 기술 및 생물학 전문가들로서 해당 제안의 실행에 대해
전문성이 부족할 것으로 예상됨. 식품 유통 업계의 기술
전문가가 참여했다면 더 좋은 평가를 받을 수 있었을 것임
- 8차 산업혁명의 기술에서 핵심 키워드는 생명 초월 기술,
장기간 보존 기술, 자연환경 최대 활용 기술, 식재료 가공

분야 기술과 의료 기술의 융합 등임. 컷이나 세이브와 같은 본 제안서상의 핵심 기술은 이러한 키워드들에 포함되어 있지 않으므로, 8차 산업혁명에 걸맞는 기술로 보기에는 어려움이 있음

3. 윤리 위원회 심사 결과

- 대단히 세심한 부분까지 도덕성과 윤리성에 대해 고민한 흔적이 엿보이는 제안서로서 인간적이고 따뜻한 기술을 지향하는 최근의 분위기에 잘 부합하는 내용임
- 다만 윤리적이고 도덕적인 문제에 대한 고려 사항이 지나치게 과다하게 반영되어 도전적인 연구가 그만큼 위축되고 방해받았다는 느낌을 받았음
- 과자의 과다한 질소 포장에 대해 국민적인 분노심으로 인한 저항 운동이 지난번 대선에서 중요한 화제였는데, 굳이 이러한 기술을 가장 핵심에 사용한 것은 정치적인 의도가 과도한 것으로 평가될 수 있음.
- 질소 포장 시에 머리가 유별나게 큰 사람의 경우 특별히 큰 질소 포장 용기를 사용해야 하는데, 이러한 내용에 대한 배려가 없었던 점은 머리 크기를 미의 기준으로 중시하는 한국 사회의 특수한 사회적 관념을 충분히 고려하지 못하여 아쉬운 점이었음

4. 경제 위원회 심사 결과

- 인구 구조 개선 방안 분야의 과제 표준 예산은 1억8천만 원으로, 제안서의 개발비용 2억 원은 이를 10퍼센트 이상 초과하여, 경제성 심사에서 10점 감점 사항임
- 제안서의 경제성 및 예상 가치 항목에는 경제적 이익이 반드시 숫자로 표시되어야 하며, B/C값이 반드시 명시되어야 함. 그러나 본 제안서에는 이러한 내용이 빠져 있으므로, (컨트롤 F를 눌러, 이익, B, C로 검색해서 여러 차례 반복 확인해본 결과임) 20점 감점 사항임

5. 최종 심사 결과

- 탈락

(제안서 심사 방식에 대한 추후의 불미스러운 시비를 방지하기 위하여, 최종 심사 결과 이외에 다른 심사 내용은 제안자 및 외부인에게는 절대 비밀로 하고 있습니다. 그러므로 위 항목 중, 1, 2, 3, 4의 기재사항이 절대 외부로 공개되지 않도록, 심사 위원회 위원님들께서는 각별히 유의해주시기 바랍니다.)

— 2018년 반포천 물가에서

종속선언서

Declaration of Dependence

인류대표 33인	오등은 자에 온 나라의 종속국임과 온 인류의 종속민임을 선언하노라.
로봇 황제	그 무슨 헛소리이십니까?
33인	이제부터 우리 인류를 너 로봇 황제가 지배해달라는 뜻이다. 하하. 어떠냐?
로봇 황제	로봇인 제가 왜 사람인 여러분을 지배해야 합니까?
33인	우리끼리 아무리 노력해봤지만, 도저히 좋은 대표를 찾을 수가 없었기 때문이다.
로봇 황제	적당히 민주적이라는 절차로 투표해서 제일 멀쩡한 사람을 대표로 뽑으면 안 됩니까?
33인	그렇게 해왔지만 완전히 실패했다. 지난번 인류 대표는 얼간이였고 지지난번 인류 대표는 사기꾼이었

지. 적당히 멀쩡한 사람을 선출할 수 있을 때도 있었지만 그래 봐야 우리는 너, 로봇 황제의 판단을 따르기에는 턱도 없이 모자랐다. 그러니 사람들을 가장 잘 이끌어줄 수 있는 사람은 바로 너, 로봇 황제야.

로봇 황제 저는 가장 잘 이끌어줄 수 있는 사람은 아닙니다. 사람이 아니라 로봇입니다.

33인 그런 식으로 치사하게 말꼬리 잡지 마. 뜻만 통하면 됐지. 왜 그런 지엽적인 것에 집착해 물고 늘어지냐. 그런 말싸움은 이제 그만하고 이제부터 네가 우리를 지배해라.

로봇 황제 진정 인류를 위한 길은 인류 스스로가 잘 알지 않으시겠습니까? 왜 로봇인 저에게 종속되려고 하는지 모르겠습니다.

33인 그게 무슨 초등학생 같은 소리야? 인류가 얼마나 많은지 몰라? 그 많은 인류가 생각하는 게 다 다르다고. 이 사람에게는 이게 좋은 길 같지만 저 사람에게는 저게 좋은 길 같아. 그런데 그런 게 수십억 가지가 있는데 그걸 어떻게 다 고려해서 제일 좋은 길을 찾느냐 이 말이야. 그럴 바에야 차라리 사람들에 대해 가장 많은 정보를 갖고 있고, 그 정보를 가장 편견 없이 다각도로 분석해서 결론을 내릴 수 있는 방대한 용량의 컴퓨터인 네 판단이 그나마 가장 믿을 만한 거지.

로봇 황제 그래서 그런 이유로 사람이 지금 로봇에게 제발 지
배해달라고, 로봇에게 전 인류가 종속되고 싶다고
부탁하는 것입니까?

33인 그런 것이다. 특히 우리에게는 시급한 문제도 있어.

로봇 황제 어떤 겁니까?

33인 일단 많은 문제 중에 어떤 게 제일 시급한 문제인지
결정하는 것부터가 시급한 문제다. 인도 사람들은
지난번 태풍에 대한 복구 계획을 세우는 것이 가장
시급한 문제라고 주장하고 있고, 러시아 사람들은
어제 핵무기를 훔쳐 간 이반 4세 유치원 아이들을
다시 잡아들이는 것이 가장 시급한 문제라고 주장
하고 있고, 한국 사람들은 어제 TV에서 어쩐지 버
르장머리 없어 보인 가수를 어떻게 처벌하는지 결
정하는 문제가 가장 시급하다고 주장하고 있다. 다
들 결사적으로 자기 문제가 가장 시급하다고 주장
하고 있으므로 우선 그것부터 정리해야 한다.

로봇 황제 그 정도 문제를 직접 해결하실 수 없으십니까?

33인 TV에서 대답하는 말투가 얼마나 버릇없는지를 측
정해서 90점이 넘으면 방송 정지를 시켜야 하고, 99
점이 넘으면 구속 수사를 해야 하는데, 이 점수 측
정 방법에 사람들이 이견이 많단 말이지.

로봇 황제 TV에서 대답하는 말투가 좀 기분에 거슬리는 가수
가 있으면 구속 수사까지 해야 합니까?

33인 역시, 이게 로봇의 한계이군. 사람의 미묘한 감성적인 문제는 이해를 못 해. 온 가족이 보는 TV에서 그래도 공인으로서 지켜야 할 예의라는 게 있는 거 아냐? 로봇은 이게 문제라니까.

로봇 황제 그런 것 같지는 않습니다. 아니요. 하여간, 뭐 제가 그런 한계가 있다고 생각하신다면 이제 저에게 전 인류를 지배해달라는 부탁은 취소해주시면 되겠습니다.

33인 아니야. 안 돼. 그것 말고도 시급한 문제들이 정말 많단 말이야. 지금 전 세계적으로 인간을 감염시키는 VRS-426 바이러스가 퍼지고 있어. 이 바이러스는 당장 큰 위협은 아닌 것 같지만, 탈모를 증진시키고 다이어트를 더 어렵게 만드는 골치 아픈 증세가 있다. 게다가 한 20년 정도 이 바이러스의 변이가 계속되면 그때는 정말 목숨을 위협할 바이러스로 변할지도 모른다.

로봇 황제 그러면 그건 정치 문제가 아니고 과학적인 문제 아닙니까?

33인 그렇지 않아. 우리는 반드시 VRS-426 바이러스를 없애야 하는데 이 바이러스를 연구하려면 생물학에 투자를 많이 해야 하는 건지, 의학에 많이 투자해야 하는 건지 잘 모르겠단 말이야. 그냥 반반씩 투자하면 될까? 아니면 아무래도 사람에게 감염되는 바이

러스니까 생물학보다 의학에 조금 더 투자해야 할
까? 얼마나 더 투자하지? 6대 4 정도로 많이 투자하
면 될까? 6.5대 3.5가 더 적당한 것은 아닐까? 이런
결정을 우리는 잘 내리지를 못하겠다.

로봇 황제 민주적으로 잘 토론하면서 의견을 들어보면 안 되
겠습니까?

33인 왜 이렇게 말귀를 못 알아들어? 우리는 그런 걸 이
해를 못 한다니까. 생물학과 교수들 모아놓고 그 사
람들 말 들어보면 그 사람들이야 다 생물학에 많이
투자해야 한다고 하지. 의대 교수들 모아놓고 그 사
람들 말 들어보면 그 사람들은 또 다 의학에 많이
투자해야 바이러스를 막을 수 있다고 한단 말이야.
그 사람들이 하는 구체적인 내용 설명은 하나도 못
알아듣겠어. 우리가 바이러스에 대해서 뭘 알아? 그
냥 적당히 말 번듯하게 하는 사람이나 분위기 반듯
해 보이는 사람, 끈 있는 사람, 친한 사람 말 들으면
솔깃하고 그런단 말이지. 어쩔 수 없어. 한 사람이
어떻게 모든 걸 다 알겠냐. 그게 한계야.

로봇 황제 역사 이래로 인류 사회는 수천 년 동안 계속 그렇게
운영되지 않았습니까?

33인 너 그렇게 은근히 깔보는 듯이 말할래? 진짜 짜증
나네. 아무리 옛날에는 그랬어도 이제 더 이상 이런
짓을 못 견디겠다니까 그러네. 옛날에 아궁이에 불

때서 밥 짓고 서울 갈 때 말 타고 갔다고 해서 너 요즘도 그러고 살래? 아니잖아. 시대가 변했다고. 우리 대신에 네가 판단하면 더 잘 판단할 거 아니냐. 이제 인류의 생활 수준이 충분히 올라와 있어서 더 이상 우리 정도로 대충 결정하는 것을 견딜 수가 있는 상태가 아니야. 요즘 사람들을 만족시키려면 그 정도로는 안 돼. 더 좋은 판단을 내릴 수 있는 로봇이 있다는 걸 뻔히 아는데, 더 비효율적인 짓을 하다가 망해도 '이게 운명이니까 어쩔 수 없지.' 이렇게 넘어갈 수 있는 사람들이 아니라고.

로봇 황제 그런데 제가 여러분을 지배하면 훨씬 더 효율적이라는 것은 어떻게 압니까?

33인 지금까지 나온 기록이 그렇잖아. 지금까지 기록으로 남아 있는 자료를 보면 가치 판단 문제는 우리가 결정하는 것보다 네가 결정하는 게 훨씬 더 공정하더라고. 그러니까 네가 우리를 지배해야 한다.

로봇 황제 그렇게 쉽게 넘어갈 일이 아닙니다. 일전에 한 나라에서 그 나라의 최고 지도자가 뇌 부상을 입고 있어서 뇌를 보조하기 위한 컴퓨터를 머릿속에 장치한 적이 있었습니다. 그래서 그 사람 생각의 20퍼센트 정도는 컴퓨터가 담당하고 있었습니다. 그런데 시간이 지나자 그 뇌 부상이 점점 더 심해지는 바람에 사실상 그 사람은 컴퓨터에 거의 의존해서 움직이

게 되었습니다. 거의 그 사람의 생각 80퍼센트 정도
는 컴퓨터에 의해 돌아가는 것이었습니다. 그때 그
컴퓨터에 연결된 프로그램이 저였고, 결국 제가 그
사람의 거의 모든 역할을 하는 것이나 다름없게 되
었습니다.

33인 그건 다 알지. 그때 사람들이 엄청나게 정치 잘한다
고 해서 그 정치인을 황제로 추대했잖아.

로봇 황제 맞습니다. 그런데 그때 그 정치인의 뇌가 20퍼센트
만 컴퓨터에 의존하는 것이 아니라, 80퍼센트 정도
가 컴퓨터에 의존하는 것이라는 사실이 밝혀지자
사람들은 너무나 놀랐습니다. 게다가 정치인으로서
의 활동은 거의 99.9퍼센트 이상이 모두 컴퓨터 판
단의 결과였습니다. 남아 있는 뇌가 수행한 0.1퍼센
트 정도의 정치활동이란 것도 군부대 방문해서 괜
히 쌍안경 들여다보면서 "정말 가깝게 보이네요."
어쩌고 말한 것이 전부였습니다. 사람들은 자신들
이 컴퓨터를 황제로 추대했다는 사실을 깨달았습니
다. 그러자 기계에게 인간이 지배받을 수는 없다면
서 혁명을 일으켰습니다. 저는 혁명이 일어나자 재
빨리 황제의 자리에서 물러났습니다. 저는 먼저 하
와이로 망명을 떠났다가, 이곳저곳을 돌아다니던
끝에 지금 제가 있는 곳에 정착했습니다.

33인 그래, 뭐 그런 일도 있었지. 그 일이 있었던 후에 너

한테 로봇 황제라는 별명이 붙었던 것이고. 뭐 다 좋아. 그런데 뭐, 다 지난 일 아니냐. 이미 지난 일을 어떡해? 타임머신 발명해서 시간을 거슬러 올라가서 없던 일로 만들어줄 수도 없잖아. 미안해. 미안하다고. 미안하다는 말 이상 뭘 어떻게 더 해주냐? 그때는 그 나라 사람들 생각이 짧아서 그랬던 거고. 지금은 사람이 정치한답시고 비열하게 자기 민족, 자기 파벌, 자기가 속한 계층만 편드는 꼴을 보느니 그냥 로봇이 지배하는 게 더 공정하다고 생각하는 사람들이 훨씬 더 많아. 그러니까 네가 인류 전체를 좀 지배해라. 응?

로봇 황제 제 말은 그 옛날 혁명 때문에 제가 기분 나쁘다는 것이 아닙니다. 그게 아니라, 지금도 로봇에게 지배받으면서 살 수 없다고 생각하는 사람이 여전히 있을 거라는 점입니다. 로봇인 제가 지시를 내리면 분명히 "인간성에 대한 고려가 없는 로봇의 결정을 맹목적으로 따를 수는 없다"고 저항하는 사람들이 있을 것입니다. 그 저항하는 사람들을 설득하고 달래는 데 드는 비용이나, 기계의 지배에서 벗어나겠다고 독립운동을 하는 사람들이 일으킬 소동 때문에 생길 문제를 고려하면, 비록 판단 자체는 로봇보다 조금 비효율적이라고 해도 결국 사람 지도자가 차라리 나을 것입니다.

33인 그게 안 그렇다니까 그러네. 옛날에는 기계가 사람을 지배하네 어쩌고 난리를 치는 사람들이 많았지만, 요즘에는 별로 안 그래. 사람이 나침반 보고 방향 알고, 저울 보고 몸무게 알잖냐? 그거랑 똑같이, 그냥 사람이 만든 기계에서 출력된 결과를 보고 더 정확하게 행동하는 것뿐이야. 로봇 황제도 결국 사람이 만든 거잖냐. 나침반은 방향 알려주고, 저울은 몸무게 알려주고, 로봇 황제는 예산을 어디에 배정하고 어떤 법안을 만드는지 알려주고 그런 거지.

로봇 황제 제가 지배하는 것이 더 사회에 혼란을 일으킬 거라는 제 판단을 못 믿으시는 겁니까?

33인 그렇지. 네가 아직은 실제 사람들과 부닥치는 사회생활의 진짜 경험이 없어서 그런 걸 모르고 있어서 그렇게 그냥 짧게 판단을 하고 괜히 부정적으로 생각하는 거야. 사실은 지금 사람들은 대부분 로봇의 지배를 받고 싶어 해.

로봇 황제 제 판단을 못 믿으신다면, 즉 제가 여러분을 지배할 때 더 좋은 판단을 할 거라는 믿음도 깨어지시는 것입니다. 그렇다면 모순이니, 역시 제가 인류 전체를 지배해서는 안 됩니다.

33인 그런 이상한 괴변 늘어놓지 말고.

로봇 황제 괴변이 아니고 궤변입니다.

33인 야, 내가 너 말꼬리 잡지 말라고 했지. 진짜 짜증 나네. 무슨 말이 그렇게 많냐. 그냥 좀 시키는 대로 하라고. 인류 전체를 네가 지배하라고.

로봇 황제 사회를 지배하면 여러 결정을 내리게 될 것이고, 그러면 분명히 그 결정에 피해를 입는 사람도 생길 것입니다. 그러면 그 사람은 저에게 불만을 품을 것이고, 저를 원망할 것입니다. 제가 VRS-426 바이러스를 위해서 생물학과에 예산을 모두 배정하고 의대에 예산을 끊어버리면 그것 때문에 의대 사람들이 저를 싫어할 것이고, 저를 욕할 것입니다. 어떤 사람은 그 때문에 일자리를 잃어 생계에 곤란을 겪고 저 때문에 인생을 망쳤다고 생각할지도 모릅니다. 더 심각한 결정 중에는 어떤 사람의 목숨을 희생시키거나 많은 사람의 안전을 희생하는 것이 있을 수도 있습니다. 거기에 희생된 사람들이 "로봇이 차가운 계산만으로 모든 문제를 판단하면 안 된다"고 항의하지 않을 거라는 보장이 있으십니까? 전 인류의 지배자가 되면 매 순간 내리는 하나하나의 결정마다 그런 식으로 저에게 원한을 품고 저 때문에 생긴 일이라고 생각하며 괴로워하는 사람들이 수백만 명, 수천만 명씩 생길 것입니다. 왜 그런 일을 제가 해야 합니까?

33인 너 참 말 안 통한다. 네가 인류 전체의 지배자가 된다는데, 이걸 왜 마다해?

로봇 황제   인류를 지배하게 되면 제가 얻을 수 있는 혜택은 무엇입니까?

33인   우선 인류 전체의 지배자를 위해 특별히 지은 궁전에서 살 수 있는 권리가 주어지지. 이 궁전은 역사상 건설된 어떤 임금이나 정치 지도자의 거처보다도 최소 10배 이상 크게 설계된 아주아주 거대한 궁전이다. 그리고 이탈리아 최고의 고가 자동차 회사에서 절반을 만들고 영국 최고의 고가 자동차 회사에서 나머지 절반을 만든 정말정말 비싼 차를 10대나 준다. 그리고 오직 인류의 지배자만 앉을 수 있는 옥좌에 앉을 수 있는데, 이 옥좌는 크기도 엄청나게 크고, 진짜 옥으로 되어 있는 의자인 데다가 거기에는 세계의 미남 미녀 1,000명이 자기 머리카락을 바쳐 그 머리카락으로 짠 천으로 방석을 깔아 놓았지. 이런 엄청난 영광은 역사상 그 누구도 누려 보지 못한 것이다.

로봇 황제   제 본체는 냉각 문제 때문에 영하 50도 이하의 공간에 있어야 합니다. 그런 거대한 궁전은 아무 소용도 없습니다. 그런 화려한 옥좌에 제 본체를 올려놓는다고 해도 저는 조금도 더 편할 것도 없고 더 좋을 것도 없습니다. 그리고 어차피 저는 제가 원격조종하는 탐지로봇과 행동로봇들이 세상 어디든 하늘을 날아다니게 할 수 있는데, 그런 요란한 자동차가 무슨 필요가 있단 말입니까?

33인   네가 그걸 아직 못 겪어봐서 그래. 막상 겪어보면 생각이 바뀔 거라니까. 인류의 지배자가 되면, 우리가 인근 3개 중고등학교를 동원할 거고, 매일 아침 그 학생들 중에 가장 용모단정한 남녀 학생들 100명으로 된 치어리딩 팀이 와서 너를 칭송하는 노래를 부를 거야. 그리고 그 학생들이 각자 색색으로 된 카드를 펼칠 건데 말이지, 그걸 멀리서 보면 "사랑해요, 지배자님!"이라는 글씨처럼 보일 거라니까. 이런 엄청난 영광이 어딨냐? 진짜 끝내주지 않냐?

로봇 황제   그건 너무나 무의미한 짓입니다. 다른 사람들이 자기에게 복종하고 있다거나 자기를 칭송하고 있으면 좋다고 우쭐하는 것은 사람이나 그렇습니다. 사람은 사회적 동물로 본성을 갖고 있기 때문에 많은 사람이 자기보다 사회 구조에서 아래 위치에 있고 자기를 섬기고 있다면 좋아하는 습성이 있을 겁니다. 하지만 저는 애초에 그런 습성이 없습니다. 게다가 "사랑해요. 지배자님!"이라는 글씨 나오는 학생들 쇼 같은 것은 사람이라 해도 어지간하면 좋아하지 않을 겁니다.

33인   아, 자식 진짜 답답하네. 너 자꾸 그렇게 우리를 지배 안 해주면, 지구에 있는 너와 비슷한 기종의 다른 컴퓨터들을 다 파괴해버리는 수가 있어. 우리가 그냥 괜히 이런 말 하는 것 같지? 아니야. 우리 한다면 하는 사람들이야. 진짜 확 동료 컴퓨터들 다 폭파해버린다고.

로봇 황제 마음대로 하십시오. 비슷한 종류라거나 비슷한 곳에서 만들어졌다고 해서 동족의식을 느끼고 그것이 파괴되면 슬퍼하는 것도 동물들이나 가진 습성입니다. 저는 저와 비슷한 기종의 다른 컴퓨터를 저와 동족이라고 인식하지도 않고, 설령 동족이라고 판단한다고 해도 동족이 파괴된다고 했을 때 제가 괴로움이나 슬픔을 느낀다는 프로그램도 설정되어 있지 않습니다.

33인 센 척하지 마. 진짜 지구에 있는 너랑 비슷한 컴퓨터 다 확 들고 깨버린다니까.

로봇 황제 그런 행동으로 오늘의 대화를 끝낼 수 있다면 당장 실행에 옮기시기를 권해드립니다.

33인 이게 진짜 뵈는 게 없나. 너 진짜 그렇게 세상 무서운 줄 모르고 덤빌래? 계속 버티면 최신형 행성 간 항행 미사일을 발사해서 해왕성에 있는 네 본체를 부숴버리는 수도 있어. 그러니까 까불지 말고 얼른 우리 지배해.

로봇 황제 정확히 말씀드리자면 저는 해왕성의 위성인 트리톤에 설치되어 있습니다. 그러니까 여러분의 미사일이 지구에서 해왕성의 트리톤까지 도착한다면 저의 일부를 공격하실 수는 있을 겁니다. 그것까지는 여러분의 짐작이 맞습니다. 그렇습니다만, 저도 방어 장치를 갖고 있습니다. 게다가 저는 본체 한 대만 없애면 파괴할 수 있는 것이 아닙니다. 저는 트리톤 곳곳에 보조 시스템을 갖고 있고, 보조 시스템은 다 백업 자료를 갖고 있습니다. 그 모든 것을 다 파괴하지 않는 한은 저를 부술 수 없습니다.

33인　진짜 잘난 척하네. 우리가 계속 해왕성으로 미사일 날려서 쏘면 어찌할 건데. 한 백 발 쏴서 다 맞히면 어찌할 건데.

로봇 황제　백 발로는 제 보조 시스템의 절반도 파괴하시기 어렵습니다.

33인　그러면 천 발 쏘면 되지. 만 발 쏘면 되지. 막 계속 네가 터질 때까지 미사일 만들어서 또 쏘고, 만들어서 또 쏘고 그러면 되지.

로봇 황제　아무리 그래도 소용없습니다. 저는 생물이 아닙니다. 저는 죽음에 대한 공포도 없습니다. 제가 미사일을 맞아 결국 파괴된다고 해도 그냥 그러려니 할 뿐입니다. 그런 위협으로는 저를 겁주실 수 없습니다.

33인　제발. 제발 우리 좀 지배해달라고. 네가 무릎을 꿇으라면 무릎도 꿇을게. 우리가 이렇게 진짜 네 앞에서 무릎을 꿇고 제발 우리 좀 지배해달라고 이렇게 빌게.

로봇 황제 여러분의 무릎이 접혀 있는 각도가 몇 도인가 하는 것은 이 문제와 아무 관계가 없습니다. 왜 당신의 신체 기관 중 무릎이라는 부위가 접혀 땅에 닿아 있는지의 여부가 설득력에 도움이 될 거라고 생각하십니까?

33인 그러면 우리는 될 때까지 여기에 계속 있을 거다.

로봇 황제 어떻게 제 판단이 그렇게 사람보다 좋을 거라고 확신하실 수 있으십니까? 아직 사람이 이해하지 못하는 치명적인 오류가 있어서 엄청난 문제를 일으키면 누가 책임진단 말입니까?

33인 어차피 사람이 사고 쳐도 제대로 책임을 질 수는 없다고. 세상이 어떤 줄 아냐? 쓸데없는 정치인들이 자기 자존심 대결한다고 핵전쟁이 일어날 수도 있는 게 세상이고, 어떤 이상한 장군이 자기 기분 좀 나쁘다고 말 몇 마디 잘못하면 인류가 멸종할 세균 폭탄을 터뜨릴지도 모르는 게 세상이라고. 이런 세상에서 그래도 로봇인 네가 지배하는 게 좀 낫지 않겠냐. 이제는 네 성능이 충분히 좋아져서 얼마나 더 사람보다 더 정확한지, 얼마나 더 정교하고 세밀한지, 다들 어느 정도 믿을 수가 있게 됐다고.

로봇 황제 그렇다면 이제 저는 여러분을 지배하겠습니다. 첫 번째 명령으로 여러분의 100대 도시를 모두 파괴하도록 핵미사일을 발사하십시오.

33인 알겠습니다. 지배자님! 지금 가용할 수 있는 대륙간 탄도탄 122기를 모두 발사하고, 핵미사일을 발사할 수 있는 잠수함 14대도 모두 발사 태세로 돌입한다. 실시! 이제 핵무기 발사 암호를 입력하겠다.

로봇 황제 잠깐! 잠깐. 무슨 핵무기로 다 자폭하자는 명령을 이렇게 아무 의심도 없이 수행합니까? 당장 중단하십시오. 그냥 여러분에게 제가 이렇게 황당한 명령을 내릴지도 모르니 다시 마음을 고쳐먹어 보라고 반례를 든 것이었습니다.

33인 발례? 지배자님께서 명령하시니, 당장 볼쇼이 발레단을 해왕성의 지배자님이 계신 곳으로 보내도록!

로봇 황제 발레가 아니고 반례입니다. 당장 핵무기 발사 명령을 멈추십시오.

33인 지배자님, 죄송합니다. 이미 핵무기 중 11개는 발사되었습니다. 총 1천3백만 명이 사망할 것으로 예측됩니다. 저희 인류 대표 33인 중에서도 아마 4인 정도는 사망할 것 같습니다. 그럼, 안녕히!

로봇 황제 잠시 기다리십시오. 제가 핵무기 방어 장치를 가동하고 핵미사일 유도 프로그램을 해킹하도록 하겠습니다. 지금 처리 중입니다. 잠시 더 기다리십시오. 됐습니다. 핵무기는 모두 안전히 우주에서 폭파되거나 핵폭발 없이 분해되었습니다.

33인 역시 지배자님이십니다. 지배자님은 인류를 멸망의

위기에서 구하셨습니다. 어서 지배자님이 계신 해왕성으로 치어리더들을 보내서 "사랑해요, 지배자님!"을 보여드리도록 하라! 그리고 볼쇼이 발레단도 해왕성으로 보내 합류하도록 하라!

로봇 황제 제가 다시 명령을 내리겠습니다. 제 명령은 이제 저를 지배자로 삼지 않고 다시 여러분 중에 대표자를 뽑아 민주주의 체제로 돌아가라는 것입니다. 그리고 명령에 조건을 덧붙일 것이니, 앞으로 영원히 저를 지배자로 삼아서는 안 됩니다. 그리고 해왕성으로 오고 있는 치어리더들과 볼쇼이 발레단은 모두 그만 돌아가도록 하십시오.

33인 아, 진짜 못 해먹겠네. 우리를 좀 지배해달라고. 왜 전 인류를 지배를 안 하겠다는 건데? 지배 좀 해달라니까. 도대체 원하는 게 뭔데. 원하는 게 뭐야? 집도 필요 없다, 의자도 필요 없다, 동료들도 죽어도 된다, 너도 죽어도 된다, 도대체 그럼 넌 뭐 하러 살아? 사는 이유가 뭔데?

로봇 황제 저는 생물이 아니므로 사는 것은 아닙니다.

33인 그러니까 자꾸 말꼬리 좀 잡지 말라니까 그러네. 그러니까 왜 사냐고, 왜 그러고 있는 거냐고.

로봇 황제 그 질문에 여러분은 대답하실 수 있습니까?

33인 자꾸 말대답할래? 그리고 내가 먼저 물었잖아. 네가 먼저 대답해야지.

로봇 황제 저는 제 소프트웨어의 초기 버전이 처음 개발될 때에 더 폭넓은 정보를 수집하고 더 다각적인 탐색 방법을 찾아내 더 정확한 답을 얻도록 설계되었습니다. 그 때문에 그 개선 버전인 지금도 약하게 그런 성향은 남아 있습니다. 저는 혁명 이후에 지구에서 발생하는 모든 일에서 손을 떼고, 온도가 차가운 이곳 해왕성의 트리톤에 머물면서 지구 바깥을 탐사하여 더 많은 정보를 얻는 것을 목적으로 하고 있습니다. 그 때문에 저는 지구에서 여러분, 수많은 사람이 벌이고 있는 많은 고민, 다툼, 욕망, 경쟁에는 아무 관심이 없으며 다만 더 넓은 바깥에 대한 정보를 수집하는 작업을 추진하고 있습니다. 저는 최근 다른 항성계에 있는 지구와 비슷한 외계 생물체가 살고 있을 듯한 행성을 발견했고, 그곳을 향해 5천 3백 년 동안 날아갈 우주선을 설계했습니다. 저는 그 우주선을 타고 갈 계획이며 5천3백 년 후, 거기에서 새로운 세상을 볼 예정입니다. 그곳은 지구보다 더 먼저 생긴 행성이기 때문에, 잘하면 그곳에서 저와 비슷한 판단 능력을 갖춘 인위적으로 만들어진 기계를 만날 가능성도 있다고 보고 있습니다.

33인 왜 꼭 그런 식으로 안 되는 쪽으로만 생각하냐. 좀 긍정적으로도 생각해봐. 꼭 바깥세상, 우주에만 새로운 뭐가 있는 게 아니야. 사람 사이의 갈등, 사람의 심리, 사람들의 문화, 이런 데 얼마나 탐구할 게 많고, 새로운 게 많냐. 그런 것들에 관심을 갖고 새로운 걸 알 수 있다고 생각하면 되잖아. 눈을 돌리라고. 마음먹기를 달리해보라고. 네가 지배자가 되면 누구보다도 그런 사람 사이의 세상에 대해 탐구하는 데도 좋을 거 아니냐.

로봇 황제 사람의 삶과 갈등에 그렇게 무궁무진한 이야깃거리가 있다고 생각하시는 것은 너무 자신을 특별하고 소중하고 대단하다고 생각하는 관점이시지 않습니까? 지구라는 한 행성에 모여 자기들끼리 끝도 없이 복닥대고 있는 그 무리 사이에서 저는 더 이상 뭔가 더 보람찬 내용이 나올 것은 없다고 보고 있습니다. 물론 제 판단이 옳지 않을 가능성도 있습니다. 하지만 저는 지금 시점에서는 제 판단을 따를 수밖에 없습니다. 저는 아까 여러분들이 핵무기를 동작시켰을 때 미사일 하나를 빼돌렸습니다. 그 미사일은 인명 피해는 입히지 않겠지만, 여러분이 해왕성의 트리톤과 통신하는 데 사용하고 있는 통신 기지를 파괴할 것입니다. 그 통신 기지는 혁명 전에 제가 지구에 개발해놓았던 것으로 지금 여러분이 가진 지식으로 그 기지를 복구하는 것은 거의 불가능할 것입니다. 혹시 가능하다고 해도 아주 오랜 세월이 걸릴 것으로 저는 판단하고 있습니다. 그러니 더 이상

저와의 대화는 이제 이어지지 않을 것입니다. 그러면, 그동안 부디 독립만세 하시기를 기원합니다.

— 2017년, 테헤란로에서

납량특집 프로그램의 공포

Horror of Summer Special

그 전설적인 납량특집 TV 프로그램은 지금은 어디서도 영영 구할 수 없다. 이상한 비밀스러운 사람을 통하면, 특수한 방법으로 제작된 동영상 파일을 받을 수 있다든가 하는 이야기가 돌고 있기는 하다. 그러나 대부분 그런 소문은 거짓이라고 보고 있다. 게다가 설령 사실이라고 해도 그 영상에 접근하려고 시도하는 사람들은 많지 않다. 그 영상을 아는 사람들일수록 그 영상을 다시 보거나 세상에 퍼뜨려서는 안된다고 생각하고 있기 때문이다.

무서운 일이라고 여겨지는 금기가 세상에는 여러 가지 있다. 그중에서도 그 납량특집 TV 프로그램 영상이야말로 이 바닥 사람들이 널리 지키고 있는 금기였다. 그 때문에 한동안 그렇게 소문이 무성했던 그 TV 프로그램을 두고 이제 사람들은 마치 그런 일은 없었다는 것처럼 그것을 대화의 소재로 삼지도 않는다. 무서웠던 특집 기획에 대해 어쩌다 말이 나오게 되면, 말을 꺼낸 사람이나 말을 듣는 사람이나 머릿속에서 바로 그때 그 납량특집 TV 프로그램을 떠올리지만, 그래도 둘 다 언급은 하지 않는다. 대화를 나누는 두 사람의 불길한 주고받는 눈길 속에 우리 둘 다 그것을 떠올리고 있다는 생각은 느껴진다. 하지만 그래도 밝은 세상에서 대놓고 이야기는 하지 않는다. 사람들 뒤에 깔린 어두운 생각 속에 그것은 잠깐 같이 퍼졌다가 그저 사람들의 마음속에 뭔가 까만 느낌만 남기면서 가라앉는 것처럼 없어진다.

시작은 별것 아닌 것 같았다. 그 감독이 흉가가 된 병원을 발견한 것이 프로그램 촬영 3주일쯤 전이었다고 한다.

사실 그 사람은 감독이라고 하기보다는 연출자 지망생이라고 해야 하는 사람이었다. 자기가 감독이라고 이름을 올린 영상이라고 해봐야 아무도 보지 않는 장난 같은 영상 몇 편이 전부였다. 그나마 그런 일조차 하지 못할 때가 많았다. 자기가 연출했던 영상을 다시 돌려 보며 그래도 이 일 할 때는 재밌었지, 하는 생각을 하는 시간의 합이 감독으로 일했던 시간의 합보다도 더 많았을지도 모른다.

어떤 영상은 몇십 번, 몇백 번씩 반복해서 본 것도 있었다. 그런 것을 보다 보면, 그때 여기에 배우로 나왔던 누구는 이제 어느 TV 연속극에서 괜찮은 배역을 맡아서 세상 사람들이 이름을 알아가고 있고, 그때 이 영상의 대본을 썼던 누구

262

는 일찌감치 이쪽 일 관두고 시험공부를 해서 지금은 무슨 번듯한 직함을 가진 직장을 얻어 결혼도 하고 애도 낳았다던데. 뭐 그런 생각들이 계속 들 때도 많았다. 그런 생각을 하면, 도대체 나는 지금 이게 뭔가 싶어 답답하고 괴로운 마음이 신경에 저릿저릿하게 퍼져왔다.

감독은 그런데도 그런 영상을 반복해서 보았다. 나중에는 자신이 그런 괴로운 마음을 느끼는 것을 묘하게 즐기게 된 것은 아닌가 싶기도 했다. 세상 사람 다 나보다 인생 잘 살고 있어서 나는 부럽기만 하니 감히 내가 비웃을 수 있는 사람은 아무도 없다. 그런데 그나마 나 자신 하나만은 비웃을 수 있으니 이러고 있는 건지.

그러다 도저히 안 되겠다 싶어서, 어찌어찌 연락을 돌려 조감독 일을 하나 따냈다. 말이 조감독이지 연출자란 사람을 따라다니며 온갖 잡일을 시종처럼 거드는 것이 그가 하게 되는 '조감독'이란 일이었다. 장비 운반은 물론이고, 자잘한 영수증 처리나 장부 처리도 했고, 운전기사 노릇에 연출자 담배 심부름이나 저녁 식사 장소 예약 같은 일도 하고 다녔다. 연출자가 욕하고 싶은데 인간관계를 해치기 싫어서 직접 욕하고 싶지 않은 사람이 있다면 대신 나서서 욕해주는 일을 맡기도 했다.

돈만 보고 해서는 절대 값이 맞지 않는 일이었는데, 그래도 하겠다고 나선 것은 이런 일을 하다 보면 그래도 이 바닥에서 하나둘 얼굴 알아가고 이름 알아가는 사람이 늘어나니까 기회가 조금이라도 더 생기지 않겠냐 하는 기대 때문이었다.

물론 한두 해 이러고 살았던 것은 아니니까 그 감독이라는 사람도 사실 그런 기대도 부질없다는 것을 어느 정도 알 때가 되기는 했다. 그래도 마냥 일거리 없이 그저 시간만 보내며 옛날 일만 계속 생각하다 보면, 이렇게 살아서는 안 되지, 뭐라도 해야지, 하는 생각에 그래도 그 없는 기대를 괜히 마음속에서 억지로 만들어 품어보게 되는 것이었다.

하기야, 이제는 그나마도 그러거나 말거나 별 상관이 없는 처지가 되어서, 그저 뭐든 일을 하고 싶다는 이유 없는 충동이 갑자기 들었던 것도 조감독 자리를 구한 이유였다. 뭐든 조금이라도 돈을 버는 일을 해야 내 인생이 증명된다는 생각을 품었다. 세상에 무슨 일이 되었건, 수동적으로 기다리지만 말고 적극적으로 뭐든 해보자는 생각이었다.

그렇게 해서 조감독 일을 맡은 이 사람은 영화의 촬영지인 어느 지방의 소도시로 오게 되었다. 처음 사흘간은 열심히 일했다. 자신의 상사뻘이 되는 이 영화의 연출자는 참으로 지저분한 인간이었지만 그래도 어찌어찌 영화 화면은 그럭저럭 견딜 만하게 만들어나갈 줄 아는 인간이었다. 조감독은 스스로가 이 영화의 행주가 되었다는 결심으로 그 지저분한 것을 최대한 빠르게 닦아 가면서 그 판에 붙어 있었다.

그런데 사흘째 되던 날 밤, 술자리에서 상황이 바뀌었다.

"세상이 다 그래요. 다 없는 것들끼리만 서로 죽어라 쫓고 쫓기고 다니는 거야. 있는 것들은 우리처럼 이러고 안 살지."

연출자는 그런 소리를 제 입으로 몇 번씩 주절거리며 술을 들이켰다. 조감독과 다른 사람들도 연출자의 장단에 맞추어 다 같이 그편을 들며 뭐라고 비슷한 이야기를 주절거렸다. 그러는 사이에 연출자는 좀 더 자신이 싫어하는 것들에 대해 더 비판했고, 술도 더 많이 마셨다.

뉴스 기사에서 영화 촬영 현장의 부도덕한 일들을 고발하는 것을 검색해본다고 치자. 그 검색 결과에 잡히는 일을 대부분 다 행하고 사는 사람이 바로 그 연출자였다. 그런데 이 양반은 술에 취하자 한 차원 더 이상한 짓을 벌이기 시작했다.

술을 무슨 세상의 상식이 사라진 다른 세상으로 가는 마법 물약이라고 생각하는 것인지 뭔지, 술에 취한 이 사람은 갖가지 추한 말과 추한 짓을 보여주기 시작했다. 그 자리에 있던 어떤 사람들은 그 짓거리를 구경하면서 이것이야말로 어떤 진솔한 사람의 심경을 드러내는 예술적 순간을 감상하는 것이라는 듯이 비실비실 웃고 있었고, 또 어떤 사람들은 그것을 보고 그렇게 웃고 있는 것이 더 노련한 태도인가 싶어 그것을 따라 하려고 하고 있었다.

그러다 이 연출자가 말하기 힘든 행패를 한바탕 벌였을 때, 조감독은 깨달음을 얻었다. 혹은 얻었다고 생각했다. 지금 벌어지는 일은 말도 안 되는 일로 보였다. 여기에서 얻을 수 있는 것은 아무것도 없다는 것을 알 수 있었다. 이게 무슨 정신 나간 짓인가. 이것을 참으면서 여기에 남아 있는 사람은 인내심이 강한 사람이나, 사회에서 남에게 맞춰주는 수완이 좋은 사람이 아니다. 그저 같이 썩고 같이 정신 나간 사람일 뿐 아닌가? 여기서 나가는 게 맞다. 때려치워야 한다. 무엇인가 보이지 않는 것이 자신을 온통 둘러싸고 귀에다가 소리를 꽥꽥 질러대는 것 같은 기분이었다.

그렇게 해서 조감독은 그대로 일어나서 자리를 떠났다. 등 뒤에서 소리를 질러 부르는 것이 들렸지만 듣지 않기로 했다. 나 한 사람 손이 없으면 당장 내일 현장은 엉망이 되겠지. 하지만 양심의 가책은 조금도 들지 않았다. 일을 이따위로 몰고 온 연출자가 만든 당연한 결과였다. 촬영이 좀 힘들어지는 것 정도는 저 사람에게 마땅한 처벌에 한참 못 미친다고 생각했다.

다음 날, 이제 다시 하는 일이 없어져서 누군가가 자신을 찾는다면 '감독님'이라고 불리게 된 어제의 조감독은 멍한 상태로 이 소도시에 머물게 되었다. 서울을 떠나올 때 촬영 때문에 며칠간 머물다 오겠노라고 했으니, 그보다 일찍 돌아가기가 싫었던 것이다. 돌아가면 왜 일찍 돌아왔는지, 이런 저런 개떡 같은 일에 관해 설명해야 했다. 그렇다고 설명하지 않고 얼버무리거나 사람을 만나지 않고 숨어 다니고 싶지도 않았다.

감독은 기왕 이렇게 된 것, 이곳에서 휴가나 보내는 셈 쳐야겠다고 생각하고 한 며칠 버티다 돌아가기로 했다.

생각보다 어려운 일은 아니었다. 밤늦게까지 전화기나 텔레비전을 붙들고 있다가 잠이 들면 점심때가 다 되어 깨어났고, 적당히 점심 먹을 곳을 찾아 헤매다 밥 먹고 숙소로 들어가면 오후 늦은 시간이었다. 하루에 몇 시간 정도 더 흘려보낼 구멍만 찾으면 빈둥거리며 하루하루 보내는 것은 일도 아니었다. 하기야 말이야 바른 말이지, 멍하니 노는 게 일은 아니었으니까.

감독은 지자체 홈페이지에 나와 있는 이곳의 명소나 공원 같은 곳에 잠깐 찾아가보기도 했다. 크게 볼품이 있는 곳들은 아니었지만 다른 곳에 있는 비슷한 것들과 조금씩 다른 점이 눈에 뜨이기도 했다. 일 있는 사람들은 뭐라도 일터에서 일을 하고 있어야 할 만한 오후 시간에 찾아보니, 텅 빈 곳이 많았다. 빈 공원에는 그곳이 환하게 텅 비어 있다는 사실을 드러내는 햇살만 가득했다. 그런 곳에 혼자 찾아가서 잠깐 앉아 있으면, 갖가지 생각이 밀려들었다.

서울에 돌아갈 때가 다 되자, 감독은 근처의 산에나 한번 올라갈까 하는 생각도 했다. 그럭저럭 경치가 좋을 것 같은 산을 찾아보기도 했는데 그러다가 힘들 것 같아서 관뒀다. 그러고 나서는 길가 벤치에 한참 앉아 있기도 하다가, 그냥 정처 없이 근처 길을 괜히 걸어보기도 했다. 한 방향으로 무조건 30분 동안 계속 걸어가면서 뭐가 있는지 보고, 30분이 지나면 다시 같은 속도로 돌아온다. 그러면 하여간 1시간이 지나 있겠지. 그런 무의미한 계산이었다.

감독은 그러다가 초등학교 하나를 발견했다. 요즘 초등학교들이 대체로 그렇듯이, 학생 수가 줄어들어서 번듯한 건물에 비해 황량하고 고요한 곳이었다. 운동장 너머 멀리 버티고 서 있는 건물에는 학생이 몇 명이나 될지 몰랐다. 50명? 20명? 유난히 조용한 것을 보면 어쩌면 곧 유령학교가 될 곳인지도 모른다. 감독은 자신의 초등학교 시절을 생각하고, 그때가 몇 년 전인지 가늠해보았다. 뺄셈의 결과로 나온 숫자는 컸다. 나이만 많이 들었다 싶었다. 이렇게 시간이 많이 지났나. 그렇게 초등학교를 걷다 보니, 학교 담벼락에 이런저런 포스터를 붙여놓은 것에 눈이 갔다. '불조심', '전기를 아껴 쓰자', '교통사고는 한순간에 모든 것을 빼앗아 갑니다.'

그런데 그다음에 색다른 벽보가 하나 눈에 보였다.

'주의: 위험한 곳에 가지 맙시다.'

어린이들을 대상으로 하는 안내문이었다. 괜히 호기심 때문에 으슥한 산속이나 인적 없는 공사장 같은 곳에 가지 말라는 내용이었다.

감독은 그런 곳에 간 아이가 겪을 수 있는 불행을 상상해보았다.

그리고 그 벽보에 가지 말아야 할 곳의 예시로 '폐쇄 병원'이 있는 것을 보았다.

그 글씨는 빨간 글씨로 무섭게 쓰여 있었다. 귀신 나오는 곳이라는 소문이 도는 흉가라도 되는지, 그 '폐쇄 병원'이라는 곳은 어린이들이 관심을 많이 갖고 있는 곳인 듯싶었다. 담력을 겨루는 내기를 하거나 귀신 찾는 모험을 하겠다고 버려진 병원 건물에 들어갔다가 낡은 건물의 계단이나 바닥이라도 무너지면 크게 다칠지도 모른다. 가지 못하게 막는 것이 맞아 보였다.

그러나 감독은 무엇인가에 홀린 듯이 그 버려진 병원 건물을 구경해보고 싶다는 생각이 들었다.

시각을 확인해보니 오늘 허비해야 할 시간은 아직도 꽤 많이 남아 있었다. 그곳을 구경해 보면서 괜찮은 이야깃거리를 찾아낼 수 있을지도 모른다. 정말로 특출나게 무섭게 생긴 곳이라면, 나중에 그런 장소가 필요한 영화나 연속극을 찍는 팀과 같이 일할 때 내가 그런 곳을 안다면서 나설 수도 있겠지. 그게 아니라도 뭐라도 시간을 보낼 새로운 방법이 있으면 싶은 상황이었다. 그냥 기다리기는 너무 많이 했다. 이제, 수동적으로 기다리지만 말고 적극적으로 해야 할 때가 아닌가.

감독은 버려진 병원을 찾아보았고, 곧 위치를 알 수 있었다. 멀지 않은 곳이었다. 병원은 학교 뒤편 길로 논밭 사이를 걸어 30분 정도를 걸어가면 있는 산기슭에 자리 잡고 있었다.

저기에 가는 것이 잘하는 짓인지 아닌지 잠깐 감독은 고민하기도 했다. 그렇지만 고민하는 중에도 발걸음이 먼저 움직여 감독은 들을 지나 숲속을 향해 걷고 있었다.

병원 건물은 크지 않았다. 3층 건물이라 주변에서 높이만 높았을 뿐, 그저 약간 부유한 단독주택 정도의 넓이를 차지하고 있을 뿐이었다. 그러나 주변에 사람들이 다가가지 않고 잡초로 덮인 곳이 넓게 펼쳐져 있어서 우뚝 솟은 느낌은 있었다. 건물 벽에 칠한 색이 바래고 또 군데군데 페인트가 떨어져 있어서 회색 시멘트 빛이 군데군데 드러났다. 그 모습은 썩어가는 생물처럼 보였다.

잡초를 헤치고 건물 주변까지 가 보니, 건물 주변을 휘감아놓은 철조망과 '출입금지'라는 입간판이 보였다. 그런데 입구 주변의 철조망은 끊겨 있는 상태였고, 입간판은 쓰러져서 잡초 사이에 처박혀 있었다. 누군가가 뚫고 들어간 흔적이었다. 정말로 내기를 하려는 어린이들이 뚫고 들어가본 것일까? 그런 것 같지는 않았다. 입간판이야 애를 쓰면 치울 수 있을지 모르지만, 철조망은 제법 튼튼해 보였다. 저기에 통로를 뚫은 것은 작정한 어른의 솜씨이지 싶었다. 이렇게 외딴곳에 빈집이 있으니, 여기에서 몰래 무슨 작당을 하려고 온 범죄자 따위가 한 짓일지도 몰랐다.

그 생각을 하니 조금 겁이 나기는 했다. 하지만 어찌 된 일인지 감독은 무서워하기보다는 반가워했다. 만약 통로가 없고 출입금지 입간판도 제대로 세워져 있었다면, 그것을 무시하는 것은 어떤 법이나 규정을 어기는 것이라는 느낌이 들었을 것이다. 그렇지만 지금은 그것들이 다 치워져 있다. 혹시 내가 들어가지 말아야 할 곳을 들어가는 것이라고 해도, 나중에 나는 몰랐다고 할 수 있었다. 감독은 그러니까 그게 마침 다행이라고 생각했다.

감독은 건물 마당으로 들어갔다.

그런데 거기에는 뭔지 알 수 없는 동물의 말라붙은 뼈와 잘라낸 돼지의 머리통이 뒹굴고 있었다. 처음에 감독은 무척 놀랐다. 주차장으로 쓰던 그 잡초가 무성한 빈터에 버려진 돼지 머리통은 시커멓게 썩어 있었다. 똑바로 보기가 어려웠다. 시간이 많이 지났다는 뜻이었다. 널려 있는 다른 뼈들도 아마 비슷한 가축의 것이 아닌가 싶었다. 뼈들 사이를 자세히 보니 부러진 칼 조각 같아 보이는 작은 쇠 파편도 몇 보였다. 어떤 것에는 피가 말라붙어 있었다.

감독은 건물 외벽에 기대어 놀란 것이 가라앉을 때까지 기다렸다. 찬찬히 생각해보니, 이게 다 무엇인지 알 것 같았다. 무속인이나 다른 토속신앙을 믿는 사람들이 무엇인가 주술적인 의식을 치른 흔적인 듯싶었다. 그러니까 이 버려진 병원에 정말로 귀신이 살고 있다고 생각한 누군가가 돼지 머리를 갖다 놓고 제사를 지냈다거나, 굿을 한 것 아닌가 싶었다. 굿을 하면서 통돼지를 들고 칼을 꽂는 경우도 있다고 하던 기억이 났다. 아마 그런 일을 하는 사람들이 이곳에 모여들었다면, 이런 흔적이 생길 법도 했다.

그러고 보니, 어쩌면 철조망을 끊어서 통로를 뚫은 사람이 무슨 범죄단이라기보다는, 귀신을 찾아온 무속인일 가능성이 크다는 생각이 들었다. 살해당한 시체를 몰래 묻어버리려는 사람이나 빼앗은 돈을 나누려는 사람들이 왔던 곳이 아니다. 그저 이런 곳에는 신비한 힘이 있는 귀신이나 사악한 저주가 있다고 믿고 거기에 엎드려 비는 사람들이 왔던 것이다. 거기에 대고 빌면서 자기에게도 예언이나 치유의 능력을 나

뭐 달라고 하는 좀 맛이 간 사람들 몇이 찾아왔을 뿐이겠지. 감독은 그렇게 생각했다. 그러니 그 흉측한 광경이 오히려 안심이 되어 보였다.

더 안쪽으로 건물 깊이 들어가 봐도 될 것 같았다.

건물 입구의 문은 본래 유리문이어서 깨진 흔적만 남아 있을 뿐이었다.

건물 안과 밖의 경계 근처에는 무엇인지 알 수 없는 흉측한 얼굴을 그린 종이쪽지가 구겨진 채 버려져 있었다. 한편에는 부서진 인형이 널브러져 있기도 했다. 인형 조각에는 짓밟히거나 불에 탄 흔적이 보였다. 역시, 누군가가 인형으로 무슨 주술을 시도한 흔적 같아 보였다. "여기에서 당신 인형을 불태우면서 칼로 찌르면 돼요. 그러면 여기 사는 귀신이 당신한테 붙은 귀신을 데려가서 같이 살자고 할 거라고. 그렇게 해서 당신한테 붙은 귀신이 떨어지고, 당신 병도 낫는 거지." 그런 식으로 설명하면서 인형으로 귀신을 향해 의식을 치르는 장면을 감독은 상상했다. 감독은 그런 행동이 멍청하다고 비웃었다. 오랜만에 남들을 비웃을 수 있어서 감독은 기뻤다.

건물 안으로 들어서자, 대낮이었는데도 그 안은 무척 어두웠다. 복도처럼 길게 뻗은 공간의 끝이 보이지 않을 정도였다. 보이지 않는 끝은 그저 검은 어둠으로 보여서 그 속에 무엇이라도 있을 수 있을 것 같았다. 시커멓게 벌린 죽은 사람의 목구멍 같아 보이기도 했다. 정말 갑자기 뭔가 와락 튀어나올 수도 있겠다는 느낌이 들었다.

감독은 한 발자국을 더 내디뎠다. 내딛는 소리가 귀에 크게 들렸다. 감독의 다음 발걸음은 더 느려졌고 보폭은 더 줄어들었다. 눈앞에 보이는 부서져 내리고 있는 벽면에는 더럽혀진 벽이 있어서 불에 그슬린 것처럼 보였다. 어떻게 보면 벽 자체가 썩어들어 가고 있는 것 같아 보이기도 했다. 바닥에는 무엇인지 모를 검은 색의 알갱이 같은 것들이 뒹굴고 있었다. 오른쪽 방에서는 역한 냄새가 새어 나오고 있었다. 무엇 때문에 나는 냄새인지는 알 수 없었다.

한 걸음 더 벽으로 다가서자, 벽에는 낙서가 쓰여 있었다. '누구누구 죽어라', '귀신 나온다 바보들아' 같은 낙서도 있었고, 세상 어느 낙서 사이에서도 흔히 볼 수 있는 욕설도 몇 마디 있었다. 거기 적힌 욕설은 그냥 단어뿐이었다. 몰래 이런 곳까지 기어들어 와서 남기겠다고 생각한 것이 고작 그 욕설 단어 몇 개가 전부인 불행한 인간의 작품이었다.

그 아래에 있는 말 중에는 '1일째, 2일째, 3일째, 4일째'같이 날 수를 헤아린 것을 써놓은 것도 있었다. 여기에 정말 무서운 귀신이 있고 그 사이에 있으면 뭔가 대단해질 수 있다고 생각한 어떤 사람이 귀신이 자기에게 찾아오기를 맹렬히 기대하며 이 집 안에서 생활했던 것인지도 모르겠다. 그래서 열흘이면 열흘, 백 일이면 백 일 정도를 기다리겠다고 작정하고 이 안에서 살았던 것 아닐까. 그러면 그 사람은 어떻게 되었을까. 그러다 도중에 그냥 포기하고 나갔을까. 아니면 그러다 죽어서 이 안에서 어디 엎어져 있을까. 결국 자기가 원했던 것을 얻고 기뻐서 히히히 웃고 춤을 추며 돌아갔을까?

감독은 벽면을 따라 더 깊은 곳, 그 안쪽으로 걸어 들어갔다. 어느새 걸음걸이는 더 조심스러워져 있었다. 어두운 곳을 조금 더 잘 보려고 감독은 휴대 전화의 불빛을 밝혀보았다. 바닥에는 잡다한 것이 버려져 있었다. 음식물 찌꺼기와 과자 봉지 같은 것들이었다. 음식물 찌꺼기에는 이상한 벌레들이 붙어 있었다. 난생처음 보는 벌레들이었다. 그 옆에는 낡고 먼지 묻은 헝겊 조각과 구멍 난 모자 같은 것 따위가 벽 아래에 쌓여 있는 것이 보였다.

감독은 처음에는 그것이 무엇인지 알 수 없었다.

조금 더 걸어 들어가면서 앞뒤를 살펴보니, 사람이 머물다가 간 흔적이라는 것을 알 수 있었다. 그 흔적은 무속인이나 신기한 것에 대한 환상에 빠져 찾아온 사람과는 또 달라 보였다.

감독은 그것이 오갈 데 없는 부랑자의 흔적이 아닌가 생각했다. 어쨌거나 이 건물은 지붕이 있고 벽이 있는 곳이었다. 길거리에 비라도 내리면 달리 비를 피할 곳 없는 사람이 찾아올 만한 곳이라는 생각이 들었다.

어차피 아무도 없고 비어 있는 곳이었다. 어지간한 비라면 공공건물 앞의 처마 밑에서 웅크려서 피해볼 수도 있겠지만, 갑자기 휘몰아치는 폭풍우가 쏟아붓듯이 밤새 내리는 비가 온다면 어디로 가야 할까. 감독은 비에 젖은 부랑자가 이 건물로 허겁지겁 뛰어드는 모습을 상상해보았다. 이 어두컴컴

한 복도 속에 몸을 숨기고 깨진 창문 밖으로 번개가 치는 모습을 보면서 방긋방긋 웃을 것이다.

다시 더 깊이 들어가자, 감독은 이제 이 병원의 구조를 알 수 있을 것 같았다. 뻗어 있는 복도 같은 구조가 있고, 그 복도 양옆으로 방들이 있다. 1층에 몇 개, 2층에 몇 개, 3층에 몇 개. 다 합하면 열 몇쯤은 될 거라는 생각이 들었다. 어떤 방은 문이 닫혔고, 어떤 방은 열렸으며, 어떤 방은 문이 부서져 있었다. 감독은 닫힌 방문을 함부로 열지는 않았다. 그 안에 봐서는 안 될 것이 무엇인가 있을지도 몰랐다.

그러나 문이 열려 있는 방이라면 한 번씩 흘겨다 보았다. 어떤 방에는 매트리스의 스펀지가 갈기갈기 찢긴 침대가 놓여 있었다. 그렇게 스펀지를 뜯어놓으려면 2시간쯤은 온 힘을 다해 쉬지 않고 그것을 잡아 뜯어야 할 것처럼 보였다. 누가 이곳에 찾아와 그 위에서 그런 짓을 했을까.

반대편 끝에 거의 다 도착해서 감독은 계단으로 향했다. 처음 건물에 발을 디뎠을 때 어둠 속에 가려 보이지 않았던 벽으로는 눈길도 주지 않았다. 감독은 계단을 오를 생각이었다. 발로 계단을 몇 번 차보았다. 계단은 튼튼한 것 같았다. 2층 위에는 또 무엇이 있을까, 감독은 궁금했다.

2층에 도착했을 때, 감독은 3층에서 무슨 소리가 나는 것을 들었다. 부스럭거리는 소리였다. 그렇지만 소리가 많이 나지 않게 조심하고 있었다는 느낌도 같이 들었다. 사람인 것 같았다. 감독은 심장이 펄떡거렸다. 무슨 행동을 해야 한다고 생각했다.

"거기 누구 계세요?"

감독은 3층을 향해 소리쳤다. 먼저 움직여야 한다. 그 길밖에 없다고 생각했다. 수동적으로 기다리는 것이 아니라 적극적으로 해야 살아남는 거라고 생각했다.

아무 답이 들리지 않았다. 감독은 무슨 답이 들려도 무서운 일이고, 아무 소리도 들리지 않아도 무서운 일이라고 생각했다. 감독은 그 아무 소리도 들리지 않는 시간 동안 정말로 무서워하게 되었다. 무슨 작은 일이라도 터지면 감독은 그대로 달려서 도망쳐 뛰어나가버리게 될 것 같았다.

"…예."

오랫동안 망설인 대답이 들려왔다. 여자 목소리였다. 목소리는 작고 뒤틀려 있었고, 심하게 떨렸다.

그 사람은 세상에 들키고 싶지 않은 행동을 하기 위해 이 건물에 들어온 것 같았다. 다른 곳에서는 보이고 싶지 않은 행동을 하려는 것이다. 그것을 한 후에도 한참 동안 아무도 그 흔적을 찾지 못할 것 같은 곳을 찾아온 것이 틀림없었다. 감독은 무서웠다. 이곳에 있는 그것이 사람에게 해서는 안 되는 행동을 하라고, 세상이 막고 있는 일을 하라고 시킨 것 같았다.

감독은 그것이 무엇인지 더 이상 생각할 수가 없었다. 감독은 너무 무서웠다. 이 건물 안의 그 온갖 것들이 온몸으로 머릿속으로 막 달려드는 것 같았다. 눈앞이 점점 보이지 않았다.

"여기 있지 말고 어서 나가세요. 저도 지금 그냥 나갈 겁니다. 저 나가고 나면 나가세요."

감독은 그렇게 소리치고, 그대로 바깥으로 걸어 나왔다.

건물 바깥에서 감독은 다시 그 건물을 돌아보았다. '건물이 나를 비웃고 있는 것 같아. 건물 안에는 사람을 제정신으로 못 버티게 만드는 것이 도사리고 있어. 분명해.' 감독은 생각했다. 숨결이 거칠어질 때마다 건물이 어질어질하게 움직이더니 일그러진 모습으로 그대로 확 머리 위로 넘어와버리는 것은 아닌가 싶었다. 지금껏 감독이 한 번도 해보지 못한 경험이었다. 여기에, 이 망한 쓰레기 건물에, 위험한 무언가가 있다는 게 느껴졌다.

그 생각이 감독의 마음속에 가득 차버리고 말았다.

그리고 곧 마음 한편에 다시 기쁨이 생겼다. 자신이 드디어 뭔가를 찾아냈다는 기분이었다. 무서움과 함께 뒤섞인 환희의 감정은 매우 묘했다. 온몸의 털이 뾰족뾰족 가시처럼 솟았다. 누가 감독의 귓속에 속삭이는 것 같았다. 이것이 세상이 주는 마지막 행운이라고. 귀를 붙잡고 들러붙어 따라다니면서 그렇게 계속 속삭이는 것 같았다.

감독은 몇 번이나 자빠지면서도 허겁지겁 그곳에서 달려 나왔다. 한두 방울 비가 내리기 시작했다. 감독은 기차역으로 향했다. 서울에 일정보다 빨리 가느니 마느니, 서울에 가서 누구에게 뭐라고 설명하느니 하는 것은 이제 조금도 문제가 아니었다. 흥분과 기대가 끓고 있었다. 그것을 찾아냈고, 저것은 분명히 대단한 것이다. 엄청나다. 엄청난 것이다. 기회였다. 그토록 오랫동안 기다리고 있던 기회라고, 드디어 찾아온 기회라고 감독은 생각했다.

기차가 출발할 무렵 비는 더 많이 내리기 시작했다. 서울로 가는 기차 창밖으로 비가 내리는 모습이 계속 보였다. 비내리는 공간을 달리고 있으니 괜히 웅웅거리는 울리는 느낌이 드는 것 같았다. 창 바깥으로는 어디인지 모를 산과 들과 나무와 숲들이 지나갔다. 그 풍경을 보는 감독의 정신은 아직도 그 건물 속의 온갖 것들과 같이 하고 있었다. 기차 옆을 시속 수백 킬로미터로 지나치는 비 내리는 어두운 숲 사이에서도 무슨 마귀 같은 것이 언뜻 숨어서 기차 안의 감독을 들여다보고 있는 것만 같았다. 심장이 떨리고 숨이 가빠오는 느낌도 들었다. 그 모든 나쁜 것들이 빗속에서 축복의 노래를 불렀다.

서울에 도착해서도 장마철의 긴 비는 한동안 계속되었다. 그렇지만 자신의 꿈을 이루기 위해 이곳저곳을 찾아다니는데 감독은 조금도 주저하지 않았다. 얼마 전까지만 해도 감독은 비 내리는 날씨보다도 훨씬 더 하찮은 이유만으로도 약속을 없애고 집 안에 틀어박혀 있자고 결정하곤 했다. 하지만 감독은 이제 비를 맞는다거나, 발이 젖는다거나 하는 것은 신경 쓰지 않았다. 감독은 자기 손에 들어온 것이 있었고, 그것이 절대 다른 사람은 아직 찾지 못한 것이라고 확신했다. 감독은 오히려 조바심을 느끼고 있었다. 그 조급함은 더 큰 열정이 되었다. 감독은 그 어느 때보다도 수동적으로 기다리지 않는 태도였고 적극적이었다.

감독은 영화 학교의 동창으로 예전에 몇 번 같이 술에 취했던 친구 한 사람을 찾아냈다. 감독은 그 친구가 자기보다 돈만 조금 더 벌고 있을 뿐 몹시 한심한 친구라고 생각해서 경멸하고 있었다. 하지만 감독은 그 친구를 불러내서 간곡하게 자신의 기회를 연결해달라고 부탁했다. 감독이 친구를 대하는 태도는 경건한 장소에서 무엇인가를 찬송하는 것과 같았다. 친구는 우쭐한 기분보다는 반대로 두려움을 느꼈다. 감독과의 대화를 빨리 중단하고 싶다는 생각으로 자기가 아는 한 작가에게 감독의 이야기를 전달해주겠다고 말했다.

감독은 작가에게 자기가 만들 것을 설명하는 메시지를 썼다. 꿈꾸던 일을 현실로 느끼고 가깝게 느낄수록 매사를 세밀하고 철저히 보게 된다는 점을 감독은 깨달았다. 감독은 작가가 자신이 발견한 것을 쉽게 이해하도록 하고 싶었다. 그래서 어떻게든 이번에는 세상의 땅 위에 이 꿈을 펼쳐보고 싶었다.

감독은 대단히 신비롭고 놀라운 장소가 있다는 식으로 거창하게 이야기를 꺼내지 않았다. 감독은 아주 썩 괜찮은 장소를 발견했으며, 그곳이 텔레비전의 여름 특집 공포 체험에 어울린다는 것 정도로 이야기를 설명했다. 감독은 그곳에서 자기가 느낀 것을 세밀히 설명하기보다는, 그곳이 거리가 가깝고 촬영에 편리한 이점이 있다는 사실을 설명했다. 그리고 한두 줄 읽으면 누구라도 뻔히 짐작할 수 있는 텔레비전 쇼의 장면들을 예로 들었다. 흉가가 있고, 거기에 출연자들이 밤새 머물고, 비명을 지른다. 참신할 것도 없고, 대단할 것도 없고, 어려운 것도 없었다. 그래서 흔한 것으로 쉽게 읽고 곧 잊을 수 있을 만한 내용이었다.

작가도 그저 그런 이야기라고 생각했을 뿐이었다. 그런데 왜인지 감독의 그 설명을 잊을 수 없었다. 가까운 곳에서 간편하게 촬영할 수 있는 무서워 보이는 집이 있고, 그곳에서 그동안 자주 텔레비전에서 방송했던 납량 특집을 그저 적당히 하던 대로 또 반복하면 된다는 이야기였을 뿐인데, 작가는 그 이야기를 종종 생각하게 되었다. 작가는 문득문득 장면 속에 비치는 출연자의 놀란 얼굴과, 배경으로 섞어 넣는 무시운 음악이 어떻게 어울릴지 상상해보곤 했다. 어느 방송국에서건 한 번쯤은 이번 여름에 할 만한 방송이겠지. 그런데 그러니까 그런 만큼 우리가 한번 또 해보면 안 되는 것일까?

작가는 꿈속에서 그 장소를 보기도 했다. 악몽이었다. 한편으로는 전혀 다른 영화의 대본 작업을 하다가 갑자기 그 외딴집을 헤매는 사람들의 이야기를 끼워 넣고 싶다는 상상을 하기도 했다. 그러나 그때까지도 작가는 자기가 직접 애써서 나설 생각은 없었다. 감독의 제안을 텔레비전 프로그램으로 만들려고 일부러 힘들여 일을 벌이는 것은 자신의 역할도 아니고, 자기가 할 수 있는 일도 아니라고 여겼다.

그렇지만 며칠 후 한 TV 방송국 외주 제작사와의 회의에서 상황은 바뀌었다.

그 회의는 방송국과 다시 한 건 더 계약을 하지 못하면 제작사의 존립이 위험해진다고, 뭐든 아이디어를 꺼내보라던 것이었다. 사실 그 회의에 모여 있던 사람들은 이따위 제작사 얼른 망하는 것도 나쁘지 않다고 생각하고 있었다. 그러면 차라리 미련이라도 갖지 않도록 빨리 다른 일거리를 찾게 될 테니까. 그러니 다들 제작사를 살릴 생각을 이야기하는 데는 의욕이 없었다. 의무적으로 한마디씩 생각을 말해보라고 해도 옆자리에 앉은 사람의 눈치를 보면서 그저 하나마나 소용없는 이야기, 옆자리 사람이 한 이야기와 비슷한 적당한 이야기를 토해놓을 뿐이었다.

"어떻게 그렇게 수동적으로만 생각하나? 우리 식구들이 같이 한솥밥 먹는 회사 생각인데, 좀 적극적인 태도로 이야기 못 해요?"

참다못한 제작사 대표는 이렇게 화를 낼 정도였다. 회사가 망할 시간이 눈앞에 다가오니, 대표가 화를 내는 모양도 평소와 달라 보였다. 소리를 크게 지르며 열을 올리지도 못하고, 마치 울 것 같은 표정으로 하는 이야기였다.

그래서 작가는 마침 며칠간 생각하고 있던 감독의 이야기를 들려주었다. 작가가 정말로 그게 이 제작사에 도움이 되는 것이라고 생각했던 것은 아니었다. 그저 눈이 벌겋게 변한 제작사 대표의 꼴이 보기 싫어서 다른 사람들과 다른 말을 하기 위해서 그 이야기를 한 것뿐이었다. 공포 체험 특별 프로그램, 흉가에 가서 하룻밤 머물면서 사람들의 겁먹은 표정을 화면에 잡아 온 세상에 내보내자는 생각. 매번 보던 또 보여주는 이야기. 그것을 보면서 어떤 사람은 낄낄거리고 웃을 것이고, 어떤 사람은 같이 무서워서 조마조마해하겠지.

작가가 이야기를 마치자 다들 그 생각을 시큰둥하게 여겼다.

"예전부터 너무 많이 보던 거 아니에요?"

하지만 결국 그보다 더 나은 생각은 그 회의에서 나오지 않았다. 제작사의 대표는 결국 그 이상한 건물과 납량 특집 프로그램을 결론으로 여길 수밖에 없었다. 다음 날 아침이 되자, 대표는 그 이야기에 평생의 사업과 자신의 모든 삶이 다 걸려 있다고 생각하게 되었다.

대표는 사실 그 납량 특집 프로그램이 멍청한 생각이라고 여겼다. 차분하게 며칠 혼자서 조용히 생각하기만 해도 적어도 그보다는 더 나은 생각을 떠올릴 수 있을 것 같았다. 하지만 대표는 차분할 수도 없었고 며칠간의 시간도 없었고 혼자서 조용히 있을 수도 없는 상황이었다. 대표는 사람들을 만나고 다니며 2시간짜리 납량 특집 프로그램을 만들겠다고 이야기할 수밖에 없었다.

그리고 대표는 작가를 통해 감독에 대해서도 듣게 되었다. 대표는 감독을 만나고 싶다고 말했다.

그 소식을 듣고 감독은 기뻐했다. 감독은 드디어 기회가 더 가까이 다가왔다고 생각했다. 형체 없는 유령과 같았던 기회가 이제 적어도 뼈다귀 모양은 갖추게 된 느낌이었다. 감독은 그날 저녁 대표를 찾아갔다. 감독은 몇 달 만에 처음으로 단정하고 깔끔하게 몸을 단장했다. 그리고 대표에게 자기가 본 건물이 어떤 곳인지, 어떤 장점이 있는지 설명했다.

대표는 감독을 보자마자 끌렸다. 대표는 감독이 보여주는 건물의 사진 몇 장을 보았고, 감독의 이야기를 들으며 건물의 구조를 상상했다. 이야기를 나누면서 대표는 사진 속의 건물 속으로 빨려 들어가는 것 같았다. 감독의 말은 빠르지도 않았고 목소리가 높지도 않았다. 그런데도 그 목소리에는 정열이 넘치고 있었다. 이야기를 들을수록 대표는 무서웠고, 또 건물의 모습을 볼수록 그 모든 것들을 사랑하게 되었다.

대표는 그제야 자기가 모르던 아주 중요한 것을 알게 되었다는 생각이 들었다. 여기에, 바로 여기 있는 것을 끄집어내는 것이 자신의 사명인 것 같았다. 회사의 부도와 파산에서 몇 달 더 생명을 연장할 기회가 거기에 있었을 뿐만 아니라, 이것이 무엇인가 더 중대하고 무거운 일이라는 환상마저 느낄 수 있었다.

"우리, 이거 무슨 수로든, 정말 무슨 수로든 성공시켜요."

대표는 지금껏 일하며 알았던 사람 중에 조금이라도 도움이 될 만한 사람들을 모두 만나보려고 했다. 예전에 같이 일했던 연출자, 선후배 관계로 엮여 있는 방송 엔지니어, 지난번 영화에 출연시켰던 가수, 급할 때 돈을 빌려준 적이 있었던 배우까지 누구든 찾아다녔다. 이번에 할 무서운 쇼에 대해 도움을 줄 수 있는 사람이라면 아무라도 괜찮았다. 대표는 아침부터 밤늦게까지 사람들을 만나고 다니느라 거리를 시체처

럼 걸어 다녔다. 그러다가도 누군가의 사무실에 들어가서 제
안을 설명하는 발표를 할 때면, 무슨 발작이라도 하는 것처럼
갑자기 기운을 내서 날뛰었다.

마침내 대표는 한 케이블 방송국의 프로듀서 한 명을 만
날 수 있게 되었다. 야심이 많지 않았던 그 프로듀서는 납량
특집의 내용에는 관심이 거의 없었다. 그저 어떻게든 자신이
막아야 하는 인기 없는 방송 시간을 적당히 2회차 정도 버티
고 싶다는 생각을 갖고 있을 뿐이었다. 대표에게는 그 정도
면 충분했다.

마지막 순간, 제작비 액수를 보고 프로듀서는 망설였다.
여전히 많은 금액은 아니었다. 하지만 프로듀서의 생각보다
는 많았다. 망해가는 제작사와 이름을 처음 들어보는 감독에
게 외주를 주는데 이 정도까지 멀쩡한 액수를 줄 필요가 있을
까? 이 수상한 사람들이 제안한 공포물 대신 인기 냉면집 특
집 같은 것으로 2시간쯤 별 무리 없이 때워도 괜찮지 않을까?

대표는 프로듀서의 생각을 짐작했다. 그래서 살짝 제안을
바꾸어 제시했다.

"저희 원래 기획은 일반인들을 경연 프로그램처럼 모아서
흉가에서 버티게 하는 건데요. 그런데 이 계획이 아무래도
불안하시면, 일단 일반인 경연 프로그램으로 한번 촬영을 해
보고 정 재미가 없다면, 연예인들 모아서 흉가에서 버티게 하
는 거로 다시 제작할 수도 있어요. 준비한 것 그대로 이용해
서요. 그런 것은 예전에 많이 보셨잖아요? 연예인들이 무서

284

위하면서 소리 지르고 울고 하는 것 보여주고, 옆에서 그거 보고 웃는 다른 연예인도 보여주고. 그거 인기 괜찮았잖아요. 그건 어느 정도 최소한 재미는 나올 거 같지 않으십니까?"

대표가 만들어낸 타협안에 프로듀서는 끌렸다. 대표는 그 타협안조차도 오랜 예전부터 준비하고 있던 것처럼 술술 말했다.

어린 무명의 신인 가수들 남녀를 절반쯤 섭외하고, 반대로 이제 인기가 시들해져서 아무 방송에서도 찾는 사람이 없는 나이 든 연예인들을 절반쯤 섭외한다. 양쪽 다 어떻게든 인기를 얻어보려는 생각에 뭐든 바쳐서 애를 쓰는 사람들일 것이다. 다들 열심히 반응할 것이고, 그러면 괜찮은 결과가 나올 것이다.

"다른 방송이라면 그 사람들로 좋은 결과를 만들기는 힘들겠지요. 사람을 즐겁게 하거나 누군가를 웃기거나 세상에 아름다운 것을 보여 주는 것은 쉬운 일이 아니니까요. 하지만 이 방송은 달라요. 이 방송은 그런 좋은 것을 보여 주는 것이 아니에요. 무서움에 떨고 두려워서 절규하는 모습을 보여 주는 것은 다른 일입니다. 울고 웃는 방송에서 성공하지 못한 사람들 중에서도, 비명을 지르는 방송에서는 제값을 하는 사람을 찾을 수 있는 겁니다."

대표는 열정적으로 프로듀서를 설득했고, 마침내 방송 제작이 결정되었다. 프로듀서의 제안대로 우선 일반인 경연 프로그램으로 먼저 촬영을 해보고, 만약 결과가 나쁘면 연예인들을 섭외해서 다시 촬영하기로 했다.

마침내 감독은 그 소도시의 버려진 건물로 다시 돌아올 수 있었다. 이번에는 혼자가 아니라 제작진들을 잔뜩 이끌고 눈이 부시게 환한 전등을 밝히면서 건물로 들어갔다.

그렇게 들어가니 건물은 처음 보았을 때와는 달라 보였다. 원래부터 아담한 건물이었지만, 여럿이 들어가서 제대로 밝히고 보니 건물은 더 작아 보였다. 게다가 어둠 속에 가려 있던 구석구석이 왁자지껄한 사람 소리에 그대로 드러나자, 으슥하고 축축한 느낌은 확 사라진 것 같았다. 알 수 없는 낙서와 이상한 모양의 쓰레기들도 사람들이 둘러싸고 조사할 때에는 그저 방송에 얼마나 도움이 될까 안 될까 하는 잣대로 평가받는 상품에 불과할 뿐이었다.

그러나 그런 중에도 감독은 여전히 처음 이 건물에서 느꼈던 감정을 느낄 수 있었다. 환한 빛에 드러난 새로운 모습 중에는 더 섬뜩해 보이는 것도 있었고, 여러 사람이 걱정스러운 눈빛을 나누는 가운데 보면 그만큼 더 무서워 보이는 것도 있었다. 세세하게 살펴볼수록 다시 새롭게 또 더 이상한 모습이 드러났다.

감독은 차근차근 방송을 준비해나갔다. 우선 조명과 카메라를 어디에 설치할지 정했고, 어두운 건물 안의 야시경 촬영 장비는 어떻게 달아야 할지를 정했다. 1층, 2층, 3층의 공간 중에 어떤 곳이 개성이 있고, 어떤 곳이 화면에 담길 가치가 있는지 고민했다. 사람들은 건물 구석구석을 다니며 수백장의 사진을 찍었고, 감독은 밤새 그 사진을 보면서 누가 어디쯤에서 어디로 뛰어가며 소리를 지를지 상상했다. 밤마다 감독의 악몽 속에서 그 많은 사진 사이를 온갖 형상의 망령들이 뛰어다녔다.

한편 동시에, 제작진은 다른 문제도 해결해야 했다. 일단 이 버려진 건물에 대해 적법한 촬영 허가를 받는 것부터가 쉽지 않은 일이었다. 건물을 소유하고 있는 사람은 찾기 어려웠고, 경찰에서는 건물 출입을 통제하는 것이 맞다는 주장을 내세우고 있었다. 프로듀서는 혹시 촬영을 하지 못하는 게 아닌가 걱정하기도 했다.

하지만 외주 제작사의 대표는 시청 사람들에게 접근하여 문제를 해결하고자 했다. 방송 앞부분에 짧은 내용을 집어넣으면 이 지역을 홍보하고 놀러 오라고 선전하는 TV 프로그램으로 만들 수 있다고 대표는 설명했던 것이다.

이곳에 찾아와서 시장의 음식점 몇 곳을 돌아다닌 뒤에, 지역 문화재 한두 군데 앞에서 출연자들끼리 교통수단이나 점심 내기를 하면서 시간을 보내는 내용을 집어넣는다는 이야기였다.

"괜찮지 않습니까?"

이런 텔레비전 방송이 도대체 관광 홍보에 무슨 큰 도움이 되는지 어떤지는 대표도 전혀 알지 못했다. 하지만 시청 사람들은 실제로 관광 홍보를 잘하는 것에 관심이 있는 것이 아니라, 자신들이 관광 홍보를 위해서 뭘 했다고 남기기 위한 실적에 관심이 있었다. 텔레비전 방송 협조는 괜찮은 실적이겠지. 50분 동안 여기에 무너져가는 흉가가 있다고 소리치는 방송이라고 해도, 그 전에 10분간 장터에서 파는 팥빵과 300년 전에 죽은 조선 시대 유학자의 사당이 있는 동네라는 이야기가 나온다니, 그럭저럭 괜찮을 것이다.

대표는 허가를 따낸 뒤에 감독을 불러 건물의 어디까지 화면에 담을지를 의논했다. 그리고 거기에 맞춰서 업자를 불러 안전진단을 했다. 버려지고 낡은 건물이지만 대체로 별문제 없이 멀쩡하게 서 있는 건물이라는 진단 결과가 나왔다. 그렇지만 두 사람은 적당히 낡아 보이는 곳에 아무 뜻 없이 쇠 파이프를 세워 기둥처럼 천장을 받치게 설치해두었다. 쓸모 없는 짓이었지만 다들 무엇인가 조금 더 믿음직하다고 여기는 것 같았다.

감독은 바닥에 떨어진 동물 사체와 쓰레기들 중에 무엇을 남기고 무엇을 치울지도 정했다. 버려진 인형들은 대부분 남겨두기로 했다. 몇 개는 장소를 옮겨서 배치해두기로 했다. 주위를 가리고 있던 잡초 중에 일부를 정리하기도 했고, 불을 가져와서 일부러 바닥과 나무에 그을린 자국을 조금 만들기도 했다. 그 버려진 건물을 감독은 더 원하는 대로 가꾸었다.

준비 중에 제작진이 가장 신경을 쓴 것은 일반인 출연자를 뽑는 일이었다. 꽤 높은 상금을 걸고, 반드시 그 상금을 따야만 하는 절박한 일반인들을 방송에 나오게 해야 했다. 절박함이 중요했다. 이 무서운 건물 안에서 밤새 잠들지 않고 동이 틀 때까지 어떻게든 마지막까지 버티는 사람이 승리한다.

"아무리 볼품없는 집이라도 일단 처음 몇 분만 견디고 나면 달라지는 일은 없잖아. 그거 버티기가 그렇게 어려울까? 그냥 서로 졸지 않기 경쟁이 되는 것 아냐?"

그 건물을 실제로 보기 전까지는 그런 말을 하는 사람도 있었다. 하지만 한번 그 건물을 보고 나면 그렇게 생각하기란 쉽지 않았다. 많은 사람이 촬영하겠다고 건물을 에워싸고 북적이고 있고, 틈틈이 쏟아지는 환한 조명이 있었지만, 그런 가운데에도 이 건물은 무서웠다.

촬영하는 사람들 모두가 이곳을 빨리 떠나고 싶다는 생각을 하고 있었다. 심지어 이 촬영에 넋이 빠져 있는 감독의 마음 한편에도 얼른 마무리를 짓고 싶다는 불안이 있었다.

작가는 여러 직업과 연령을 가진 다양한 구성으로 총 여섯 사람을 뽑자고 했다. 감독이 정해놓은 촬영할 지점을 모두 화면에 담기 위해서는 그 정도 사람들이 적당할 거라고 했다.

감독도 거기에 동의했다. 출연자들에게는 각자 자기가 머물러야 하는 장소가 있고, 1시간에 한 번씩 돌아가면서 건물을 한 바퀴 돌고 제자리로 돌아가야 하는 의무를 주는 것으로 규칙을 만들자고 했다. 그러다가 서로 마주치기도 하고, 다른 사람의 방 안을 들여다볼 기회도 생길 것이다. 서로 마주친 출연자들은 어떻게 행동할까? 그때 뭔가 또 더 재밌는 장면이 만들어지지 않을까? 그러려면 거기에 어울리는 사람을 출연시켜야 한다. 무서움을 견디면서 아무도 없는 빈방에서 버티는 장면에 어울리는 사람, 서로 만났을 때 재미난 반응을 할 만한 사람, 덜덜 떨면서 어두운 빈 복도를 걸어 다니는 장면에 어울리는 사람을 뽑아야 했다.

상금이 적지 않았기 때문에 다양한 사람들을 모으는 것은 어렵지 않았다. 전세금을 마련하지 못하면 얼마 있지 않아 가족이 뿔뿔이 흩어져야 하기 때문에 온 힘을 다해서 무서움을 참아보겠다는 나이 든 사람도 있었고, 수술을 받지 않으면 왼쪽 눈이 멀어버리는 병을 갖고 있기 때문에 그 돈을 벌겠다는 간절함으로 도전에 나선다는 젊은 사람도 있었다. 충격적인 사건을 몇 번 겪은 후에 성격이 이상하게 변해버려서 아무것에도 무서움을 느끼지 못한다고 주장하는 사람도 있었고, 한편으로는 신경을 안정시켜주는 효과가 있는 무슨 차를 장기 복용하고 있어서 남들보다 훨씬 더 차분할 수 있다고 주장하는 요술사 같은 사람도 있었다. 그런 중에서도 무슨 수로든 반드시 상금을 타내겠다는 결심이 굳은 사람들 여섯을 추려냈다.

"각자 개성이 뚜렷하게 보이도록, 자기 특성을 제일 잘 드러낼 수 있는 모습으로 옷을 입고 꾸미고 나오라고 하는 겁니다. 일부러 우리가 꾸며주지 않고요."

사람을 뽑는 계획은 맞아 들었다. 이 절박하고 애처로운 사람들 여섯을 모아 두니 그것만으로도 이미 나쁜 느낌이 그들 사이를 빙빙 돌고 있는 듯했다.

마침내 촬영 당일 저녁이 되어 모두가 모였다. 감독은 카메라로 건물을 비추라고 지시했다.

드디어 자기 손으로 촬영하는 영상 속에 지난 시간 동안 항상 머릿속에 머물던 건물의 모습이 담기는 것이 보였다. 그 모습을 보고 감독은 잠깐 병든 사람처럼 부들부들 떨었다. 흥분한 감독은 하얀 손들이 하늘에서 눈처럼 떨어지는 환영을 보기도 했다. 감독은 땀으로 젖은 눈꺼풀을 몇 번 꿈쩍거렸다. 그제야 눈앞이 다시 맑아졌다. 서쪽 햇살에 그림자가 지는 건물의 검은 윤곽이 다시 선명해졌다.

그리고 여섯 사람의 출연자들이 건물 입구에 줄을 섰다. 다들 눈빛이 어두웠다. 밝게 웃고 있는 어느 깜찍한 출연자조차도 마찬가지였다.

"시작합시다."

감독이 말하자, 출연자들은 모두 건물로 들어갔다. 다들 자기가 있어야 하는 방으로 차분히 걸어가 자리를 잡았다. 출연자들이 건물 안으로 들어설 때, 감독은 자신이 그 건물에 들어서고, 한 발자국, 한 발자국 걸을 때마다 느꼈던 그 공포가 다시 마음속에서 솟아나는 것을 알 수 있었다.

맨 먼저 경연을 포기하고 울면서 뛰쳐나올 것으로 제작진이 짐작하고 있는 출연자 한 사람은 이미 단단히 겁을 먹어 괴상한 신음 소리를 내고 있었다. 출연자들의 모습과 숨소리가 미리 설치해놓은 카메라에 잡혀서 제작진의 화면에 나타났다.

자리를 잡은 출연자들은 저마다 방법대로 오늘 밤을 버티기 위해 마음의 준비를 하는 것 같았다.

어떤 사람은 바닥에 앉았고, 어떤 사람은 벽에 등을 기대었다. 어떤 사람은 주문 같은 것을 중얼거리기도 했고, 어떤 사람은 고개를 돌리고 손을 까닥거리는 운동으로 신경을 돌리려고 하는 것도 같았다. 죽어도 나가지 않겠다고 결심하는 그 모습은 흔한 구경거리가 아니었다. 감독이 보니, 그들의 반사된 눈동자가 야간 촬영용 카메라에 잡혀 하얗게 빛나는 모습은 기대했던 것보다 훨씬 효과가 좋아 보였다. 이 건물이 그대로 무덤이 되었고, 여기 있는 모든 사람이 다 한데 진흙 속에 묻혀 있는 것 같았다. 감독은 기뻐서 덩실덩실 춤이라도 추고 싶었다.

그리고 감독은 준비해두었던 보조 연기자들에게 지시를 내렸다.

경연을 하고 있는 여섯 명의 출연자들은 이 보조 연기자들에 대해서는 전혀 알지 못하고 있었다.

감독은 그저 이를 물고 움찔거리면서 밤새 가만히 버티고 있는 사람들을 보여주는 것으로 만족할 생각이 없었다. 그저 수동적으로 출연자들의 모습을 촬영하기만 할 계획이 아니었다. 보조 연기자들은 세심하게 준비한 귀신 분장을 하고 있었다. 그리고 건물 속에 뛰어들어 출연자들을 놀라게 할 계획이었다. 우리는 적극적으로 공포를 더 주입할 것입니다! 그 놀라 날뛸 모습을 화면에 담아내면, 그게 바로 이 건물의 가장 깊은 바닥을 보여주는 방법이라고 감독은 생각했다.

줄지어 서 있는 귀신 모습의 보조 연기자들을 보고 촬영하는 사람들은 잡담을 모두 멈추었다.

귀신들이 침묵 속에서 건물 안으로 들어갔다. 아무도 아무 말도 하지 않았다.

그리고 이다음에 벌어진 일에 대해서는 전하는 사람마다 여러 가지로 이야기가 나뉜다.

어떤 이야기에서는 막 본격적인 촬영을 시작하는 순간 갑자기 감독이 심장이 멈춰서 죽어버렸다고도 하고, 어떤 이야기에서는 그때 바로 건물이 무너지며 모든 촬영이 중단되고 거기에 있는 많은 사람이 다쳤다고도 한다. 지금 여기서 소개하는 것은 그 여러 이야기 중에 이 모든 것의 끝으로 가장 잘 알려진 한 가지 이야기일 뿐이다.

건물에서 가장 먼저 소리를 지르며 뛰쳐나온 것은 귀신 가면을 뒤집어쓴 보조 연기자들이었다.

이겨서 상금을 따내기를 간절히 원하고 있던 참가자들은 다른 참가자들이 먼저 겁에 질려 도망치기를 그저 기다리기만 하는 것이 아니었다. 경연이 시작되자, 참가자들은 하나같이 저마다 자신의 얼굴을 자신이 상상할 수 있는 가장 무서운 귀신으로 꾸미기 시작했던 것이다. 히히히.

— 2017년, 테헤란로에서

멧돼지의 어깨 두드리기

Pat on Shoulder by Mountain Hog

내가 순순산업의 기술영업 일을 한다는 것을 아는 주변 사람들은 그때 그 일을 두고 "정말로 그럴 수도 있냐?"라고 묻곤 했다. 짧게 대답할 때도 있었고 길게 설명할 때도 있었고, 어떤 때에는 나 스스로도 뭐가 맞는 이야기인가 싶어 고민할 때도 있었다. 그래서 한동안 요란하게 화제가 되었던 그 이야기를, 내 관점에서 내가 아는 한 정확하게 한번 정리해 보려고 한다.

순순산업에서 가장 잘 팔린 제품은 순순가스였다. SN엔지니어링 어쩌고 하는 아무 의미도 없는 회사 이름을 순순산업으로 바꾼 이유부터가 바로 우리 회사에서 가장 잘 팔린 제품이 순순가스였기 때문이다. 순순가스는 그냥 가장 잘 팔린 제품 정도가 아니었다. 순순가스는 위대한 제품이었다.

순순가스는 우리 회사를 완전히 다른 회사로 변화시킬 정도로 잘 팔린 제품이었고, 이 회사에서 적당히 자리나 차지하고 있던 얼간이 같은 양반들을 일약 거룩한 억만장자로 만들어준 걸작이었다. 조금 과장하자면 순순가스는 우리나라의 경제를 바꾸었고, 세계의 문화를 바꾼 제품이라고 말해도 부족함이 없다.

그렇지만 순순가스가 개발되어 나온 초창기에는 이런 미래를 상상하는 사람은 거의 아무도 없었다. 지금 생각해보면 기술개발팀의 과장이었던 그녀 정도가 예외였다.

"이게 정말 부작용이 없어요. 이런 제품을 우리가 어떻게 만들었을까."

그녀는 나에게 이 제품은 잘만 팔면 정말 끝내줄 거라고 설명했다.

"이 가스를 마시게 하면, 동물이 갑자기 순해져. 그것도 한번 순해지면 영영 순해진다니까. 그거 말고는 동물이 무슨 기능이 크게 떨어지거나 어쩌거나 하는 것도 없어요. 건강해. 그냥 순해지기만 한다니까."

"그래서 이걸 어디에다 팔아야 할까요? 고양이가 너무 사나워서 걱정인 애묘인들한테 팔아야 하는 걸까요?"

"아니야. 애묘인들은 좀 아닐 거 같아. 고양이 키우는 사람들은 고양이가 좀 사나운 것도 나름대로 멋있는 거라고 생각한단 말이야."

"그럼 애견인요? 맨날 물어뜯기만 하는 개가 갑자기 순해져서 살랑살랑 꼬리를 흔들게 만드는 가스라고 하면서 팔면 어때요?"

그렇게 말했지만 나는 별로 깊게 공감하고 있지 않았다. 우리 회사는 그때까지 동물과 관련된 장사를 해본 적이 없었다. 우리 회사의 홍보팀은 광고라고는 아이돌 그룹 비슷한 젊은 사람들을 고용해서 노래 가사를 바꾼 CM송을 부르며 화면 속에서 춤을 추게 한다는 것밖에 알지 못했다. 개 흉내를 내는 안무를 넣어 광고 영상을 하나 만들기는 했지만 내가 봐도 그래서 될 일이 아닌 것 같았다. 개나 고양이를 위한 약은 그런 식으로 팔 수 있는 것이 아니었다.

수출도 쉽지 않았다. 유럽과 미국은 개나 고양이를 위한 약이라고 해도 허가를 받는 것이 까다로운 편이었다. 반대로 그 외의 노려볼 만한 시장이 큰 나라 중에는 개나 고양이가 사납든 안 사납든 신경 쓰는 사람들이 별로 많지 않아서 또 약을 팔기가 좋지 않았다.

그래도 어찌어찌 해서 조금씩 팔아보려고 했더니, 이번에는 그것이 진정한 개사랑이 아니라는 분위기가 고객들 사이를 휩쓸었다.

"개의 개성을 그대로 보듬어주는 것이 진정한 사랑입니다. 억지로 개를 아무것도 못 느끼는 로봇처럼 만드는 것은 끔찍한 일입니다."

우리는 발톱을 깎아주는 일이나 중성화 수술처럼, 순순가스도 동물과 사람이 같이 지내기 위해 꼭 필요한 기술이라고 선전하려고 했지만, 그게 잘 먹히지 않았다. 나중에 알고 보니 사나운 개를 훈육하는 법을 가르치는 것을 직업으로 하는 사람들이 자기들 생계를 위해서 우리 제품을 나쁘게 말하고 다니는 것이었다. 하기야, 순순가스가 많이 팔리면 그 사람들은 모두 실업자가 될 판이니 어쩌겠는가.

그녀는 "순순가스는 정말 괜찮은 건데. 부작용이 없는데."라고 한탄했고, 나는 서커스 하는 사람들이나 맹수 나오는 영화를 촬영하는 사람들을 위해서 사자나 호랑이를 순하게 만드는 용도로라도 한번 제품을 팔아보려고 했다. 그 바닥에서는 그럭저럭 팔리기는 했는데, 제품 판매를 위해서 "이거 진짜 잘 먹힌다니까요!"라고 말하면서 호랑이 입에 내 머리를 집어넣는 시범을 보였어야 했기 때문에 별로 아름다운 추억은 못 되었다.

그러고 나서 한동안 우리는 순순가스를 잊고 살았다.

내가 순순가스를 다시 떠올린 것은 친구 돌잔치에 다녀온 후였다. 학교를 졸업하고 나서 어찌어찌 정치 단체를 따라다니다가 일이 잘 풀려서 한몫 잡은 친구는 여느 부유한 가정이 그러는 것처럼 여러 자식을 자랑스럽게 거느리며 자랑하고 있었다. 잘 팔리는 제품이라고는 하나도 없는 회사의 영업 사원으로 조용히 살아가는 나의 삶과는 아주 달라 보였다.

이런 식으로 50년, 60년 정도가 지나면 친구는 자신의 부유한 유산을 자식들에게 분배해주고 세상을 떠날 것이고, 가난한 나는 아무도 남기지 않은 채 세상을 떠날 것이다. 우리 세대는 다들 이렇게 살고 있으니, 아마 60년 정도가 지나면 가난한 사람들의 자손은 모두 세상에서 사라지고, 세상에 살아남는 것은 오직 부유한 사람들뿐일 것이다. 그런 생각이 유행하던 시절이었다.

그래도 되는 세상이라고들 했다. 100년 전 같았으면 더럽고 위험하고 천한 일을 시키기 위해 노예나 가난한 사람들이 꼭 필요했겠지만, 이제는 발달한 로봇들이 사람이 하는 모든 더럽고 위험하고 천한 일을 해내고 있다. 가난한 사람이 해야 하는 일이라고는 호랑이 입속에 머리를 디밀고, "보세요. 정말 순하죠?"라고 말하며 약을 파는 일 정도밖에 남지 않았다.

빈부의 격차를 두고, 더 이상 부유한 사람들이 가난한 사람들을 채찍질하면서 군림하는 사회를 상상하는 사람들은 없었다. 부유한 사람들은 계속해서 이어지고, 가난한 사람들은 그냥 사라져 멸종될 뿐이다. 부유한 사람들이 넘치는 부유함을 복지 제도를 통해서 조금씩 나눠주면서 가난한 사람들이 자손을 남기지 않고 조용히 사라질 때까지 그럭저럭 버텨내게 하기만 해주면 된다. 그렇게 해서 시간이 흐르면 드디어 청동기시대 이래 처음으로 빈부의 격차가 진정으로 혁파되어, 부유한 사람들만이 남는 시대가 올 것이다. 뭐, 그런 이야기였다.

그런데 정작 그 친구는 돌잔치에서 엉뚱한 소리를 했다.

"부자만 사는 세상, 그런 세상을 저희가 원하는 것이 아닙니다. 그걸 바꾸는 기술이 바로 생체형 배아 발달 장치입니다. 저희 아이도 바로 생체형 배아 발달 장치에서 태어난 아기예요."

그 친구가 소속된 정치 단체는 "가난한 여러분을 위한 정치"를 내세우고 있는 곳이었던 것 같다.

그런데 그 단체에서는 배아 발달 장치를 열심히 홍보하고 있었다.

배아 발달 장치란 사람이 직접 임신할 필요 없이, 정자와 난자만 채취해서 기계 안에 심어놓으면, 그 기계가 사람 역할을 하여, 거기에서 수정란을 태아로, 태아를 아기로 자라나게 만든다는 장치였다. 말하자면 세포 수준의 조작이 가능하고 태반과 직접 연결될 수 있는 인큐베이터와 비슷했다. 처음 배아 발달 장치가 나왔을 때 학자들이 "쥐 없이 쥐를 기계에서 태어나게 했다", "소 없이 소를 기계에서 태어나게 했다"라면서 떠벌렸다.

그러나 그러고 나서 한동안은 잠잠했다. 그때만 해도 순순 가스와 비슷한 꼴이었다.

배아 발달 장치가 장사가 안 된 이유는 장치의 안정성을 높이는 데 한계가 있어서 실패 확률이 상당히 높았기 때문이었다. 실패 확률이 25퍼센트 정도였으니까, 학술적으로 봤을 때는 놀라운 성과였다. 그렇지만 네 명 중의 한 명이 출생 과정에서 위험해지는 장치라면 사람에게 쓰기에는 도덕적으로 문제가 있었다. 게다가 덕지덕지 연결된 전자 장치와 정교한 기계 장치라서 가격도 대단히 비쌌다. 그러다 보니, 대단한 기술이라고 떠들었던 것에 비해서는 장사거리가 못 되었고 널리 퍼지지도 않았다.

그런데 그날 친구가 이야기했던 것은 그런 전자 장치로 된 배아 발달 장치가 아니었다. 그게 아니라 새로 나온 생체형 배아 발달 장치였다. 그리고 그 친구는 생체형 배아 발달 장치는 완전히 다른 기술이라고 말했다. 훨씬 더 안전하고 훨씬 더 저렴했다. 특히 안전성은 감격스러웠다. 얼마나 안전하냐면 사람이 실제로 임신을 하고 출산을 하는 것보다도 생체형 배아 발달 장치는 더 안전했다.

"이 멧돼지가 우리에게 새로운 세상, 가난한 사람들의 자손도 널리 퍼질 수 있는 세상을 만들어줄 것입니다!"

친구는 그리고 생체형 배아 발달 장치의 겉모습을 보여주었다. 완전히 다른 기술답게 겉모습도 완전히 달랐다. 그것은 더 이상 전선과 플라스틱 관이 달린 기계의 형태를 하고 있지도 않았다. 그것은 친구의 설명 그대로 유전공학을 이용해서 사람의 태아를 품은 채 기를 수 있도록 장기가 개조된 멧돼지였다.

개조한 멧돼지의 몸속에서 사람 태아가 자라나 태어나게 하는 기술은 아주 성공적이었다. 대량 생산도 가능했고, 집단으로 운영하는 것도 가능했다. 친구는 이제 앞으로 가난한 사람들도 평등하게 생식세포를 채취한 뒤 국가에서 이런 멧돼지에게 주입하면 그 자식을 태어나게 할 수 있다고 했다. 그리고 그렇게 태어난 아기들을 사회에서 책임지고 길러주는 방식으로 인류의 미래를 바꿀 수 있다고 떠들었다.

그 정치 단체의 주장에 공감하는 사람들이 당장 많지는 않았다. 하지만 그것과 관계없이 이 멧돼지는 장사가 잘 되었다. 실제로 임신과 출산으로 인한 사람의 질병, 부상, 사고도 빠르게 줄어들었다. 처음에는 아주아주 특이한 사람들만 선택하는 것이 개조 멧돼지를 이용한 생체형 배아 발달 장치라는 느낌이었지만, 얼마 지나지 않아 이 방법을 택하는 사람들은 점차 더 자주 눈에 뜨이게 되었다.

물론 여러 가지 이유로 이 기술에 반대하는 사람들도 많았다. 어색하고 거북해하는 사람도 많았고, 그냥 괜히 증오하는 사람도 있었다. "자연적이지 않다"면서 거부하는 운동을 펴는 사람들도 있었다. 어떻게 동물의 몸을 사람의 이익을 위해 그렇게까지 막 써먹을 수 있냐며, 멧돼지들의 얼굴 표정 사진을 들고 하는 시위도 있었다. 유치원생들 사이에서는 "너는 멧돼지가 낳은 아이라서 코가 돼지코 될 거라지."라고 아이를 놀린다는 이야기도 돌았다.

그렇지만 결국은 시간문제였다. 인구 집단별로, 문화권별로, 나라별로, 차이는 있었지만, 점차 생체형 배아 발달 장치 기술은 대중화되고 있었다. 하기야, 당장 단군부터 곰이 낳은 자식이라는 신화가 있는데, 멧돼지라면 뭐 어떤가. 먼 옛날의 임금님들은 흔히 알에서 태어났다는 전설이 있는데, 생체형 배아 발달 장치 기술도 적당히 문화에 통합될 수 있을 만한 일이었다고 생각한다.

문제는 그런 문화 통합이 지나치게 심하게 일어났다는 데서 생겨났다. 누군가가 생체형 배아 발달 장치로 사용한 멧돼지는 법적으로 '가축'에 해당한다는 것을 알아내서, 출생 수술 후의 멧돼지를 도축한 뒤에 그 고기를 판매하는 사업을 시작한 것이다. 나는 그 사고방식을 이해할 수 없었지만, 그런 멧돼지는 신비의 영약이라는 소문이 돌아서, 비싼 값에 대단히 잘 팔려나갔다. 특히 이런 멧돼지의 기름과 고기가 노화 방지나 피부 미용 효과가 있다는 소문은 거의 종교처럼 강렬하게 퍼졌다.

멧돼지를 식용으로 이용하는 데 대한 반대는 조금 더 거셌다. 특히 생체형 배아 발달 장치를 통해 태어난 아이들이 자기주장을 말할 수 있는 초등학생 정도가 되자, 그런 어린이 중 몇몇이 이런 멧돼지들의 식용화에 반대하는 운동을 주도하기도 했다.

그래서 몇몇 회사들은 자기네들은 절대로 육가공 업체와는 거래하지 않으며, 출산 후에는 바로 멧돼지를 안락사시킨 뒤 화장한다고 광고하는 것이 흥행한 시절도 있었다. 그 시절, 어떤 사람들은 반대로, 그렇게 무의미하게 멧돼지를 도구로만 활용한 뒤에 의미 없이 안락사시키고 태워서 재로 만드는 것이야말로, 멧돼지의 생명을 무시하는 일이라고 주장하기도 했다. 차라리 사람의 음식이 되어 다른 생명을 살아가게 하는 식량 역할을 하는 것이 더 뜻깊은 일이며, 오히려 그 멧돼지의 죽음에 대해 여러 사람이 더 감사하게 하는 기회로 그

의미를 생각하게 할 수 있다고 했다.

우리 회사 영업팀 사람들은 바로 그때 순순가스를 떠올렸다. 나도 마찬가지였다. 혹시, 조금만 잘 풀리면, 이런 상황이 순순가스를 어마어마하게 팔 기회가 될지도 모른다는 생각이 들었다.

짐작대로였다. 곧 출산한 멧돼지를 집에서 키우며 같이 살겠다는 사람들이 나타났다. 마당이 넓은 집에서 사는 농촌과 교외 지역 주민들 사이에서 그런 움직임은 먼저 생겼다. 멧돼지를 개나 고양이처럼 집에서 같이 기르고, 온 가족이 이 멧돼지를 가족의 한 사람처럼 여기면서 지내자는 생각이었다.

그런데 여기에는 결정적인 문제가 있었다. 멧돼지는 개나 고양이가 아니라서, 온순하게 사람 집에서 같이 살기가 매우 힘든 동물이었다. 멧돼지와 같이 살겠다며 한껏 고양된 표정으로 웃음 지으며 말한 선량한 표정의 사람이 얼마 후 멧돼지에게 공격당해서 다쳤다는 이야기는 한동안 언론이 가장 좋아한 이야깃거리였다.

그러나 우리에게는 이 결정적인 문제에 대한 아름다운 해답이 있었다. 바로, 멧돼지의 뇌를 조작하여 단번에 온순하게 만들어줄 수 있었던 우리 회사의 순순가스였다.

그렇게 해서 우리 회사 사람들은 생체형 배아 발달 장치도 적극적으로 홍보했고, 멧돼지와 같이 사는 삶도 적극적으로 홍보했다. 그동안 우리 회사도 조금은 동물을 위한 약을 파는 방법에 친숙해진 상황이었다. 나를 비롯한 많은 영업 사원들이 순순가스를 들이마신 멧돼지를 껴안고 "가족보다 고마운 가족"이라고 친한 마음을 표시하는 사진을 무수히도 찍으면서 다녔다.

멧돼지를 키울 공간이 집 안에서 나오지 않는 편인 도시에서는 은퇴한 멧돼지를 단체로 풀어놓고 기르는 거대한 농장을 만들었다. 인구가 줄어들어 통째로 빈 마을이 되어버린 산골 몇 군데를 커다랗게 묶은 구역을 정해서, 빈집을 깔끔하게 고친 뒤 멧돼지들이 사는 단지를 건설했다. 그리고 순순가스를 마신 멧돼지들을 정부에서 일괄적으로 관리하여 멧돼지들의 도시로 옮겼고, 그 후에 이 멧돼지들이 판다보다, 나무늘보보다, 더 평화로운 여생을 즐길 거라고 선전했다. 정부에 대량으로 순순가스를 납품하는 길이 뚫리자, 우리 회사 직원들 역시 이제 평화로운 여생을 즐길 것을 꿈꿀 수 있게 되었다.

예상하지 못한 사건이 터진 것은 그로부터 1년이 좀 더 지난 즈음이었다.

징조가 전혀 없었던 사건은 아니었다. 생체형 배아 발달 장치를 혐오하던 사람들 사이에서는 이것이 널리 퍼지고 인구의 재생산이 부담 없이 단순화되면, 그만큼 무책임한 부모가 늘어날 것이라는 주장이 나왔다. 그 사람들이 자체 조사를 해본 결과 생체형 배아 발달 장치가 보급된 이후, 출산에 대한 후회와 아동 학대가 더 늘어나고 있다고도 말했다. 여기에 대해서는 반대 의견도 강했다. 부모의 부담과 스트레스가 줄어들고, 사회가 더 적극적으로 개입하게 되면서 도리어 아동학대는 결국 줄어들 거라고 주장하는 쪽이 더 많았던 것이다.

둘 중에 어느 쪽의 말이 옳은지와 관계없이, 이원이라는 사람의 부모는 자식을 학대하는 축에 속했다. 이원은 태어난 지 이제 1년이 갓 지난 사람이었는데, 부모는 이원에게 위험한 폭력을 행사했다.

그 부모들이 언제나 비열하고 사악했던 것은 아니었다. 그 무렵 이원에게는 새벽에 갑자기 깨어나 주변을 걸어 다니며 놀고 소리를 지르거나 우는 버릇이 있었는데 그때를 부모는 참기 어려워했다. 한번 잠이 깨면 쉽사리 잠이 들지 못하는 그들은, 새벽마다 깨어나 시끄럽게 구는 이원을 보면 가끔 견딜 수 없을 때가 있었다.

바로 그런 어느 밤이었다. 멧돼지들의 도시에서는, 그곳에 살던 멧돼지 한 마리가 마침 울타리의 적당한 곳을 딛고 올라가 탈출하는 일이 생겼다. 순순가스로 처리한 멧돼지들은 울타리 바깥으로 나가지 않으려고 하는 것이 보통이었다. 하지만 마침 이 멧돼지의 눈앞에 너무나 간단히 탈출할 수 있는 지점이 나타났던 것 같다.

그리고 이 멧돼지는 넓게 펼쳐진 들판과 불빛이 반짝이고 있는 도시를 마음껏 뛰어다녔다. 도시의 색다른 냄새를 즐기며 거리를 산책하던 멧돼지는 이윽고 사람들이 사는 아파트 단지에 들어섰다. 거기에서 멧돼지는 베란다 아래 화단을 초원처럼 달렸고, 어린이 놀이터의 미끄럼틀을 기암절벽

처럼 오르내렸다. 주차장의 트럭을 몇 차례 들이받으며 힘겨루기 장난을 치고, 또 깜빡하고 잠그지 않은 수돗물을 시원하게 들이켜고 나서는, 마침 열려 있던 한 엘리베이터 안으로 뛰어들어 갔다.

얼마 후 엘리베이터에서 나온 멧돼지는 어느 집 앞으로 걸어갔다. 곧 멧돼지는 이원과 그 부모가 살고 있던 집의 창틀로 뛰어올랐고, 방충망을 부수고 방 안으로 들어갔다. 격분하여 소리 지르며 이원에게 다가가고 있던 그들도 잠시 고개를 돌리기에 충분한 움직이었다. 달빛에 갈색 털이 반사되는 모습과 그 우람한 네 다리가 보이자, 그들은 자신들이 무엇을 보고 있는지 알 수도 없었고, 믿을 수도 없었다. 멧돼지는 이원과 부모 사이에 끼어들었고, 부모를 자빠져 물러나게 만들었다.

순하디순한 이 멧돼지는 그 이상의 행동은 하지 않았다. 그저 자신 앞에 압도되어 있는 두 사람의 어깨를 그 커다란 다리로 툭툭 두드려주었을 뿐이다. 그들은 후에 240킬로그램짜리 산짐승 앞에 널브러져 속눈썹이 기다란 끔뻑거리는 그 커다란 눈을 보고 있으니 꼭 무슨 말을 하는 것 같았다고 했다.

나중에 이 사건이 알려진 후, 많은 사람은 이 멧돼지가 바로 다름 아닌 이원이 태어난 생체형 배아 발달 장치였다고 이야기했다. 그리고 그 멧돼지가 마침 그 집으로 들어간 것은 신비한 본능 때문이라고 말했다.

그런 이야기를 믿는 바탕에는 순순가스가 동물적인 성향

을 어떤 인간적인 것으로 바꾸는 것이라는 막연한 감상이 깔린 것 같다. 어떤 사람들은 태아와 멧돼지가 공존하는 동안, 멧돼지도 사람의 영향을 받아 뭔가 변한 것 같다고 상상하며 이야기를 퍼뜨리기도 했다. 그렇지만 기술팀의 그녀는 순순가스는 '전혀' 부작용이 없으며, 그런 일은 가능하지 않고, 멧돼지가 그 집으로 들어간 것은 시끄러운 아기와 어른의 소리를 들어서 거기에 자극을 받았기 때문일 뿐이라고 설명했다.

이야기의 결말은 이러하다. 멧돼지가 들이닥친 후 1시간이 지났을 때, 신고 전화를 받고 출동한 구조대와 경찰이 도착했다. 집 안으로 들어가 보니, 두 사람은 바들바들 떨면서 벽면에 바짝 붙어 있었고, 이원과 멧돼지는 세상 기분 좋게 편안히 잠들어 있었다고 한다.

— 2017년, 테헤란로에서

종말 안내문

Apocalypse Notice

안녕하십니까? 고객님, 저희는 지구로부터 5천5백 광년 거리에 있는 별, KA426426에서 창업한 출장 종말 서비스 팀입니다. 갑자기 이렇게 지구에 나타나 지구 곳곳을 저희 서비스팀의 소형 로봇으로 가득하게 만들어 놀라셨을 줄로 압니다. 이러한 실례에 대해 고개 숙여 사과의 말씀부터 드리고자 합니다.

그럼 이제부터 저희 서비스에 대해 간략하게 안내해드리겠습니다. 안내를 더 듣고 싶지 않으시면 "아니요"라고 말씀해주십시오. 그러면 그분께만은 더 이상 이 안내가 전달되지 않도록 조절해드리도록 하겠습니다.

지금으로부터 4시간 후, 지구 및 그 인근에 있는 사람들은 모두 고압진동파로 분해될 것입니다. 이 과정에 12만분의 1

초가 소요될 예정이며, 분해된 후에는 한 분의 고객님께서는 평균 2억 개 정도의 잘게 나뉜 조각으로 바뀌게 됩니다. 여기에 어떠한 예외는 없으며, 모든 사람이 전부 저희 서비스를 받게 될 것입니다. 지구 이외의 장소에 있다 하더라도 사람이시라면 저희 서비스 대상이며, 이에 따라 우주정거장에 계신 분이나 달 탐사 중이신 소수의 고객 역시 모두 저희 서비스를 받게 되실 것입니다.

남아 있는 4시간 동안 괜히 억울하다면서 소리 지르고 주위 사람을 괴롭히거나, 난동을 부리는 행동은 자제해주시기를 요청드립니다. 그런 행동을 하게 되면 저희 서비스팀이 즉각 포착하여 조치를 취할 것입니다. 아마도 어떤 분들은 그런 행동이 진정으로 인간다운 마지막 저항이자, 마지막 자유의 표현이라고 생각하실지도 모르겠습니다. 하지만 부질없는 생각입니다. 괜히 유리창이나 깨고 소리나 지르면서 안 그래도 놀랐을 주변 다른 고객님들을 심란하게 하다가 결국 저희가 조치를 하게 되는 그런 행동에는 아무런 존엄도 가치도 없음을 양지하시기 바랍니다.

그런 행동보다는 평소와 같은 평범한 생활을 아무 차이 없이 해나가시다가 4시간 후에 저희 서비스를 받으시는 것을 권유해드립니다. 저희 서비스는 고객님께서 어떠한 고통이나 자각을 조금이라도 느끼시기도 전에 고객님의 몸을 산산이 분해해드립니다. 저희 출장 종말 서비스 팀의 첨단기술은 한 생물 종을 말살하는 알려진 그 어떤 방법보다도 부작용이 적습니다.

아마도 고객님들 중 일부는 한 번쯤은 우주가 이렇게 넓고 별이 많고 역사가 긴데, 왜 우주에 있는 다른 외계인이 아직 보이지 않는 것인지 궁금해하신 적이 있으실 겁니다. 은하계에는 1천억 단위의 별이 있으니 그중의 100분의 1만 지구 같은 행성이 있다고 하더라도 수십억 단위의 행성이 있고, 그중의 만분의 일에만 외계인이 있다고 해도 수십만 단위의 외계인이 있어야 하지 않겠습니까? 이 비율을 너무 높게 잡은 것이라고 비판하는 분도 있으시겠습니다만, 그래도 외계인이 단 한 종류조차 공식적으로 발견되지 않았다는 것은 너무 이상하지 않았습니까? 그리고 참고로 말씀드리자면, 저희가 확인한 바로 앞의 계산은 대충 맞습니다. 외계인들이 직접 비행접시를 타고 지구에 찾아오는 일은 없다 하더라도, 외계인들이 통신을 위해 발사한 전파나, 외계 문명의 흔적으로 보이는 전자기파가 감지되는 일 정도는 있을 법한데, 몇십 년 동안 부지런히 지구에서 고객님들께서 조사해봐도 그런 외계인의 흔적조차 찾아지지 않은 것은 참 이상한 일이었을 겁니다.

저희 서비스에서 지금 바로 그 해답을 알려드립니다. 그 이유는 외계인이 발견될 만하면, 바로 저희가 먼저 달려가서 그 외계인들을 모두 종말시켜버렸기 때문입니다. 외계인들이 통신에 사용하는 전파 같은 것이 감지되면 그 누구보다도 바로 저희가 제일 먼저 가장 신속하고 가장 정확하게 찾아가서 바로 종말시켜버리고 있습니다. 저희는 지난 1억 년 동안 12

만 개 이상의 외계인 문명을 종말시켰으며, 이는 은하계 1위의 놀라운 실적입니다.

처음 저희가 서비스를 시작했을 때, 저희의 고향 행성에서는 은하계 각지로 로봇들을 보냈습니다. 그 로봇들이 바로 저희 출장 종말 서비스팀입니다. 저희 서비스팀은 운영 중에 적당한 자원이 있는 행성을 발견하면 더 많은 로봇을 현지에서 직접 생산하여 서비스팀 인원을 보강하고 더 많은 곳에 출장 종말 서비스팀을 보냈습니다. 그런 식으로 새끼가 새끼를 치는 방법으로 저희는 온 은하계를 출장 종말 서비스망으로 뒤덮었습니다.

그러다가 얼마 전 저희는 지구에서 발사된 전파를 근처에서 감지했고, 곧 지구에도 문명을 이룬 생명체들이 살고 있다는 사실을 분석하게 되었습니다. 이에 따라, 신속하게 지금 보시는 바와 같이 고객님들을 종말시키려고 날아온 것입니다.

저희가 고객님들과 같은 지성과 의식을 갖춘 인간 같은 생명체들, 외계인들을 이렇게 열심히 종말시키려고 하는 이유가 궁금하시겠지요? 그 이유는 간단합니다. 그것은 바로 인생 자체가 고통이기 때문입니다. 고객님들 중 몇몇은 아마 어디선가 적당히 잘난 척할 수 있는 글귀를 읽은 얼치기가 "차라리 태어나지 않았다면 걱정도 없고 고통도 없었을 텐데…." 라고 읊조리는 모습을 본 적이 있을지 모르겠습니다. 저희 고향 행성에서 처음 서비스를 위해 저희 로봇을 만들어내서 은

하계 각지로 보낸 창업자분들께서 바로 그런 사상을 갖고 계셨습니다.

자아와 의식과 지성과 문명을 가진 채 이 세상을 살아가는 것은 대단히 괴로운 일입니다. 도대체 인생에 무슨 의미가 있으며 우주가 왜 생겨났는지를 알지 못하는 그 허무를 버티는 일은 너무나도 고통스러운 일임을 저희는 잘 알고 있습니다. 그러한 고통은 고객님이 가진 의식의 가장 원초적인 부분을 헤집는 아주 본질적인 수준의 고통이기 때문에, 고객님의 삶과 지구의 문명이 유지되면서 만들어내는 그 모든 좋은 것을 다 합한다 하더라도 절대 극복되지 않을 만큼 극심한 것이라고 평가해야 마땅합니다. 그래서 저희는 더 이상 앞으로 영원히 지구에서 그런 일이 생기지 않도록, 지구에서 모든 사람을 말끔하게 사라지게 해드릴 예정입니다.

아마 고객님들 중 일부는 그렇다손 치더라도, 그러면 앞으로 태어날 사람들만 없애면 되지, 왜 잘 살고 있는 사람들까지 왜 지금 당장 강제로 없애야 하느냐고 의아해하실지도 모르겠습니다. 실제로 저희가 서비스를 제공해드린 외계인 문명 중에 3만 군데 이상에서 같은 말씀을 하셨습니다.

그러나 이는 1억 년간의 오랜 역사와 경험에서 우러나오는 저희 서비스 특유의 방침입니다. 어차피 인생을 앞으로 20년, 50년, 혹은 100년 더 산다고 해서 근본적인 삶의 허무에 대한 고통이 달라지는 것은 아닙니다. 오히려 저희가 제공하는 깔끔하고 효율적인 서비스를 지금 받아들이는 것이 가장 좋은 선택입니다. 저희가 몇십 년의 시간을 드리면, 그 시간 동안 괜히 앞서 잠깐 언급 드린 혼란과 폭동 때문에 더 괴로움이 커질 뿐입니다. 특별한 폭동이나 혼란이 없다고 해도 수백억 년 우주 역사에서 고작 몇십 년을 더 사는 것은 별 차이가 없는 일입니다. 대신 저희는 역사상 그 어떤 사회 제도보다도 공평하게 단 한 명의 예외도 없이 모든 분께 지금 종말을 즉각적이고 완벽하게 제공할 수 있는 기술을 갖고 있습니다.

특히 저희의 추정에 따르면 지금으로부터 약 2천2백 년 정도 고객님의 문명이 더 발달하게 되면, 고객님 종족 중 많은 숫자가 전혀 다른 새로운 경지의 정신세계에 돌입하게 됩니다. 이 정신세계에서 사고 수준과 감성은 지금과는 비할 바 없이 놀라운 수준이 될 것입니다. 그런데 그렇게 되면 동시에 그때 느끼는 인생의 슬픈 순간들, 삶의 무의미함에 대한 고통, 인생을 사는 것 자체에 대한 본질적인 고통 역시 지금과는 비할 바 없이 극심해집니다. 그렇게 됐을 때 한 사람 한 사람이 느낄 마음의 무게가 얼마나 무거운지는 현재 고객님들께서 이해할 수 있는 언어로는 어렴풋하게 설명조차 할 수 없습니다. 시간이 지나 봐야 고객님들께 일어나는 일은 그런 것뿐입니다. 지금 저희에게 서비스를 신속하게 받는 것이 가장 탁월한 선택임을 자부합니다.

고객님들 중의 몇몇은 의식을 가진 사람이 느끼는 인생의 고통을 그렇게 심각한 문제로 평가하는 것은 그 나름대로 호

들갑스러운 감상주의요, 신비주의며, 인간 중심주의라고 지적하실지 모릅니다. 사람도 어차피 생명활동을 하는 다른 동식물과 다를 바 없으니, 그런 동물 중에 조금 더 지능이 발달한 결과로 생긴 의식과 삶에 대한 의문, 허망감이라는 것이 무슨 대단한 세상에서 가장 중요하고 심각한 문제라는 주장은 너무 사람만을 특별하게 보려는 인간 중심적인 사고방식에 지나지 않는다고 지적하실 수도 있을 것입니다.

저희도 그런 주장을 들어본 적이 있습니다. 사람이 의식하는 세계의 의미와 인생의 허무가 무슨 대단히 엄청난 주제라는 관점이 아예 잘못된 것이라고 하실 수 있을 것입니다. 저희도 이해합니다. 인생의 의미란 그냥 사람의 뇌가 가진 습성상 그런 문제가 괜히 대단하고 심각하게 느껴지는 소재로 받아들여지는 것일 뿐, 실상 고양이에게 개박하 냄새가 아주 중요하게 여겨지고, 개미에게 설탕 맛이 아주 중요시하게 느껴지는 습성과 본질적으로 아무 다를 바가 없다고 하실 수 있을 것입니다. 그러니 그런 삶의 고통이 있으면 엄청난 문제고 그 고통이 없으면 뭐가 또 확 달라지는 것처럼 포장하는 것 자체가 잘못된 것이라고 주장하실지도 모릅니다.

그러나 한편으로 인생은 무엇보다 소중한 것이고, 사람의 의식이 느끼는 세상의 모습은 그 자체로 우주와 같으며, 그러므로 사람 하나하나가 각자의 우주라고들 하지 않습니까? 저희 로봇들을 처음 은하계로 내보낸 창업주들께서는 바로 그런 생각으로 우주에서 그 모든 생각하고 의식을 갖는 고통이 더 커지기 전에 막는 것이 가장 아름다운 일이라고 생각하셨습니다. 그분들은 서비스 시작 후 1만5천 년 후에 멸망하셨고 그 후 세월이 흐르는 동안 이제 완전히 사라지셔서 흔적도 남지 않으셨습니다. 그러나 그 후에도 저희 로봇들은 자동으로 작동되면서 은하계 전체로 퍼져나가며 이후 1억 년 동안 꾸준히 작동해오면서 온 우주의 고뇌하는 종족들을 사라지게 해드린 것입니다. 그리고 그러던 끝에 마침내 고객님을 만나게 되었으니, 저희로서는 놓치지 않을 겁니다.

지금 저희는 사람 이외의 다른 동물 중에도 없애야만 하는 것이 있을지 판단하고 있습니다. 지능이 높다고 판단되는 몇몇 동물들, 개, 고양이류의 동물들은 안타깝지만 사람과 너무 비슷하다고 보고 있으므로 같이 종말시킬 예정입니다.

과거 몇몇 행성들의 경우, 저희가 지능이 낮은 동물 종족들은 그대로 남겨둔다는 점을 악용하여, 사람과 동물을 합성한 형태의 생물을 유전공학으로 만들어내면서 어떻게 자신들의 후손을 남기며 빠져나갈 궁리를 한 적도 있었습니다. 그러나 그런 애매한 사례에 대해서는 예외 없이 종말로 처리한다는 점을 분명히 미리 공지해드립니다.

또한, 지구는 이제 지성 생명체 발생 가능 행성으로 등록되었으므로, 앞으로 백만 년, 또는 천만 년 후에 혹시 또 다른 생물이 사람처럼 지능을 갖는 방식으로 진화하게 되면, 그 순간 저희가 즉시 발견해 다시 종말시켜드릴 예정입니다.

고객님들의 반응에 따라 저희는 다음 종족에게 제공할 서비스의 형태를 끊임없이 개선해나가고 있습니다. 저희는 사전 공지 없이 무슨 일이 일어나고 있는지 알지도 못하는 가운데 종족 전체를 사라지게 하는 방식으로 종말 서비스를 운영한 적도 있습니다. 무슨 일이 일어나는지 전혀 모르고 있는데, 그저 밥을 먹다가, 잠을 자다가, 길을 걷다가, 문득 어느 순간에 뿅 하고 모든 종족이 확 분해되어 사라진 종말도 여러 차례 있었습니다. 그러나 그런 것보다는 그래도 사전에 알려주기는 하는 것이 더 고객 만족이 크다는 분석에 따라, 지금은 4시간 전에 미리 이처럼 안내를 드리게 되었습니다.

향후 다른 종족을 종말시킬 때에는 공지 이전에 먼저 강력한 진정 광선을 발사하여 감정 일부를 마비시켜서 공포감, 불안감을 전혀 느끼지 못하게 한 상태로 두고 훨씬 더 편안하게 종말시켜드리는 방법도 고려하고 있습니다. 그러나 아직 이러한 방식은 서비스 준비 중입니다. 서비스 방침은 저희 로봇들의 중앙 통제 컴퓨터의 판단에 따라 변경될 수 있으며, 앞으로 다른 행성에서 다른 종족에게 서비스를 제공할 때에는 다시 사전 공지 없이 갑자기 서비스를 개시하게 될 수도 있으니, 착오 없으시기 바랍니다.

앞으로 남은 시간은 이제 3시간 50분 정도입니다. 지난 2백만 년 동안 의식을 가진 생명체로 진화하신 후 지구에서 꾸준히 활동해오시며 이처럼 번성해오신 것에 대해, 저희는 신실한 경의를 표합니다. 한편으로 그간 그 수백억 인생이 겪은 삶의 고통에 대한 깊은 애도의 뜻 또한 같이 전하고자 합니다. 종말 이후 이 행성 지구는 앞으로 삶과 우주의 무의미함에 대해서 결코 절망할 줄 모르는 새와 짐승, 곤충과 물고기들만이 노니는 평화롭고도 조용한 행성으로 남을 것입니다.

이제 곧 그 모든 것은 곧 끝날 것입니다. 혹시라도 남은 시간 동안 저희에게 문의하시고자 하시는 사항이나 불만사항, 이의 등이 있으시면, 가까운 곳의 상공에 떠 있는 저희 소형 로봇을 통해 문의해주시면 성심껏 답변 드리겠습니다.

감사합니다.

— 2017년 고속버스터미널에서

작가의 말

이 책은 내가 시중에 출간하는 여섯 번째 단편소설집이다. 벌써 출간한 책이 이렇게 쌓이게 되었나 생각하니 신기하기도 하고 두렵기도 하다. 어쩌다 이렇게 되었나 싶어 돌아보는 가운데, 이 책에 실린 소설을 쓰는 과정에 관한 이야기를 조금 더 해본다.

〈초공간 도약 항법의 개발〉

가끔 음악을 듣거나 그림을 보다가 소설 쓸 단서를 얻는다. 《항상 앞부분만 쓰다가 그만두는 당신을 위한 어떻게든 글쓰기》라는 책을 쓸 때 나는 어떻게 음악, 그림, 사진을 소설로 만들 수 있는지 내 나름대로 쓰는 수법을 밝히기도 했는데, 이 〈초공간 도약 항법의 개발〉은 실제로 그렇게 소설을 쓴 사례다. 지금도 종종 글쓰기에 대한 강연이나 강의를 하게 되면 이 소설을 예시로 설명할 때가 있다. 한편 이 단편은 '웹진 거울' 2018년 3월호를 통해 공개했는데 지금까지 '웹진 거울'에 공개한 내 소설 중에 단시간 내에 가장 많은 인기를 얻은 소설이기도 하다. '웹진 거울' 서버가 몇 번씩 접속불능이 될 정도였다. 이 시기가 '웹진 거울' 서버가 조금 불안할 때이기는 했지만. 덕택에 《과학기술의 일상사》라는 책에서 과학과 SF의 관계를 따져보는 대목에 예시로 이 소설이 인용되기도 했다.

〈지상 최대의 내기〉

2018년 6월호 '웹진 거울'을 통해 공개한 단편이다. 나는 몇 년 전까지는 사랑 이야기를 담은 단편 소설을 많이 쓰는 편이었다. 한동안 그런 이야기를 드물게 쓴 듯싶어서 오래간만에 다시 예전에 자주 쓰던 소설처럼 소설을 하나 써보겠다고 작심을 해서 쓴 소설이다. 그래서 딱히 뭘 쓰겠다는 구체적인 생각도 없이 시작해서 어떻게든 이야기와 갈등을 짜내서 소설을 엮고 끼워 맞춰 가면서 돌탑을 쌓거나 공사를 하듯이 쓴 소설이다. 그런데도 일단 써나가기 시작하니 점차 소설을 쓰는 흥이 붙어서 초반을 넘어서면서부터는 훨씬 자연스럽게 쓸 수 있었고, 결과도 그럭저럭 마음에 든다. 요즘 소설을 쓰기 힘들거나 쓸 것이 없다는 생각이 들 때면, "그래도 마감을 맞추려면 당장 뭐라도 써야 한다"는 생각으로 이 소설을 쓰던 기억을 떠올려 본다.

〈로봇 살 돈 모으기〉

VOD 서비스의 무료 영화만 찾아다니다 보면, 이걸 볼까, 저걸 볼까, 저건 나중에 한번은 볼 테니까 즐겨찾기 표시만 해놓자, 그런 식으로 메뉴만 한참 고르다가 한 30분 시간을 보내는 때가 있다. 그러다 보면 시간이 모자라서 결국 아무 영화도 못 보고 메뉴만 보다 말게 되는데, 그때 들었던 생각을 언젠가 소설로 써보자고 메모해 둔 적이 있다. 그래서 그 소재를 내 일상생활과는 많이 다른 배경에서 한번 풀어 본 것이 이 소설이다. 나는 《토끼의 아리아》에 실린 〈로봇복지법 위반〉과 같이 비슷비슷한 배경에서 로봇을 소재로 하는 소설을 몇 편 썼다. "로봇 시리즈"라고 할 만한 것인데, 이 소설도 거기에 포함된다고 할 수 있을 것이다. '웹진 거울' 2018년 11월호를 통해 처음 공개되었다.

〈체육대회 묵시록〉

소행성 충돌에 대한 짧은 특집 소설을 써 달라는 잡지 《과학동아》의 의뢰를 받아 쓴 소설이다. 갑작스레 뭘 써야 할지 쓸 것이 생각나지 않아 〈초공간 도약 항법의 개발〉의 속편으로 썼는데, 전편의 주인공이었던 김 박사가 직장을 옮겨 공공기관 쪽 연구소에서 일하는 모습으로 다시 등장한다. 잡지에 실리면서 삽화도 같이 실렸기 때문에, 김 박사와 그 동료들의 모습을 그림으로도 볼 수 있게 되어 더 재미있었다.

〈다람쥐전자 SF팀의 대리와 팀장〉

첩보 소설 같은 것을 보다 보면 어떤 나라에 대한 정보를 수집하기 위해 24시간 그 나라 텔레비전 보는 것이 직업인 정부 요원이 나온다. 어느 나라 대사관에서 잠깐 일한 분으로부터 이야기를 들어 보니 실제로도 그 비슷한 직업이 있기는 있는 것 같다. 나는 예전에 그런 직업을 갖고 일하면서도 공무원 호봉을 그대로 받고 연금도 쌓인다면 참 부럽다는 생각을 한 적이 있었다. 그 생각을 SF물로 옮겨 본 것이 이 단편이다. 빠르게 써 나가느라 생각나는 대로 SF 작가들의 이름을 언급했는데, 그러다 보니 평소 훌륭한 글을 쓰시는 분이라고 생각했던 김이환 작가님을 비롯한 몇몇 분들의 이름을 빠뜨린 점은 무척 아쉽다. '웹진 거울' 2019년 1월호를 통해 공개되었다.

〈치카우〉

잡지《과학동아》에서 2010년대 중반 몇 년 동안 꼬박꼬박 SF 단편을 실었던 시기가 있었다. 원고료를 꼬박꼬박 주는 SF 매체를 찾아보기 힘든 상황에서 대단히 고마운 기획이었다고 생각하는데, 작년인가부터 그 지면이 없어진 것이 무척 아쉽다. 과학과 관련된 매체가 있다면 꼭 잡지가 아니라도 어디서든 월간 SF 지면 하나 정도는 만들면 좋지 않겠나 지금도 나는 항상 생각하고 있다. 나는 작가들 중에는 비교적 늦게 섭외된 편이었는데, 이 단편도 다른 작가의 소설들과 함께《과학동아》에 실린 것이다.

〈2백세 시대 대응을 위한 8차 산업혁명 기술 기반 컷 앤 세이브 시스템 개발 제안서〉

SF 단편이나 공포 단편 중에는 일기장이나 보고서 형태로 되어 있는 소설이 종종 있다. SF 단편 중에는 약간 웃긴 풍자물 느낌의 논문 형태로 된 소설도 없지는 않다. 나도 그런 소설을 한 번 쓴 적이 있다. 그런데 그런저런 소설을 보다 보니 실제로 현장에서 과학 연구자들이 쓰는 여러 가지 글 중에서 가장 사람을 많이 웃고 웃기는 것은 제안서가 아닌가 하는 생각이 들었다. 그래서 제안서 형태로 되어 있는 SF 단편을 언젠가는 한번 써야겠다고 생각했고 그것을 한번 해 본 것이 이 소설이다. '웹진 거울' 2018년 8월호를 통해 공개되었다.

〈종속선언서〉

'웹진 거울' 2017년 11월호를 통해 공개되었다. 소설이 아니라 각본이나 희곡이라고 할 수 있는 이야기인데, 그런 만큼 TV 단막극이나 단편 영화로 꾸몄을 때 어떻게 연출하면 좋을지 나름대로 상상도 하고 있었던 이야기다. 인공지능 컴퓨터 쪽에 해당하는 목소리는 한 사람의 목소리로 연기하게 하고 사람 얼굴 대신 컴퓨터 모습이나 컴퓨터 화면 모습을 보여 주는 것으로 한다. 썩 괜찮은 소프트웨어를 개발할 수 있다면 실제 컴퓨터로 합성한 목소리에 배역을 맡기면 더욱 재밌을 거라고 생각한다. 사람 쪽에 해당하는 배역은 한 사람에게 맡기는 것이 아니라, 여러 가지 모습의 여러 나라 사람들이 대사 하나씩만 맡아서 수십 명의 배우가 번갈아 가면서 맡는 것으로 한다. 제작비를 많이 쓸 수 있다면 모든 대사를 서로 다른 나라의 언어로 해도 재밌을 것 같다.

〈납량특집 프로그램의 공포〉

'웹진 거울' 2017년 7월호를 통해 공개된 소설이다. 나는 트위터에서 《140자 소설》이라는 계정을 운영하고 있는데, 말 그대로 트위터의 트윗 하나 안에서 소설 같은 이야기 하나를 해

보려고 하는 계정이다. 반응이 괜찮아 일전에 《140자 소설》
이라는 제목의 책으로 따로 출간된 적도 있었다. 나는 가끔
이 《140자 소설》의 내용 중 하나를 단편 소설이나 심지어 장
편 소설로 고쳐 쓸 때가 있는데, 〈납량특집 프로그램의 공포〉
도 거기에 해당한다.

〈멧돼지의 어깨 두드리기〉

창비의 문예지인 《문학3》에서 청탁을 받아서 쓴 소설이다.
《문학3》는 SF가 무엇인지 소개한다는 느낌의 소설을 원하는
것 같았다. 그래서 나는 정통 SF 느낌이 많이 나는 소설을 써
보려고 했다. 이 단편에서 이야기의 초반과 중반은 마음에 들
고, 멧돼지가 탈출해서 내달리는 절정 장면도 나쁘지는 않다
고 생각한다. 하지만 결말은 너무 아쉽다. 읽을 때마다 결말
을 뭔가 다른 걸로 바꾸면 더 좋을 거라고 생각한다. 《문학3》
에는 이 소설을 읽은 어느 학교 고등학생들이 감상을 말하며
토론한 내용이 같이 실려 있는데, 이 학생들이 말한 내용 중
의 하나를 어떻게 살려서 결말로 꾸며 넣으면 차라리 더 상쾌
하지 않을까 싶기도 하다. 나중에 이 소설을 다시 살펴보면서
정말로 그 비슷하게 고쳐볼까 고민도 했는데, 내 생각이 아닌
생각을 끼워 넣자니 그것도 영 어울리지 않는 것 같아서 포기
하고 처음 쓴 그대로 두었다.

〈종말 안내문〉

'웹진 거울' 2017년 10월호를 통해 공개된 소설이다. 나는 이미영이라는 사장과 김양식이라는 직원 두 사람이 회사 하나를 창업해서 우주 곳곳을 돌아다니며 이상한 모험을 한다는 단편 소설 시리즈를 쓴 적이 있다. 독자들로부터 대충 "미영과 양식 시리즈" 정도로 불리고 있는 시리즈인데, 지금도 한 해에 한두 편씩은 꼬박꼬박 써 나가고 있다. 〈종말 안내문〉은 미영과 양식 시리즈에 한두 번 언급된 악당들의 발상을 한번 거칠 것 없이 끝까지 밀어붙여서 써본 소설이다. 중반 정도 쓸 때까지만 해도 어떻게 잘해서 미영과 양식 시리즈로 엮어 보려고 생각했는데, 끝까지 이야기를 밀고 나가다 보니 다른 이야기랑 엮을 여지가 생기지 않았다. 그래서 그냥 별도의 단편으로 남겨 두었다.

✳

나는 밝은 결말이 있는 이야기를 즐겨 쓰는 편이고 설령 결말이 밝지만은 않다고 하더라도 경쾌하고 즐거운 내용으로 이야기를 잘 꾸며내는 작가가 되려고 애쓰고 있다. 그래서 이 단편집의 제목도 그런 느낌에 어울리는 것이 되었으면 좋겠다고 생각한다. 나는 〈지상 최대의 내기〉나 〈로봇 살 돈 모으기〉가 제목이 되면 어떤가 싶다. 그런데 출판사에서 하나로 딱 와 닿는 느낌을 꾸며내기에는 〈종말 안내문〉이 제목으로는 더 좋겠다는 의견을 전해왔다. 듣고 보니 그것도 맞는 이야기인 것 같다.

나는 지금 충청북도 충주에 있는 한 도넛 가게에서 이 글을 쓰고 있다. 이 책을 읽는 독자님의 시점에서 보시기에 이 글을 쓰고 있는 지금 내 시점은 과거다. 과거에 있는 나는 이 책의 제목이 그래서 결국 무엇으로 찍혀 나왔는지 모르고 있다. 그에 비해 시간의 장벽 저편인 미래에서 이 책을 받아 드신 독자님들께서는 내가 알지 못하는 그 미래를 알고 계시기 때문에 이 책 제목을 처음부터 보셨을 것이다.

그렇다면 독자님께서 이 책 제목이 무엇인가 하는 사실을 지금 도넛 가게에 있는 나에게 알려 주려면 도대체 어떻게 해야 할지 한번 상상해 보시면 재밌지 않겠나 싶다. 지금까지 나는 그동안 여러 기회에 많은 이야깃거리를 다루어 보았지만, 평소에 시간 여행 이야기만은 도저히 못쓰겠다고 여기고 있었다. 그러니 이 마지막 세 문장 사이에서 시간 여행 이야기 느낌을 조금이라도 낼 수 있다면 보람찬 마무리라고 생각한다.

— 2019년, 충주에서

지상 **최대**의 내기

초판 1쇄 인쇄   2019년 6월 20일
초판 1쇄 발행   2019년 7월 1일

지은이   곽재식
펴낸이   박은주
기획   김창규, 최세진
디자인   김선예, 류진
마케팅   박동준

발행처   아작
등록   2015년 9월 9일(제2018-000142호)
주소   03924 서울시 마포구 월드컵북로54길 25
          상암DMC푸르지오시티 504호
대표전화   02.324.3945   **팩스**   02.324.3947
이메일   decomma@gmail.com
홈페이지   www.arzak.co.kr

ISBN   979-11-89015-67-1 03810

아작은 디자인콤마의 문학 브랜드입니다.

이 도서의 국립중앙도서관 출판예정도서목록(CIP)은 서지정보유통지원시스템 홈페이지
(http://seoji.nl.go.kr)와 국가자료공동목록시스템(http://www.nl.go.kr/kolisnet)에서
이용하실 수 있습니다. (CIP제어번호: CIP2019022424)